张
旻

北京楚尘文化传媒有限公司　出品

求爱者

张旻 — 著

重庆大学出版社

目录

001   情幻

055   生存的意味

095   不要太感动

131   爱情与堕落

235   良家女子

271   求爱者

情　幻

1

1993 年 12 月的某一天，刘忠很兴奋，他是习惯睡懒觉的，这天却很早就醒了。刘忠的家最近搬动过，原来的住房让给新婚的哥哥嫂嫂了，他和父母搬到医学院来临时过渡。他们现在住的那间房原来是仓库，在刘忠父亲工作的那栋楼里，三楼。在那条走廊的另一端，有几间解剖室。刘忠的父亲是本市有名的"一把刀"，尸体解剖专家，晚报上曾作过专题报道。

1993 年 12 月的那天下午，本市将对十二名死刑犯召开公判大会，然后当场押赴刑场枪决。在刘忠小时候，枪毙犯人曾是完全公开的，那一天就像喜庆的日子，万人空巷，刑场被围得水泄不通，刘忠曾在远处听到过几声清脆的枪响。现在这种情况早就改变了，公判会是在小范围内举行，刑场也是秘密的，没有围观者，只是在当天晚上的电视新闻里进行报道。

刘忠的父亲却因身份特殊，几乎每次都同执法人员一起出现在刑场上。1993 年 12 月的那一天，在刘忠的要求下，父亲为他开了后门，把他也带去了。

那大午后，刘忠随父亲坐着执法车，先行到了刑场。刑场在郊外的一片麦田里，老远就可看见青青的麦苗那边醒目地凸起一圈暗红色的砖墙。围墙里面平整的泥土地上荒草丛生，西面墙下有一道土丘。刘忠那天脖子上围着一条雪白的新潮围巾，下车前父亲让他把围巾摘了下来。刘忠几乎忘记，父亲曾经告诫过他，刑场上是不可以出现白色的，这是出于人道主义的考虑。刘忠就把那条围巾塞进了外套口袋。

由于一名年仅十八岁的死刑犯在临上刑车前失去控制，拼命挣扎，刑车比预定的时间晚到了半个多小时。刑车到时，那个犯人已经安定下来，似乎丧失了知觉，脸色发紫，四肢柔软，被两名执法者架着，跪倒在那道土丘前。其余十一名犯人同样被架着从车上下来，在那道土丘前一字形跪下。他们全都脸色发紫如猪肝，四肢柔软。但除了那一个，其他人都睁着眼睛，有一个还朝两面望了望。其中有一名女犯，头发蓬乱，已经看不出她的年龄，但能感觉到她还年轻。他们每人都被两名执法者向后揪起胳膊，按下脑袋，身后站着一位行刑者，手握乌黑锃亮的小手枪。

那些行刑者都和刘忠的父亲很熟，下车后过来和他打招呼。有一位还拍了拍刘忠父亲的肩膀，问他最近在忙什么。刘忠父亲说，我还能忙什么。那人说，好久没和你喝酒了，哪天到我家来。刘忠父亲也拍了拍那人的肩膀，说，我一定去，你不要忘记。那人瞥了一眼站在旁边的刘忠。父亲即说，这是我儿子，他可能要调到你们司法部门去，以后还要请你多关照。

行刑者很快都在犯人身后站定，小手枪抵住犯人的后脑勺。刘

2

忠父亲在旁边叮嘱道：

"打得好一点。"

他们说："老刘，你放心，不会打坏什么的。"

发令者在旁边发令。

没有一个犯人动弹，也没有叫喊，他们都软绵绵地弯腰低头，冲着面前的泥土地，身子快要趴下去了。一阵轻微的旋风在刑场拂过，扬起了尘土。周围有一些人站着，还有一些人在走来走去忙着什么。行刑者手中的枪很小，几乎只有手掌般大小，枪声细微。执法者松开了手，犯人们都一头栽了下去，不动。刚才和刘忠父亲说话的那人把手枪放回枪套，弯腰将一个犯人翻了过来。犯人仍睁着眼睛，眼球有些突出，呆愣无光。眉心有一个筷子大小的枪眼，一些血溢了出来。那人扭头对刘忠父亲说：

"老刘，我打得怎么样？"

刘忠父亲说："很好。"

犯人的死亡手续办完后，刘忠父亲让人把那些躯体都翻过来，他从手提包里取出一把明晃晃的尖刀，在第一具躯体的头部旁边蹲下，用那把尖刀沿着眼眶的边缘把两只眼睛剜了出来，浸在药水里。躯体的颧骨上方便出现了两个血肉模糊的空洞。有人将（用）一只黑色的大塑料袋套住了头颅，在脖子处扎紧。随后刘忠父亲挪到第二具躯体旁，重复刚才的工作，剜出了两只眼睛。另一只黑色的塑料袋也套住了那具躯体的头颅……

刘忠父亲干完他的工作后，他的几位同行开始取躯体身上的器官。刘忠看到他们把那个唯一的女犯的躯体搬到一辆手术车上。他们把女犯躯体的上衣割开。女犯的身体肥白，两只乳房软软地歪向旁边。他们给躯体消毒后，用刀切破胸膛，把一排肋骨拉开，取出了心脏。那颗心脏血肉模糊如一只拳头，颜色发紫。有人说，这颗心怎么这样的，颜色发紫？那个用手抓住心脏的男人说，她是个坏女人，心脏都是黑的。

他把心脏浸在药水里。

有人问："她犯了什么罪？"

回答："通奸杀夫。"

十二具躯体都作了处理后，每一具都用一张泡沫纸裹住，抛到几辆运尸车上。刘忠也帮了忙，这是父亲嘱咐他的。刘忠戴上手套，揪住一具躯体的裤管，和别人一起把它提了起来。刘忠也许以为躯体会像一块木板，所以当它显得那么柔软、那么沉时，他吃了一惊。躯体弯了下去，中间部分像沙袋似的往下沉，无法控制它，它的臀部拖在泥土地上。刘忠和那个人不能把它完全抬起来，就拖着，弄到了车旁。那个人对刘忠说，我喊一二三，我们一起把它抛上去。他们俩使劲提起躯体，力图摆动它。那个人喊一二三，他们一起把躯体往上抛。躯体的上身到了车上，下身没有上去，他们都已松开手。躯体滑下来，落在地上，头颅发出嘭的一声。那个人怪刘忠，小伙子年纪轻轻的，怎么没有力气。刘忠说，力气是有的，主要是重心没有掌握好。泡沫纸松开了，他们把泡沫纸裹紧，再摆动躯体。那人又喊一二三，这回他们把躯体抛了上去。躯体在车板上又发出嘭的一声。然后他们去搬另外一具躯体。

躯体搬完后，刘忠把手套脱下，也扔在车上，回到父亲那儿。他已经气喘吁吁，身上出汗了。这时过来一位穿制服的妇女，和刘忠父亲打了招呼，问刘忠：

"你搬了四个？"

刘忠答："四个。"

那人递给刘忠四张票子，说："这给你。"

刘忠接过来，说声谢谢，把钱放进口袋。父亲对那人说：

"我儿子很想调到你们司法部门，以后还要请你多指教。他是政教系毕业的。"

那人说："是吗？欢迎。"

事情都办完后，大家陆续上车，汽车一辆接一辆地驶离了那个地方。铁门关上。那些眼睛浸在几只透明的玻璃器皿里，沉在底上，随着车身的颠簸，它们在药水里微微浮动，有的眼皮半开半合，眼球若隐若现，像蒙了水雾的混浊的玻璃弹子似的。刘忠身上的汗水使他感到非常难受，背心黏糊糊的，很冷。他想回家去洗澡。

2

这一阵子作家余宏住在学校里写一部题为《缠绵》的小说。余宏刚经历了离婚的风波，眼下是独身一人。他的前妻小岚已经从家里搬走，他们没有孩子。虽然家里的环境比学校更安静，可是余宏在家里却什么事也干不成。他只好住到学校来。现在余宏的写作进展还比较顺利。当余宏在写这部题为《缠绵》的"爱情与阴谋"的小说时，他不能不时常想起他的前妻小岚和他们之间的三年的婚姻。这件事正在一点儿一点儿地进入他的小说，同时也一点儿一点儿地显得遥远和怪诞，不像是真的。好几个晚上，虽然故事已经进行得很远，作家余宏却还在时断时续地回忆余宏和小岚的初次见面，觉得自己写得非常苍白。六年前，小岚是从这所学校毕业的，可是当初余宏却对她一无所知，这不能不使余宏感到非常诧异。其实小岚是一个引人瞩目的女孩，她曾经留过两条齐腰的乌黑的长辫，高高的个子，身材苗条，容颜秀丽，举止优雅。小岚又是一个性格内向、腼腆怕羞、不爱抛头露面的文静姑娘。虽然小岚有美丽的容貌和骄人的身材，嗓音条件也不错，可是她从来没有上过学校的舞台。在她小时候，曾经因为老师要她在学校的一次广播大会上发言，急得大哭，结果老师不得不让其他同学代读了她的稿子。小岚长大后，腼腆怕羞的禀性几乎一点儿没变。或许正是由于这样的原因，三年里余宏和自己未来的妻子近在咫尺，居然丝毫没有注意到她。

1989 年夏天，余宏家在城里新建的"花园新村"增配了一套住房，余宏住过去后，有一个时期经常在新村的小径上碰到一位年轻的女子，那女子每回都很注意地看他一眼，嘴角上若隐若现地有一丝浅笑和窘迫。或者是早晨，她从车棚里推出自行车去上班；或者是傍晚，她骑着自行车回来。那年夏天，街上流行桃红色的连衣裙，她也常穿，这样轻便艳丽的服装更加显出了她的肤色和体态。她很漂亮，端庄中略有矜持，即使在她凝眸注视余宏的那一刻。她的目光并不热切和凝重，只是轻轻地在余宏的脸上滑过，不留下什么痕迹。余宏无法判断她为什么会注意自己，是出于礼貌（自己也在注意她）？还是出于兴趣？她的乌黑光亮的长发在脑后扎着，唇红颊白，风姿绰约。

开学后有一天上午，余宏到城里的一所小学去找他小时候的一位老师，他上了三楼，沿着走廊往走廊另一端的办公室走去，当时正在上课，走廊里空荡荡，很安静。余宏走过两间教室，当他走到第三间教室外面时，教室里正在上课的那位教师隔着窗户向他投来了一束明亮的目光。仓促间余宏几乎想不起她是谁，但又感到她很眼熟。他们俩互相望了一眼。余宏走过那间教室，才想起她就是自己常在花园新村里遇见的那个年轻女子——原来她是这所小学的老师。余宏到了办公室，找到了小时候的那位老师，把要谈的事情和老师谈了，告辞出来。下课的铃声响了，孩子们闹哄哄地从教室里拥出，在他们身后，出现了个子高高的、略显疲惫的她。她老远就看见了余宏，在朝余宏微笑。余宏朝她走了过去。那天，她穿着雪青色的T恤，一条亮丽的花裙。她先叫余宏：

"余老师。"

余宏说："你好。你在这儿工作？"

她说："是的。余老师，你怎么到这儿来了？"

余宏说："这是我的母校，我来找小时候的一位老师，她托我办一件事情。"

她感兴趣地问："是吗？是谁？"

余宏告诉了她。她点点头，说：

"余老师，你住在花园新村的对吗？我常碰见你的。我们家也在花园新村。"

余宏说："是吗？你是我们学校毕业的？"

她说："是的，八七届的，毕业两年了。"

余宏说："八七届我没有上过课，所以没有印象。我不知道你叫什么？"

她说："我叫曹小岚……岚就是上面一个山，下面一个风。"

余宏说："是山风的意思。"

她笑笑，便邀请余宏到办公室去坐一会儿。余宏说不去了，自己还有事。他们俩都很客气地把自己在花园新村的住址告诉了对方，邀请对方有空去玩。他们就分手了。

那年夏末秋初的一个凉爽的夜晚，余宏在花园新村自己的住处，正在灯下看书，忽听见外面有人敲门。过去打开门，在灶间昏黄的灯光下，站着脸颊有些微红的小岚。余宏有些手足无措，说，是你啊。赶紧让开身，请小岚进来。小岚说，余老师，没有想到我来？我说过要来拜访你的，今晚没事，就过来了。余宏说，非常欢迎你来，我只是刚才看书看得头昏眼花，猛然看见你，有些反应不过来。他请小岚在外间的沙发上坐下，他依然有些手足无措，离开外间，到灶间去。然后回到里间去取了一只杯子，给小岚泡了一杯茶。他把茶搁在茶几上，问小岚：

"你是喝茶，还是喝饮料？"

小岚答："我就喝茶。余老师，你别忙。"

余宏说："我去给你倒点雪碧。"

余宏又回到里间去取一只杯子，倒了雪碧搁在小岚面前。小岚说：

"余老师，你这么客气。"

余宏笑笑，没说什么，拉过一把椅子坐下。然后说：

"没想到我们住在一个新村里。欢迎你来玩。"

小岚说："谢谢。"

余宏说："我们俩都很彬彬有礼。"

小岚掩口而笑，说："就是。都是你这么客气，弄得我很难为情。"

小岚的脸颊潮潮的，灯光下迷蒙的眼睛也显得水汪汪一片。她的长发盘在头上，年轻、清纯、妩媚中显出一种端庄和娴静。她的背轻轻倚在沙发靠上，身体坐直，微红的脸上浮起一缕笑意，对着余宏。她的手平放在腿上。余宏问她：

"你家是什么时候搬过来的？"

她说："去年年底。"

余宏问："和你父母一起搬过来的？"

她说："那当然，我自己怎么能分到房子。"

余宏说："我是今年暑假搬过来的。"

她点头说："你搬家那天我看到的。余老师，你是一个人住在这儿？"

余宏答："一个人，很幸福对吗？"

她又笑了，说："余老师，我还以为……"

"以为我结婚了？"余宏问。

她说："是的。"

余宏脸上也露出微笑，问："那你见过我的那位了？"

他们俩都轻轻地笑出了声，显得心照不宣似的。余宏换了一种坐姿，跷起一条腿，喝茶。他们沉默了片刻，又聊起来。他们一起回忆了小岚在校期间发生的一些旧事，结果发现他们俩对同一件事情的说法往往有很大的差异，或者对某一件重大的事情他们中有一人竟会一无所知。其实事情并不遥远。对此他们都觉得很新奇。那几年发生的一件最不寻常的事是一位已过不惑之年的音乐老师和一位十八岁的女学生的"生死恋"。据余宏的说法，他们的关系是被几个女生发现的；但据小岚的说法，则又是另一种情形。小岚淡淡的语调总是让余宏感到不容置疑。音乐老师是个单身汉，没有结过婚，相貌平常，不像他的身份所炫耀的那样；在余宏看来，他是个孤僻、猥琐、庸俗的矮个子秃头男人。事隔这么几年，余宏现在有机会向一位当时的女生询问对此事的看法。他问小岚：

"你知道那个女生怎么会和他好的？"

小岚说："我不知道，我们都感到不可思议。"

余宏说："可能是因为她太幼稚了。"

小岚说："余老师，她一点儿都不幼稚。听她寝室的同学说，她是真的喜欢音乐老师，喜欢听他唱歌、听他弹琴，对音乐老师平时对她的关心也非常感激。"

余宏说："这不也是幼稚吗？"

小岚说："余老师，你不认识她，她并不幼稚。"

余宏一笑，顿了片刻，问："我们现在怎么会说到这件事情的？"

小岚也面露微笑，说："真的，那时候我夜里常做噩梦。她就住在我们隔壁寝室，我一想到她那么死了，就感到很恐怖。那几个老师还告诉学生，他们怎么把他们俩在音乐老师的寝室里当场捉住。这件事在我们学生中间传得沸沸扬扬，什么一个老师埋伏在里面，发出信号，外面的老师一起冲进去。"

余宏道："是吗，我怎么一点儿都不知道？"

小岚沉静地、含笑望着余宏，说："余老师，你还写小说哪，不关心生活，闭门造车。"

余宏说："哪儿是这么回事。"

余宏起身，给杯里续了水。他们又聊了一些别的。小岚说，她看过余宏的小说，问余宏最近在写什么。余宏答在写一部谋杀小说。便介绍了那部小说的构思。小岚说，等发表后她一定要去拜读。说着站起身，到书橱那儿去看余宏的藏书，问余宏借了几本古典小说，抬头瞥了一眼墙上的挂钟。余宏请她再坐一会儿。她说时间不早，她要回去了。便拿好那几本书，和余宏道别。临走前，余宏找了几本登了自己小说的杂志给她。余宏要送她回去，说自己也要出去一次，和一个朋友约好的。小岚说，是吗，那我影响你今天晚上的安排了。余宏说，什么话，你能光临寒舍我是非常高兴的，别的都是小事。余宏就打开门，陪小岚下楼。

　　小岚的家在新村北面的一栋楼里，余宏把小岚送过去后，自己出了新村，来到凉风习习的街上，溜达了一圈，也回家去了。

　　大约一个月后，十月底，是余宏的生日。这时他们已经见过两三次面了，小岚已经把第一次见面时借的那几本书还了，又借了几本新书。他们谈到了那几本小说，也谈到了余宏写的那些小说，也谈了一些别的。小岚柔顺润泽的长发盘在头顶，有时也披于肩上，粉颊泅红，杏眼含波，春光洋溢。

　　那天上午，余宏在学校给小岚打了个电话，问她晚上是否有空。小岚在电话那头顿了片刻，说，有空的。余宏问，今晚我想请你吃饭，你肯赏光吗？如果你肯赏光，请你晚上五点到我那儿去。小岚在电话那头又顿了片刻，答，好的，谢谢你，余老师。

　　下午余宏回到家。五点钟，有人敲门，是小岚来了。小岚一进门，就从背后亮出一束鲜花，递到余宏面前，说，余老师，祝你生日快乐。余宏接过鲜花，十分惊喜，满脸笑容，说，谢谢。又问，你怎么知道今天是我的生日？小岚说，我是知道的。余宏未及再表示他的惊奇，小岚问他，这束花怎么样？好看吗？余宏举着那花，说，非常好看。小岚说，这是我到学校的花圃里去偷的。余宏笑了，找了只空瓶把花插上，放在桌上。两人欣赏了一会儿。

余宏那天穿了一件新买的灰蓝色的夹克衫，里面的黄格子衬衫也是第一次穿。小岚穿着羊毛衫和长裙，给余宏印象最深的是苹果绿的羊毛衫里面翻出一只粉红色的衬衫圆领，宛如花叶似的衬托着她的白脸。羊毛衫和长裙使她显得又苗条又丰满，长发扎成两条辫子，荡在脑后，逸起一缕清香。在那束鲜花前，他们都安静了下来，将欣赏鲜花的目光互相瞥了一眼。余宏一笑，多少有些自嘲地说：

"我们今天好像都穿了新衣服。"

小岚说："为了庆祝你的生日嘛。"

余宏说："你今天穿得特别好看。"

小岚说："是吗？你也很潇洒。"

余宏笑道："我们俩这么彬彬有礼地站在这儿互相恭维，干吗啊？还是快去吃饭吧。不过，我倒不是恭维你，你今天确实穿得特别好看。"

小岚答："我也不是恭维你。"

小岚忍俊不禁，掉过头去。两人一起离开余宏的住处，出了新村。

余宏那天晚上带小岚去城里的一家西餐馆吃饭。他们俩一起点了菜，要了一瓶红葡萄酒。小岚只喝了一点儿酒，两颊便浮起红晕，艳若桃花，再也不肯喝了，只喝饮料。余宏独自把那瓶酒喝完，感觉到身轻如燕，心境空旷，话语如流水似的从口中涌出。小岚始终面含笑容、醉态可掬地望着余宏。他们坐在一个车厢座里，面对着面，朦胧柔和的灯光仿佛在他们的脸上抹了一层油彩，显得光洁润泽，十分生动。他们的膝盖在狭窄的桌面下轻轻相碰。那晚虽然人不少，但没有影响他们过节的好心情。

吃完饭后，他们出了餐馆，来到街上。时间还早，他们决定去看电影。他们进去时电影已经开场，他们在黑暗中找到位子，坐下看了一会儿，都不喜欢那部片子。事后他们也不记得那是一部什么片子。他们手握着手，于中场时悄悄离开了影院，回到街上。他们在树影婆娑的人行道上荡了一会儿。余宏建议道：

"到我那儿去坐一会儿吧。"

小岚答："好的。"

他们就往回走，到了余宏的住处。在沙发上坐下，他们望着对面桌上的那束鲜花，不约而同地、几乎同一时刻做了一个深呼吸。余宏说话时觉得自己的声音有些异样，他说：

"这花很美，谢谢你。"

小岚说："这是我亲手从花圃里选出来的嘛，当然是最美的。"

余宏笑笑，又问："要不要倒杯水？"

小岚答："不要。"

他们的手进门时下意识地松开了，这时，他们一面说话，一面又互相握住了手。小岚的手在余宏的手心里有些出汗，潮潮的，腻滑如脂。余宏的一只手伸了过去，放在小岚肩上，手指有点无可奈何似的微颤起来。小岚挪动了一下身体，坐过来一些。他们的脸靠在了一起。桌上绚烂的花色和芬芳的香气笼罩了他们。那一束鲜花在室内狭小的空间和昏暗的光线下显得格外凝重，花香馥郁。余宏侧过脸去，嘴唇轻轻地触着小岚的耳朵、脸颊、闭着的眼睛和红唇。

稍后，在余宏和小岚接吻时，他的脑子里竟忽地浮起一件事：以前有一个女生在和他闲聊时告诉过他，她曾经给她们寝室的女同学出过一个题目：假如发生地震，最想做一件什么事？有一位女生回答，如果发生地震，她马上去找一个喜欢的男生和他接吻，尝尝接吻的滋味。余宏当时心想，这是一个真实的回答，自己可能也会这么回答的。

现在，余宏一边和小岚热烈长吻，一边在心里感动地对自己说："这就是接吻的滋味！"

"小岚，我爱你！"余宏在嘴里咕噜道。

"余老师，我也爱你！"

……

余宏和小岚的婚礼于次年10月份举行。余宏的那套住房装修一新。婚后，就像常言所道，他们过着幸福的生活，感情融洽。由于小岚年纪尚轻，又在进修，他们暂时没要孩子。10月份他们去领结婚证时，同时领到的还有两本小册子：《新婚卫生必读》和《性的知识》。新婚之夜，余宏取出这两本书，递给小岚，说：

"新婚卫生必读。"

小岚接过书，撇嘴一笑，说："我们现在读，是不是太晚了点儿？"

小岚坐在床上，翻开了书。余宏也坐过去。他们先浏览目录。

小岚指着其中一条，问：

"你以前看过这本书？"

余宏略显迟疑地回答："是的。"

小岚说："不用难为情。"

余宏说："是我们寝室的一个同学从家里带来的，是他姐姐的，我们就都看了。"

小岚用手捏了捏余宏的脸颊，说："你脸红了，不要难为情嘛。"

余宏说："我有什么难为情的。"

小岚打了他一下。他们翻过目录，草草地看了看"人为什么要结婚"、"生殖器官的构造与生理"等，然后他们翻到了"新婚之夜"。

余宏平时和小岚一起看书，两人都喜欢朗读。余宏现在把书拿过来，朗读了起来。余宏的声音低沉、浑厚，常有人以为他会唱歌，其实他不会。余宏先读了第一节。然后读第二节：新婚之夜要消除精神紧张，做到互相主动配合。余宏用他喜欢的那种不带情绪的平稳的语调读道：

"……未婚女子处女膜孔多为椭圆形或半月形，孔的大小可容1～2指。处女膜一般为2毫米厚，个别人较薄，有一定弹性，可因剧烈的运动和劳动或外伤而发生破裂；有的人处女膜坚韧而厚，甚至妨碍性交。一般在新婚第一次性交时，处女膜发生破裂，也可能有少量出血和疼痛。出血的多少与处女膜的血管分布多少及裂伤深浅有关。有些未婚女子，因剧烈活动、特别是剧烈运动（如跑、跳、跨栏、骑自行车、骑马等）或外伤，处女膜已破裂。还有的女子，处女膜孔较大而厚，又富有弹性，性交后也可以完整无损。所以，仅根据处女膜是否完整，或新婚第一次性交处女膜有无出血来判定女方是不是处女，是不合适的。过去为什么会形成这样一种传统观念呢？这是旧社会给我们留下来的。在那时，封建的思想意识非常严重，一般妇女很少参加跑、跳、骑马等体育活动，还因为结婚过早，年龄较小、生殖器官尚未发育成熟而造成新婚第一次性交出血较多。现在情况完全不同了，妇女得到了解放，和男子一样参加劳动、体育运动，如今的妇女适龄结婚，生殖器官发育成熟，新婚初次性交中，处女膜出血的现象自然就大为减少了……"

余宏读到这里，笑了起来，扭头对小岚说："要是在过去，我就也有理由认为你不是处女。"

小岚说："我就不是处女，怎么样？"

余宏说："我在一本法医学书上看到过，处女膜自然破裂和因性交破裂形状是不一样的，临床上很容易识别。什么时候带你到医院去检查一下。"

小岚在他脸上打了一下，说："去你的。"

余宏说："那本书上还有一些图形。你让我对比一下。"

小岚不让他看。余宏趴下身体，还是看了。

余宏问："你以前当过运动员没有？"

小岚答："没有。"

余宏说："我也没听你说起过你喜欢体育运动。那你骑过马没有？"

小岚答："骑过的。"

余宏问："你骑过什么样的马？"

小岚答："骑过一匹非常英俊的白马。"

余宏问："什么时候？"

小岚说："那是我毕业那年的暑假，我到我爸爸部队去玩，那儿有一匹非常英俊威武的雪白的马，很漂亮，我骑过几次。后来到我离开时我已学会了骑马，我可以骑着它在操场上奔跑。"

余宏说："这么美好的事情，你从未对我说过。是一匹雄马还是雌马？"

小岚说："当然是雄马。"

余宏说："我以为你从不喜欢体育运动，原来你骑过马。"

小岚说："本来我也没想到我会喜欢骑马，我从小就不喜欢剧烈运动。你骑过马没有？"

余宏答："我没有骑过。"

小岚说："什么时候我带你到我爸爸部队去玩，我教你骑马。"

余宏说："好的，不过那是以后的事。"

余宏在小岚身边躺下，让小岚坐在自己身上，面向自己。小岚一条腿跨过余宏身体，从上俯视余宏，笑道：

"你看看我的皮肤，再看看你的皮肤，太黑了。"

小岚又把手伸到后面去摸了摸余宏光裸的膝盖，调侃道："你的腿骨也太细了。"

余宏抖开小岚的手。

小岚注意到余宏的眼睛里露出不快，便又笑眯眯地看着他，说："当然，我也知道你是很有力气的。"

婚后的一个时期，约有半年，余宏尚未习惯每天回家。他每周回家两次，周六和周三晚上。常言道，小别胜新婚。每次回家，余宏心情总是很迫切，一下车就想一步到家。和小岚一起围着圆桌吃饭，余宏感到特别温馨、兴奋，他总是一边进餐，一边含情脉脉地望着小岚，看得小岚脸红。他们经常互诉衷肠，甚至坦白地把以前各自收到的一些情书交给对方。或许因为余宏平常给人的印象是个自视甚高、脾气古怪的男人，他其实只收到过一两封这样的信，而且信中的措辞还是相当含糊的。相比之下，小岚作为漂亮文静又有教养的女孩，收到的情书就很多，有厚厚的一摞，令余宏眼花缭乱。那些情书的作者有小岚认识的，也有不认识的；身份更是五花八门，有同学、同事、老师、邻居，也有机关干部、大学教师、工人、职员、经理、军人、老板、农民、警察、公交车驾驶员等。对余宏来说，每一封情书都有一个故事，也是一段谜语。

其中最令余宏感兴趣的是同一个人写的两封相隔两年的信。这两封信是所有情书中写得最好的，字也漂亮。写信的是小岚的一位同事，和小岚同姓，叫曹正，几年来一直和小岚在同一年级工作，使用同一间办公室。第一封信写于 1987 年 11 月 5 日，即小岚参加工作后两个月。在那封信里，曹正用一种火热而有节制的语言向小岚倾诉了自己的爱慕之意，描绘了两个月前的"一见钟情"和两个月里刻骨铭心的暗恋情状。在信的末尾，曹正说，如果你不希望看到我的这封信，就只当没有收到它，我写它，是因为它能给我一份期待、一种回答，即使是我不愿意得到的回答。

第二封信写于 1989 年 11 月 5 日，那时余宏刚认识小岚不久，他们在一周前共度了余宏的生日。在这封信里，依然充满爱意的语言里压抑不住一颗"受伤的心"的迷茫和哀怨。曹正写道，两年前的今天我给你写了一封信，你沉默了两年，使我猜了两年的谜。即使在你的脸上也丝毫没有对那封信的反应，我甚至都不能确定你是否收到了它。这两年里，我耐心地猜着这个谜，常常暗自揣摩你的神情举止，揣摩你偶尔给我的一个眼神、一个动作和片言只语，一会儿满怀希冀，一会儿沮丧绝望，寝食不安。现在，两年过去了，我恍若度过了一个漫漫长夜。也许你会惊讶于我的痴迷，或者说执迷不悟，也许以你的含蓄和悟性你感觉到两年前的那封信你早就给予了答复，也许我的理智也是这么告诉我的，但是，凭着我对你的"似海情深"，凭着这两年我的"痴心等待"，我仍然要向你要求一句话，甚至是一个字。我想，如果你要对我说不，你总不会连这个字的声音都不屑于让我听到吧；如果你在笑话我的愚鲁迟钝，你总不会看不到我的一颗单纯无辜的心吧！

小岚收到这封信后，立刻给他回了信。小岚在回信中对他说，收到你的这封信，我深为不安。虽然这两年的误会不能由我负责，但我仍然感到非常内疚，我仍然很想对你说一声对不起。本来，我是这么理解你两年前那封信的意思的：如果我要对你说不，那就只当没有收到它。所以我没有给你回信。我想，既然我能以这样的方式答复你，何必还要让你听到使你失望的声音呢？何况作为同事，我对你始终抱有好感。我真的一点儿都没有想到我的这种态度会有什么不妥。说老实话，我也没有想到自己对你会有这么重要，为此我很感谢你，但现在你怨我也好，恨我也好，我只能祝愿你以后遇上一个比我更好的女孩，祝愿你幸福！

小岚的这封回信留有一份底稿，和曹正的那两封信放在一起。余宏看完那两封信后，把小岚的回信也读了。余宏对小岚两年前没有及时回信感到很惊讶，虽然小岚在后来的回信中对此事作了解释，余宏仍然诧异地问她：

"你怎么会不给人家回信的，耽误了人家两年时间？"

小岚说："他自己信上说，如果我不希望看到他的信，就只当没有收到。他自己把这句话忘记了。"

余宏说："可是他后面还有一句话：'我写它，是因为它能给我一份期待、一种回答。即使是我不愿意得到的回答。'这句话是什么意思？"

小岚说："我想我不给他回信就是给了他一个回答，要是我答应他，怎么会不给他回信呢？"

余宏说："可见你是不想让他太伤心。那这两年你们在一间办公室里是怎么相处的？"

小岚说："是很尴尬的，平时基本上不说话。不过我并不知道他是怎么想。有时和他说话，他总是显得很不自然，脸也有点红。最难堪的是团支部组织出去活动，他是负责拍照的，轮到他给我拍照，他在镜头里那么看我，不像他给别人拍照，吩咐人家这样、那样，叫人家说'茄子'什么的，他给我拍照一句话也不说，又拍得很慢，我实在不知道怎么办好，很难受的。"

余宏问："我见过他没有？"

小岚答："你可能没有见过。"

余宏问："他是不是我们学校毕业的？"

小岚说："不是。"

小岚那个阶段每周去市区进修一次，回家有时和余宏说起一些路上碰到的事情，面露愠色，原因是她像许多漂亮女孩一样，经常在公共汽车上遭遇到一些男人的骚扰。那些男人常会像花痴似的眼睛直愣愣地盯着她的胸脯看，甚至乘着拥挤和惯性摸她一把，或从后面把嘴贴在她的头发上、把手若即若离地放在她手边，以至将鼓起的裤裆抵住她臀部。小岚有一次目睹一个坐在单人椅上的男青年，偷偷地用手摸一位中年妇女的腿，中年妇女眼睛望着窗外好像浑然不觉。有一回，车上很挤，小岚的身体不得不紧靠着一个座椅靠背，忽然，她感觉到自己的小腹下面有异常情况，低头去看，发现是一只男人的手，五指都张开了，捂在那儿。小岚回家把此事告诉余宏，余宏说，你当时应该踩他一脚，或者用肘部撞他一下，他不会吭声的。小岚说，我怎么敢，我怕都怕死了。我现在是恨不得把他的那只手砍下来，但那时我紧张得只想走开。

小岚告诉余宏，自己最怕这种事情，有时做的噩梦也是和这种事情有关的。她说，她第一次碰到这种事情时，还很小，在读初中二年级。那年"五一"她独自到乡下亲戚家去，中途换了车后，有一个男人一直紧靠在她身后。那时她正在长身体，个子已很高，人也丰满，但心还是少年的心。那个男人的手一直在下面不安分地碰她，有时手指触在她的臀部上，有时在她的腿上划动，有时还想捏她的手。她紧张得面红耳赤。她挤开一些，那个男人马上就又靠上来；她把手拿开，那个男人的手又摸摸索索地伸过来。后来车到站，她挤下车，那个男人也跟着下了车。她头也不回地往亲戚家的方向快步走去，那个男人也影子似的尾随在后，始终离她十米左右。这时她被巨大的恐惧笼罩住了，不知如何是好。亲戚家离车站至少有半小时路程，时值午后，僻静的机耕路上少有行人，她既不认识，也不敢喊。她就急急忙忙地走着，一心只想着赶快到她亲戚家中，见到她的亲戚，以致慌不择路，只顾了身后。她在那条道上走了不多一会儿，便走进了庄稼地里，一边是清冽冽的河流，一边是大片的油菜花。那个男人从后面撵了上来，走到她身边，扭过脸来看她。她加快脚步，那个男人也加快脚步，和她并肩而行，不时地扭过脸来看她。后来那个男人忽然伸过手，在她屁股上拍了一下，还冲她一笑。她往前跳开，本能地回头呵斥一声，你做什么，神经病！但她并没有看清那个男人的脸，无法看清或不屑看它似的。那个男人又赶上来，从她身边超了过去，在前面的拐角处不见了。她放慢脚步，忐忑不安地走过去。刚转过拐角，她就看见那个男人面向她站着，裸着下身……她惊叫一声，冲下了机耕路，跳到油菜地里，沿着田埂小道往亲戚家方向奔去。终于跑到亲戚家，已满脸汗水和泪水。舅舅问她怎么回事，她说为了抄近路，在田野里迷了路……

小岚婚后把此事告诉余宏，余宏安慰她道："既然你现在能够把这件事告诉我，说明它已经不再压迫你了。"

小岚说："你不知道，我是第一次对别人说这件事，当时我真是害怕极了，后来还做了许多噩梦。"

余宏说："这有什么可怕的，又没出什么事。其实你碰到的是一个露阴癖患者，在一般的情况下他是不会伤害人的。你要是对他凶一点儿，或者叫人，他会逃走的。"

小岚用一个神秘莫测的微笑打断了余宏的话，说："你不要说得这么轻巧，你怎么知道他不会伤害人呢？可能他已经伤害我了，可能我逃到油菜地里后，他追了上来，把我强奸了？"

余宏说："你可能因为他没有企图强奸你，后来越想越遗憾吧？你可能还做了这样的梦？"

小岚说："你怎么知道他没有企图强奸我？你怎么知道这是一个梦？你不要这么自信。"

余宏顿了片刻，说："这倒也是的，这些都是你告诉我的。"

小岚说："可能我已经被他强奸了，你感觉到没有？"

小岚勾住余宏的脖子。余宏问：

"那你告诉我，他是怎么强奸你的？"

小岚答："我现在不想说这件事了。"

小岚俯下脸，欲吻余宏。余宏说：

"你应该把这件事告诉我，才能够把它忘记，憋在心里是不好的。"

"那我说了啊……"小岚说，"是这样的，我逃到油菜地里后，他在后面追了上来。那些油菜花几乎盖到我肩膀，周围一个人也没有。他追上来后，就把我扑倒在地上。他对我说，你不要叫，叫我就卡死你。我吓得一动也不敢动，两眼恐怖地看着他。他骑在我身上，两手卡住我的脖子，用力地卡，卡得我透不过气来。后来他看把我吓得差不多了，我根本不敢反抗他，才松开手。油菜花把我们淹没了，那儿离村庄很远，我就是叫，也没有人会听见。他好像还是不放心，从口袋里掏出一把刀，横在我面前，说，看到了没有，这是一把刀，你要是不老实，就杀了你。我从小最怕刀，在幼儿园时有一个阿姨就是用一把菜刀割颈而死的，所以我一看见刀就差点儿晕过去。他没有再说什么，就跪着脱掉我的裤子，强奸了我。他离开后，我穿上衣服奔到我舅舅家，号啕大哭。舅舅问我怎么回事，我说摔了一跤。衣服都破了。身上都是泥。"

余宏问："你不是对舅舅说，你是在田野里迷路了吗？"

小岚答：“我不知道，我记不得了。”

余宏问：“他是这样强奸你的？”

小岚答：“……是的。”

余宏问：“是不是这样？”

小岚答：“……是这样。”

小岚抓住余宏的手臂，拉他躺下来，自己把头枕在他胸上，手在他另一侧的胸上抚摸。余宏问：

“那时候你发育了没有？”

小岚答：“好像已经发育了。”

余宏问：“他有没有摸你这儿？”

小岚说：“他已经强奸我了，怎么会不摸？他把我的衣服都脱掉了。”

余宏问：“他有没有这样？”

小岚说：“是这样的。我们不要再说这件事了好吗？”

余宏含住小岚乳头的嘴吮吸了一下，也许用力太大，小岚痛得叫了起来。小岚伸手到余宏腰间去呵痒，两人都笑，身体扭动，余宏的嘴松开了。

过了年，春天到了。小岚仍旧每周去市区进修一次。有一个小岚进修的日子，上午风和日丽，下午下起了雨。那天余宏在家，望着窗外绵绵春雨，听着淅淅沥沥的水声，心想小岚早晨离家时没带伞，自己该去车站接她一下。傍晚时分，余宏打着伞去了车站。第一辆从市区过来的车上没有小岚。第二辆车过来后，小岚从上面跳下来。那时余宏在停车站对面的一处屋檐下，刚想叫小岚，却看见小岚快步走到她前面的一个人的伞下，那人正侧身等着她。借着黄昏的余晖，余宏看到那是一个体魄健壮、眉清目秀的青年男子，高高的个儿，穿了一身淡灰色的西服。小岚到了他伞下后，两人一面往外走，一面说着什么，面带微笑。余宏从屋檐下走出，叫了小岚一声。小岚听见喊声，看见了余宏。那个男青年也看见了余宏，在雨中站住。余宏走过去，小岚朝他微笑，问，你怎么在这儿？余宏答，我不是来接你的嘛。边说边向她举了举伞。小岚过来了，转身对那男青年说，再见，谢谢你了。男青年没说什么，朝小岚笑笑，和余宏互相点头致意，就独自走开了。余宏和小岚往家走去。余宏问，怎么不介绍介绍，他是谁？小岚说，你不认识他？他就是曹正。余宏说，我不认识他，你没有给我们作过介绍。小岚说，我还以为你看见过他的。余宏的一只手撑着伞，他们俩在伞下互相搂着，一边走，一边继续说话。

小岚说："他也在进修。今天大家都没有带伞，他去买了一把伞，我借光了。"

余宏说："到底是男人，在这种情况下你就不舍得去买一把伞，情愿被雨淋。"

小岚说："他也是为了他自己，你没看见他今天穿了一套新西服？"

余宏点点头，说："你刚才应该给我们介绍一下，我要谢谢他。"

小岚说："你感觉到没有，他看见你有些尴尬？"

余宏说："其实我看见他走在你旁边有一种体格上的压抑感。我从小在比我高的男人面前都会有这种感觉，像你这样的身材，和他站在一起是非常引人注目的。"

小岚说："那你以后也要多锻炼锻炼身体。"

余宏说："我身体很好，只不过是少了点儿肌肉。"

小岚说："我喜欢你身上有点儿肌肉。"

余宏说："我身上也是有点儿肌肉的。"

余宏忽然想起一件好笑的事，说："男人总是以为女人很注意自己的体魄，所以男人之间总是喜欢互相比谁的肌肉发达。我读大学时，我们班有几个肌肉发达的男同学就总是喜欢这样比来比去。有一次他们在寝室脱掉上衣比谁的胸肌发达，有一个同学在旁边说，你们不要比了，你们怎么比，在我们班里也只能排在八名以后。"

小岚破口而笑，在余宏的胳膊上拧了一下，说："下流。"

余宏说："有一位自以为胸肌最发达的男生使劲隆起自己的胸脯，质问道，我只能排在八名以后？谁说的？这时正好有几个女生来敲门，他的胸脯一下子就瘪下去了。"

小岚说："别说了，真是恬不知耻。"

他们脸上都挂着微笑，互相依偎着。倾斜的雨丝飘在树叶上，飘在路面和他们的伞上，给他们的行走增添了一种情调。他们回家后，吃过晚饭，两人都洗了澡，钻进被窝看录像。他们洗完澡后都没再穿衣服，在被窝里互相抚摸。他们一面抚摸，一面看录像，还没看到一半，他们开始做爱了。他们掀掉棉被，只盖一条薄薄的毯子。做爱时，他们还不时掉过头去看录像。他们进行得很久，很不安定。小岚怎样都喜欢，唯有不太愿意余宏在她身后。后来他们俩都大汗淋漓，毯子也被掀掉了。他们躺下来，胸脯贴着胸脯，浸在汗水里。他们都感觉到快要进入高潮了。小岚拱起臀部、扭摆腰肢要余宏动，余宏却控制着，不动。余宏撑起上身，往下看小岚潮湿丰润的双乳，乳沟里一汪水渍。余宏又看小岚的脸，小岚脸上泛起红晕，神采奕奕。余宏看着小岚的眼睛，问：

"你在想什么？"

小岚反问："你说呢？"

余宏吻了她一下，说："我在一本外国书上看到过一种增进夫妻做爱快感的方法，就是夫妻在做爱时，心里可以想着另一个人的名字，就像是在和另一个人做爱。这种方法能满足对偷情的想象。书上说，现实中很多人都无师自通，懂得这种方法的妙处。我刚才看到你出神的眼睛，心里就想，不知道你是不是也在对自己进行这种心理暗示。"

小岚说："要么是你自己在想别人，以小人之心度君子之腹。"

余宏说："我没有。不过如果我们现在都在暗用此法，这也是无可厚非的。"

小岚说："可惜我没有什么人好想。"

余宏说："不是说你想的人非要是你热爱的、崇拜的、朝思暮想的。"

小岚一笑，问："你的意思是要我想谁？"

余宏笑道："你就想一想曹正，可以吗？"

小岚说："知道你要说他。"

余宏说："你想到他了？以前我没见过他，不知道他什么样儿，今天见了，觉得他的形象不错，你不会讨厌他。何况你知道他非常喜欢你，向你求过爱。所以你现在就想他吧，闭上眼睛，想象我是他。"

小岚说："是你要我想他的，我就想他。那你想谁？"

余宏顿了顿，没有回答，望着小岚微笑。

小岚说："你就不要装模作样了，说几个名字吧。"

余宏说："我不是装模作样，是感到想不过来。"

余宏就念了几个他们两人都知道的名字。当余宏念到"吴兰"这个名字时，小岚说：

"你就想她吧，她很丰满，让你满足一下。"

两人就闭起眼睛，互相抱住，开始动起来。他们已经把毯子都蹬掉了，赤身裸体地在席梦思床上翻云覆雨。他们都感觉到越来越迫近那个高潮时刻。余宏忽然俯嘴在小岚耳边，喘息着说：

"快，我叫你吴兰，你叫我曹正！"

小岚呻吟着，两手扣住余宏的臀部。余宏叫道：

"吴兰！"

小岚响应："曹正！"

"吴兰！"

"曹正！"

他们的动作越来越急促，全身扭动，声音因撞击而颤抖。余宏提高声音叫道，吴兰，我爱你。小岚也提高声音响应道，曹正，我爱你。小岚的头移到了床沿外面，长发瀑布似的倾泻下去。忽然，小岚身体抽紧，下肢拱起，脸上出现亢奋难忍的神情。在最后的一刻，他们同时叫出了声：

"吴兰！"

"曹正！"

......

安静下来后，小岚头枕着余宏手臂，偎在余宏怀里，红艳艳的脸上，含着一丝恍惚的笑容。余宏看了她一眼，问：

"怎么样？"

小岚不响。

余宏说："舒服吗？刚才产生幻觉了？"

小岚说："都是你教我的，你自己负责。"

余宏说："难道我不教你，你就不会想到别人？"

小岚说："当然也会想到的。"

余宏说："他是谁？告诉我。"

小岚说："不告诉你。"

余宏说："求你了，告诉我。"

余宏将怀里的小岚的脸朝上，恳切地望着她。

小岚说："是你要我说的。你猜猜看？"

余宏说："我猜不到。总不会是曹正吧。"

小岚说："为什么不会是曹正？就是曹正。"

余宏说："你说真话，别开玩笑。"

小岚说："就是真话。"

余宏说："你不是说你对曹正没有什么感觉吗？"

小岚说："骗你的，我刚才不是感觉很好？"

余宏说："原来如此。这是从什么时候开始的？"

小岚说："早就开始了，在他给我写第一封信以前就开始了。"

余宏问："那你当初怎么没有答应他？"

小岚说："这件事说来话长了，一言难尽。"

余宏要小岚说下去。小岚就说：

"生活中总归会有遗憾，这是无可奈何的。我和他可以说是一见钟情。我第一天到学校去报到，在办公室里碰到他，我就感觉到他很注意我，我对他也印象不错。在我的学生时代，我从来没有碰见过像他这种形象、这种气质的男生，以前只是在银幕上见到过。我觉得他非常英俊，给人的印象既稳重又浪漫。这比较符合我的趣味。可是当时我又很重视文凭，重视男人的事业，他只是一个中专生，一名小学教师，这一点实在是不理想的。所以我收到他的那封信后，就没有给他回信。后来那两年里他没有再向我表示过什么，平时我们相处就像什么事也没有发生过，我本想他已经把这件事情淡忘了，对我的热情已经过去了。何况平时追求他的女孩子很多，经常有人给他打电话，给他寄卡片，有时还有女孩子到学校来找他。我忽然收到他的第二封信时，真的一点儿都没有想到两年来他一直在等着我的回信。我读那封信时非常感动，拿着信纸的手在颤抖，眼泪都出来了。那时我已经和你好了。还记得你过生日的那个晚上吗？那封信是一个礼拜后收到的，他还不知道我和你的关系。这使我想到，就算我想答应他，也为时晚矣，我没有资格了。我感到一种宿命的意味，感到我和他没有缘分。我就给他写了那封冷冰冰的回信，把一份遗憾留了下来。"

余宏说："原来如此，真是非常感动。他如果早一个礼拜写那封信就好了，那时你还是清白的。"

小岚在余宏耳朵上拧了一下，说："这是一件无可奈何的事，命中注定。"

余宏说："这件事是你不对，文凭和工作通过努力都可以改变的。他现在不是正在进修专科文凭吗？"

小岚说："是啊，我真不知道自己是太幼稚了，还是太世故了。"

余宏说："你也不要太责怪自己了，也不要太痛苦，这件事现在还是有机会挽回的。问题是看你现在对他的感情怎么样。"

小岚说："我也说不清楚。"

余宏说："我看你还是很爱他的，你刚才喊他名字时我觉得你是动了真情的。"

小岚说："是吗？"

余宏说："心里有一份遗憾过一辈子是很痛苦的。既然是这样，我现在可以给你一个机会。"

小岚说："这个问题我已经想过了。生活中总会有遗憾的，这是没有办法的，遗憾也是一种美感。"

余宏说："如果遗憾无法弥补那是没有办法的事，如果能够挽回那又何必自寻痛苦呢？"

余宏掀开被子，赤身裸体地下了床，去翻组合柜底部的一只抽屉。小岚欠起身子望着他，乳房耷拉在手臂上，问他：

"你做什么？当心着凉。"

余宏从抽屉里取出一件东西，回到床上。那是一本鲜红的结婚证。余宏把结婚证递给小岚，说：

"这本结婚证你拿好。明天你去约曹正谈一次话，看看他对这件事是什么态度。"

小岚接过结婚证，说："我为什么要约他谈话？我已经作出了决定。再说好马不吃回头草。"

余宏说："你是怕他现在拒绝你吧？你的担心是多余的。我觉得他现在仍然没有忘记你，这从今天下午在车站他望你的眼神和他见到我时的表情上可以一目了然。你如果再犹豫不决，又会失去一次机会。"

小岚说："我有什么犹豫不决的，我又没想要这个机会。"

余宏说："可是我看你充满遗憾的样子，我也很为你痛苦的。你还是约他谈一谈，即使说他不能接受你现在的处境，至少你的遗憾也会减轻些。你应该明天就约他谈。"

小岚未及说什么，余宏坐在床上开始穿衣服。小岚问他：

"你怎么穿衣服了？做什么？"

余宏答："我今天晚上睡到沙发上去，不打扰你，你好好考虑一下明天怎么和他谈。"

小岚拉住余宏的手，说："余老师（婚后她不再喊他余老师，但碰到特殊情况时仍会这么叫），你好像越来越认真了，我没有什么要和他谈的。"

余宏说："这是一件很严肃的事情，我当然是认真的。"

余宏穿上裤衩和背心，下了床，抱起一床被子到隔壁的沙发上去。小岚也下了床，赤条条跟了过去。余宏把被子铺在沙发上，人就钻了进去。小岚站在旁边，弯腰推了推他的肩膀，说：

"你真的睡在这儿？我还以为你是说着玩的。"

余宏说："我不是说着玩的。今晚我就睡在这儿，不打扰你，你好好考虑一下明天的事。"

小岚说："你要我考虑明天的什么事？你怎么真的认真起来了？我是和你开玩笑。"

余宏说："你误会了，我并没有生气，你不用安慰我。我是诚心诚意的，我理解你的感情。"

小岚说："你理解我的什么感情？你理解我的感情，怎么会这样呢？睡过去吧。"

余宏说："你去睡，你没穿衣服，要着凉的。我今晚就睡在这儿。"

小岚说："你不睡过去，我就站在这儿。"

余宏说："可见是你认真起来了。我不过是想一个人在这儿睡一夜，同时给你一点空间。"

小岚说："好吧，你就睡在这儿。明天我去找曹正谈话。你也应该去找那个吴兰谈话。我也有权要求你去找那个吴兰谈话。你还记得你刚才叫她的声音吗？"

余宏说："还是你认真起来了，倒打一耙。随你说好了。"

小岚说："我也随你说好了。"

两人都沉默。小岚在沙发旁又站了片刻，返身回房里去了。

到了半夜，余宏从沙发上起来，在黑暗中摸到房里。月光如雾，静静地从窗外飘进来，一派祥和安谧的景象。余宏掀开床上的被子，钻了进去。余宏的身子刚进被窝，就陷入了小岚赤裸裸、暖融融的怀里。余宏伏在小岚身上，只觉得臀部被一只温香软玉般的小手压了一下，人不由得就仿佛沿着湿漉漉的峡谷滑了下去。

……

1993 年 7 月中旬，余宏去外地参加了一个夏令营活动。活动原定 7 月 23 日结束，由于临时改变了计划，结束的日期推迟了。原以为要推迟一个星期，结果只推迟了四天，余宏于 7 月 27 日晚上风尘仆仆地回到了家。

余宏在楼下抬头朝四楼自己家的窗户投去热烈的一瞥。窗户开着，挂着窗帘，里面没有开灯，薄薄的窗帘布上隐约闪烁着一种蓝莹莹的光亮。余宏知道小岚正倚在床上看电视。去年夏季的一个晚上，余宏也是这样从外地匆忙返回，小岚在家看电视。小岚穿着一件光滑柔软的绸缎睡裙。由于余宏没有按时回家，她已经在家里空等了五天。余宏进门时，小岚没有睬他，只回头瞥了他一眼，仍旧看电视。余宏头发蓬乱，浑身汗渍，衣服邋遢，急急忙忙上卫生间洗了个澡。洗完澡后小岚还是不答理他。可是余宏的手触到小岚的睡裙时，发现她里面什么也没穿。余宏的手在绸缎睡裙上抚摸，觉得比直接抚摸皮肤更有一种妙不可言的细腻滑爽的感觉。那晚余宏是第一次见小岚穿那条紫红色的印花绸缎睡裙，它给了余宏刻骨铭心的印象。余宏现在风尘仆仆地上楼回家，感觉到小岚又穿着那条睡裙，里面裸着身体，靠在床上等他归来。余宏心里洋溢着这样的感觉，陶醉而兴奋。

余宏上了四楼，掏出钥匙开门。门刚打开，随着一种节奏感很强的外国音乐一起扑面而来的是一股热烘烘的气息。余宏的家是一室半的车厢式单元，灶间里面是八平方米的小间，再里面是大间，房间的门像平时那样敞开着，站在灶间一直可以看到房间深处的阳台门，看到那块蓝莹莹的落地窗帘。小岚显然没有听见余宏进门的声音。即使房间里有什么动静，也被急如喘息的音乐声盖住了。余宏放下行李，刚想脱鞋，忽然发现门边有一双样子很怪的大尺码皮鞋，即使在黑暗中余宏也可感觉到这双皮鞋的突兀和陌生，它不是自己的，更不是小岚的。余宏对着这双皮鞋怔了一会儿，然后弯腰拿起它。皮鞋很沉。余宏还没有开灯，也还没有关上大门，他便提着皮鞋轻手轻脚走到外面，凑着从隔壁人家卫生间窗户上溢出的灯光看了看。那是一双簇新的擦得锃亮的黑皮鞋，44码。余宏把皮鞋放在门外，蹑手蹑脚往房间里面走去。房间里音乐声依然如潮似鼓，余宏此时才辨别出了那种融会在节奏里的喘息的滋味。他走过小房间，到了大房间门口。他看见那台平时放在床头柜上的电视机被搬到了窗前的写字台上，背窗面床。音乐声正是从电视机里传出的，充斥于房间。但在余宏如同梦魇的"幻觉"里，耳边的音乐声仿佛发乎床上，并且电视画面仿佛随着床上的景象和节奏在波动。那两个人一前一后跪着，喘息声急如鼓点，从音乐中泛起，音乐融会进去，成了点缀和陪衬，烘托出了那一刻如火如荼的激情。两人大汗淋漓，一台电扇在床边疯转。

余宏退后，在小间里僵立片刻，忽然发现沙发上零乱地撂了几件衣服。过去细看，是一身军服，一顶军帽。一条紫红色的绸缎睡裙仿佛被一只脚蹭在了沙发的角落里。在沙发旁边的地板上还撂着白衬衫、粉红的三角内裤、胸罩和一条肥大宽松的白裤衩。余宏把这些东西都捡起，卷成一团，悄无声息地退回灶间。余宏在门口取了自己的包，夹着那团衣服到了外面。轻轻把门带上，把门边的那双皮鞋也带走了。

余宏把那团衣服和皮鞋扔进了楼下的一只垃圾箱里，把其中的睡裙等物留下，扔到了稍远些的另一只垃圾箱里。

余宏于 28 日下午回到家。他蓬头垢面进门时，小岚正在灶间的水池边洗东西。小岚转过脸来看他，脸色苍白，没有说话。余宏搁下包，问：

"你一个人在家？"

小岚答："一个人在家。"

余宏问："那个人呢？走了？"

小岚答："走了。"

余宏问："他穿了谁的衣服？我的？"

小岚沉默了片刻，嘴角显出一抹似笑非笑的神情。

余宏问："是你去给他买的？"

小岚说："你不要再问了。"

余宏说："你不用担心，我不会再问别的。"

小岚又顿了一下，问："你昨天晚上到哪儿去了？"

余宏说："我到城外去了。"

小岚说："我今天就离开，你以后有事到我父母家去找我。我会把事情告诉他们的。"

余宏说："如果我不要求你离开呢？"

小岚两只湿淋淋的手荡在水池里，龙头没关，水流咝咝地淌在她手臂上，她没有感觉到。她说：

"这是我自己要这么做的。"

余宏说："这又何必呢？我告诉你，我是怎么看这件事的，我觉得虽然发生了这样的事，其实你现在还是老样子，并没有改变了什么，以前我只是不知道而已。如果你实在过意不去，你这样想，说不定什么时候你也会发现我一点什么，这样我们就扯平了。"

小岚说："你不要再讽刺我了。"

余宏说："我不是讽刺你，我是很诚恳的。"

余宏换了鞋，从旅行包里找出几件干净衣服，到卫生间去洗澡。洗完澡后，余宏穿上衣服出卫生间，小岚已经不在了。

余宏拉开旅行包，把里面的东西取出整理了。最后余宏从口袋里掏出一件东西，躺在沙发上端详。这是怎么回事？余宏自问，并且觉得眼前有些模糊，有些看不清楚。我是什么时候得到它的？余宏又自问，恍然一梦。

3

这些日子余宏一直沉湎于这一情景。追忆如画。这天晚上，他又回忆道：

余宏于 28 日下午回到家。他蓬头垢面进门时，小岚正在灶间的小池边洗东西。小岚转过脸来看他，脸色苍白，问他：

"你昨天晚上到哪儿去了？"

余宏答："昨天晚上我还在路上，你怎么了？"

小岚声音有些发抖地说："你不要再作弄我了。"

余宏问："我作弄你？你到底怎么了？病了？"

余宏放下行李，欲去扶住小岚。小岚挡开余宏的手，说：

"你昨天晚上明明回来过，为什么要这样装神弄鬼？你要把我怎么样，我随你，昨天夜里和今天白天我一直在等着。我知道我现在没有权利要求你什么，但我还是求你别这样阴阳怪气。"

余宏问："你好像在说昨天夜里你做了什么对不起我的事情？这到底是怎么回事？"

小岚默然片刻，说："你一定要我当你的面亲口说出来？那我就说吧，昨天晚上我和别人好了。"

余宏笑了起来，说："小岚，我们两个人现在到底是谁在演戏？我千里迢迢回到家，还没喘口气，你就和我玩这样的恶作剧，你的幽默感是不是太强了点儿？我吃不消你。"

小岚怔怔地望着余宏，一时没有说话。

余宏又道："小岚，我刚到家，很累，想洗个澡睡一觉，我们不开玩笑了好吗？"

小岚声音又有些发抖地问："是谁在开玩笑？你这是真的，还是假的？"

余宏也目光怔怔地望着小岚，说："小岚，你究竟怎么了？难道你不是在和我开玩笑？你昨晚做了什么噩梦，被缠住了吧？"

余宏过去两手捧住小岚的脸，让她面向自己。小岚泪水夺眶而出，湿淋淋的白藕似的两手从水池里出来，也捧住了余宏的脸。她说：

"余宏，你怎么会说这样的话？你是真的把昨晚的事情忘记了，还是气糊涂了，还是故意这样来作弄我？求你千万不要这样，求你说一句真话，随你把我怎么样都可以。我要被你吓死了。"

余宏说："我要被你吓死了，你准是被梦魇缠住了。"

余宏欲扶小岚到房间里去坐一会儿，但是小岚摆脱了余宏的手，仍然站在水池边，头略垂下，显得疲惫、恍惚，迟钝而沉静。她对余宏说：

"余宏，我问你一句话，你现在到底认真不认真？"

余宏答："我当然是认真的。你认真吗？"

小岚说："如果你真是认真的，你心里最清楚我认真不认真。"

余宏说："这怎么可能呢？"

小岚没有再说什么，在身上擦干了两手，脸上挂着泪痕到房间里去了，然后穿戴齐整出来，欲去卫生间洗脸。卫生间的门虚掩着，小岚的手在卫生间的门把上搭了一下，推门进去。余宏在里面洗澡，背对着她。余宏听见声音转过脸来，冲她一笑，招手叫她过去。小岚穿着一件粉红色的衬衫，一条白短裙，擦了擦脸，站着不动，仰起脸看余宏。余宏转过身来，又让她过去，湿漉漉的两手伸过去摸了摸她的脸。小岚粉红色的衬衫把她的脸衬得更白更艳，虽然又显出几分憔悴和迷茫。余宏的手在小岚的脸颊上留下了水印，他问：

"你要出去？"

小岚点点头。

余宏没说什么，手滑到了小岚的肩头，把衬衫弄湿了。余宏游戏似的心不在焉地轻轻解开了衬衫领口的一粒扣子，欲把衬衫往上面拉脱。小岚脸上挂着不可捉摸的隐约的笑意，问他：

"你要做什么？"

余宏说："不做什么。"

余宏跨出浴缸，两臂水淋淋地把小岚围住了，仍往上慢慢拉那件衬衫。小岚把余宏的身体推开一些，自己把衬衫脱下来。余宏让小岚背靠在墙上，盯着她看了一会儿，然后把她抱住。小岚脸贴在余宏耳边，问：

"这是为什么？"

余宏说："又来了。你说为什么？你应该把昨天夜里的噩梦忘掉。"

余宏把小岚的身体转了过去，让她弯下腰，手撑在浴缸口上，自己伏在她身后。小岚隐忍不住，呻吟起来。余宏咕噜道：

"你昨天夜里做了一个这样的梦？那你现在可以把它忘掉了。"

余宏如他所言，洗完澡后即去睡觉。睡意蒙眬中他恍惚听见门响了一下。他醒时，天已漆黑。他叫了小岚三声，没人答应。他知道小岚已经走了。

……

余宏这天夜里心神不宁，在寝室里横竖坐不住。他几次掷笔离开寝室，到外面的花径上去踱步。他的小说摊在桌上，他无法去考虑故事的进程。作家心里明白，已经好几个晚上了，余宏独自一人住在学校，一直被一种意识困扰着，想要去做一件事情。这天晚上，他好像终于下了决心似的，从花径上踱过去，隐入前面的一幢房子。

那是另一栋宿舍楼。余宏悄然上了二楼，沿着走廊到了一扇黑黑的门前。门旁的窗玻璃被花花绿绿的挂历纸贴没了，里面下了窗帘，几乎不透光线。余宏在门前欲举手敲门，却发现门未锁，只是虚掩着。余宏把门轻轻推开了。房间里光线很暗，北窗一侧的床上坐着一个人，在翻一本杂志，听见门声那人扭过脸来，站起身，说：

"是你啊，我还以为……"

她没有说下去。余宏立在门口，问：

"吴兰，我可以进来坐一会儿吗？"

那人脸上浮起一丝恍惚的昏暗的笑意，说："余老师怎么这么客气。请进来，请坐。房间里很脏的。"

余宏过去在她对面坐下。那是一只堆满了杂物的空床。余宏朝她笑笑。吴兰问：

"余老师今晚怎么有空上来坐坐，你不是在写小说吗？"

余宏答："今晚告了一个段落，没事了。我想起以前和你聊过一次，很有意思的，我就上来了。我还记得你的感觉很特别。"

吴兰说："你过奖了，人家都说我的感觉很怪。刘忠那天不也是这么说我的吗？"

余宏说："我觉得你的感觉很有意思。上次和你谈话时，我发现你非常有艺术天赋，当时我就想，可惜你不搞艺术，如果你搞艺术的话，不论是唱歌、演奏、舞蹈、写作或是绘画，肯定都会搞得非常有特色。"

吴兰脸上露出喜色，说："你这么说我，不好意思。"

余宏说："你给人的印象就是这样的。别人第一次看见你时，至少会以为你是搞舞蹈的，或者是唱歌的。"

吴兰说："大概你是这么想的。"

余宏说："我第一次看见你时是这么想的。那次和你聊天，我发现你的感觉确实与众不同。比如说你说你经常会在你熟悉的人身上看到某种动物的影子，这种感觉就是非常有意思的，这实际上是对人的一种形而上的感悟，带有鲜明的主观色彩。你不是说你觉得刘忠很像一只螃蟹吗？在旁人看来刘忠和螃蟹有什么关系？但这正说明你看人独具慧眼。艺术家才能独具慧眼。一个人究竟是怎样的，他的真实性究竟是怎样的，我们无法确定，我们所能确定的只是别人的感觉，而一般的人往往都感觉迟钝，囿于成见，只有艺术家最敏感。刘忠究竟像不像一只螃蟹，这并不重要，这也是无法证明的，重要的是你能感觉到他像什么。他可能还会是一头狼，谁知道呢？这些都并不是无凭无据的虚妄之词。"

吴兰一手掩口笑了起来，不知是被余宏的话逗笑了，还是被余宏所引用的她自己的话逗笑了，即说她的男友刘忠（法律上已是丈夫，但尚未举行婚礼）像一只螃蟹。

余宏望着吴兰，问："你笑什么？是不是觉得我也像什么动物？"

吴兰说："不是，我对你还没有这种感觉。"

余宏说："我对你倒有一种感觉，觉得你像一匹飘浮在云雾中的白马。"

吴兰又忍俊不禁笑起来，问："是吗，你怎么会有这种感觉的？"

余宏说："可能是受了你的影响吧。"

吴兰乐，然后敛起笑容，说："不过我自己是很恨这种古里古怪的感觉的，这对生活有很大的影响。"

吴兰低下头对着面前的桌子，没有说下去。一边台灯的光晕从桌面上泛起，她的脸显得半明半暗，有些含糊。

余宏说："这是肯定的。"

吴兰问："你最近听说了我的什么事情没有？"

余宏答："听说了。"

吴兰说："上次大家在一起聊天时我不是说以后想找你谈谈吗？我就是想和你谈这件事。"

余宏说："我没有忘记你这句话。"

吴兰说："我现在真不知道怎么办好。"

吴兰话还没有说完，门响了。他们俩都扭过脸去，黑洞洞的门口刘忠走了进来。余宏因为感到突然，不禁站起身和刘忠打招呼。刘忠过来在吴兰身旁坐下。刘忠是个瘦高个儿，穿了一件黑色的皮夹克，蓝衬衣的领口上结了一根红领带，短发大眼，人显得有些疲惫。他坐下后，拍了一下吴兰的肩膀，又冲余宏笑笑。余宏问他：

"你什么时候来的？"

刘忠答："下午来的。刚才到下面去转了一圈。"

余宏问："最近忙吗？"

刘忠答："还好。不过我不想再这样荡在外面了，说起来收入不错，你们都叫我老板，但总归很不安定。我想正式找一个单位。"

余宏问："有方向了没有？"

刘忠答："基本上想去司法部门，大学里学的专业也算对口。"

余宏说："这很好，你有关系吗？"

刘忠说："我爸爸是经常和他们打交道的，他已经去给我打过招呼了，昨天不是枪毙了十二个犯人吗，我也跟我爸爸去了刑场，碰到司法部门的人，他又给我打了招呼。"

余宏直起了身子，问："你去看枪毙犯人了？"

刘忠说："去看了。一方面我想去认识一下司法部门的人，另一方面想去亲眼看看枪毙犯人究竟是怎么回事，亲身经历一下那种场面。看了以后，我最大的体会是生命是最最宝贵的。"

余宏说："我以前也有过一次机会可以去看枪毙犯人，但我没敢去看。你怎么敢的？"

刘忠说："我想去经历一下那种场面，对以后或许会有好处的。"

余宏说："你这么想很有意思。能说一下经过吗？"

刘忠说："很简单的。那个刑场在乡下的一块农田里，大概像篮球场那么大小，周围用砖墙圈起的。里面靠西边有一道土丘，犯人就跪在土丘前，刑警站在他们身后，用手枪抵在他们后脑勺上。那把枪是很小的，就一拃长。那些刑警一面作着准备，等候发令，一面还和我爸爸说话。我就站在犯人旁边，看着他们一下子就变成了一具具尸体。然后我就和警察一起把他们的尸体抛到卡车上去。人刚死身体特别软，不太好把握，抛的时候感觉特别怪，第一具尸体抛了两次才抛上去。"

余宏似笑非笑地说："你胆子真是大，怎么还敢去抛他们的尸体。"

刘忠说："是我爸爸要我去帮忙的，他说你不能白看，也要出点儿力。"

余宏说："就是听你这么说也感到触目惊心。"

吴兰在旁边用手指头戳了一下刘忠的脑袋，说："他真是有毛病的，去看这种事情，恶心死了。"

刘忠挡开吴兰的手，摸了摸她的头发，又对余宏说："这次十二个犯人里边只有一个女的。我其实很想看枪毙女犯人。这次的这个女犯人犯的是通奸杀夫罪，她的奸夫这次也一起枪毙了。那个男的刚满十八岁，还在中学里读书，那个女的已经三十二岁了。他们两人通奸不算，还想结成夫妻，就合谋把女人的丈夫害死了。你知道他们是怎么害死他的？真是闻所未闻。他们是在有一天夜里乘他熟睡时，把他抬起来从五层楼的阳台上扔下去的，然后说他是自己跳下去的。他们没有想到他在掉下去的一瞬间本能地抓了那个奸夫一把，把他的手臂抓破出血了，在他的指甲里留下了那个奸夫的一点点皮和一丝血迹。这个就是谋杀的证据。你昨天电视里看了没有？因为那个学生刚满十八岁，有典型意义，在押赴刑场前电视台作了现场直播，让他和父母见了最后一面。他爸爸泪流满面，一边哭，一边说，我儿子是有罪，罪不可恕，死有余辜。他妈妈和他面对面地坐在一个房间里，中间隔开一张桌子，旁边站着几个全副武装的警察。他妈妈泣不成声，呼唤他的小名，说，你这辈子完了，下辈子记住，一定要做个好人。他一直没有说话，直到时间到了，警察欲来带他出去时，他才抬起头来，对他妈妈说，妈妈，你再看看我。他妈妈声泪俱下，说，囡囡，妈妈是在看你，妈妈是在看你，妈妈不能送你去了，你自己当心。他妈妈就昏过去了。他被枪毙后，家属没要他的尸体，把他的器官捐了。他的眼睛是我爸爸取的，我在旁边看着我爸爸用一把尖刀把他的眼睛连带周围的软组织一起挖了出来，浸在药水里，然后在他的头上套了一只黑塑料袋。后来我和一个警察把他的尸体抛到了卡车上去。那个女人的眼睛也是我爸爸挖的，我爸爸的同事又取了她的心脏。我过去看了，很奇怪，她的心脏是紫红色的。有人说到底是坏女人，心脏也是黑的。"

刘忠停了下来，嘴上浮起一丝微笑，看看余宏，像是在等余宏的反应。余宏沉默了一会儿，说：

"你真是胆大，我没有想到。"

刘忠说："我想经历一下那种场面，对自己会有好处。"

吴兰在旁边白了他一眼，说："这家伙肯定本性残忍，看了不算，还津津乐道。这件事他今天至少说了四五遍了。"

刘忠又伸过手去摸了摸她的头发，说："你知道吗，人的本性都有残忍的一面，就看他有没有机会表现出来。你不是很喜欢杀鸡吗？"

刘忠的一只手把吴兰的头仰起来，另一只手在她脖子上做了一个杀鸡的动作，说："这也是很残忍的。"

吴兰推开刘忠的手，对余宏说："谁也不能和他们家的人比，他们家的人在这方面是有遗传的。他们家现在不是搬到医学院去了吗，那条走廊里有几间解剖室，前几天我有一次走过那儿，他爸爸在里面叫我进去说话，我进去了，话还没说，我忽然发现他爸爸手里拿着一样东西，白白的像一条冰冻猪腿。我还没有反应过来，问他手里拿的是什么？他爸爸把那个东西举起来，还笑嘻嘻地在我面前晃了晃。我一看原来是一条人腿，吓得转身便逃。他爸爸还在后面举着那条人腿叫我回去。"

吴兰站了起来。两手高举在头顶上。余宏和刘忠都看着她大笑起来，不知说什么是好。

……

那时学期已快结束。到了期末，元月的某一天晚上，全校教师聚餐。余宏那时仍住在学校，也参加了聚餐。聚餐结束后，年轻人在餐厅里跳舞。那晚大家都在，吃喝玩乐，难得这么热闹。学校里原本男少女多，跳舞时更显阴盛阳衰。吴兰也留了下来跳舞，她脱去大衣后，显出一身素雅的服装。因为男教师太少，吴兰经常和一位名叫邓伟的物理老师搭档跳舞，且两人都舞技出众，就显得格外突出。有一回，余宏主动过去请吴兰跳舞。他们跳舞时，余宏将嘴凑在吴兰耳边说：

"我注意你好久了，越来越觉得你很像一匹飘浮在云雾中的白马。"

吴兰笑道："是吗？我很高兴你对我有这种感觉。"

余宏说："可能是因为今晚喝多了酒的缘故。"

吴兰说："你现在脸红红的，满口酒气，醉了没有？"

余宏说："还好。你好像也喝了酒，脸也红红的。"

吴兰问："你不记得我是怎么会喝酒的了？"

余宏说："是我和你干杯了？"

吴兰点头，说："你当心摔倒。"

余宏说："不会的。"

沉默了一会儿，余宏又问："今晚怎么不叫刘忠来玩玩？"

吴兰说："我叫他来的，他说他可能不来了。"

余宏说："上次想和你谈话，也没谈什么，等会儿我们谈谈好吗？"

吴兰说："好的。余老师。我怎么听说你离婚了，是真的吗？"

余宏问："你听谁说的？"

吴兰说："我也不知道是听谁说的。"

余宏说："你可能是在做梦吧。"

吴兰笑："怎么会这样呢？"

他们继续跳舞。跳完那个舞后，他们忽然发现刘忠不知什么时候已经来了，坐在门边的一把椅子上，面带笑容，目光幽幽地望着他们。余宏过去和他打招呼，在他旁边坐下，问他：

"什么时候来的？没看见你。"

刘忠答："刚来。"

刘忠忽然俯过身来，说："你发现没有，那个家伙看见我来了就走了？还算识相，他要是还不走，我今晚给他好看。"

余宏问："你说谁？"

刘忠说："你不知道我说谁？"

余宏朝四周张望了一下，笑笑，想说什么。这时一位女教师过来邀请他跳舞，余宏就起身跳舞去了。

舞会结束时，余宏回到刘忠那儿。刘忠对他说，我听吴兰讲，你等会儿要和她谈话，我就不上去了，我去吴兰办公室看一会儿书。

余宏问他："你不一起去谈谈？"

刘忠说："还是你和她单独谈好。"

余宏就回到自己宿舍去拿了一只茶杯，然后穿过门前的花径到前面去。吴兰正在等他。

……

余宏从吴兰宿舍离开时，已是深夜。他去办公室找刘忠。刘忠仍在那儿看书，看见他进来，抬起头问他：

"谈完了？怎么样？"

余宏说："你还是准备和她分手吧。"

刘忠问："她还是这么说？"

余宏答："还是这么说。"

刘忠问："她有没有告诉你究竟是什么原因？"

余宏说："我告诉你你不要生气，事情已经这样了。她说她总是觉得你像一只螃蟹，她觉得他是一匹马。她说她知道自己很傻，对不起你，也知道你各方面都比他强，无论是才能、前程，还是家庭、经济条件等都比他强，所以她本来是想和你好下去的，对你也不是没有感情。但既然事情被你发现了，就只好分手。用她的话来说，事情被发现后，她不知为什么越来越觉得你像一只螃蟹，觉得他像一匹马。她说所有的人都反对她，她也相信他们的反对是有道理的，但她就是喜欢看着他的身影，觉得他是一匹马。她情愿这样过一辈子，没有办法。"

刘忠说："这是什么话。"

余宏说："她就是这么对我说的。"

刘忠还是说："这是什么话。"

余宏问："她以前对你说过没有？"

刘忠说："以前开玩笑时她是说过我像一只螃蟹。不过她没有对我说起过她觉得他像一匹马。这是什么话。"

余宏说："她就是这么对我说的。"

余宏说话时一直注意着刘忠手里在把玩一件东西。余宏问："你手里拿的是什么？"

刘忠把那件东西拿出来给余宏看。余宏问："你今天晚上还过去睡吗？"

刘忠说："不过去睡了，我就在这里看看书。"

余宏说："你可以睡到别人宿舍里，肯定有空床的。"

刘忠说："再说了。不睡也不要紧。"

刘忠起身出去小便，把手里的那件东西放在桌上。刘忠离开后，余宏过去把那件东西拿在手里，也离开办公室。他朝已经到了走廊另一头的刘忠说："那我走了。你还是去找个地方睡觉吧。"

刘忠说："算了，天都快亮了。"

余宏就独自往走廊另一头走去，出了办公楼，往宿舍楼走去。

……

翌日清晨，宿舍楼里出现了一具男尸。尸体仰躺在水泥地上，胸口被戳了数刀，头上套了一只黑色的塑料袋。取下塑料袋，尸体的眼睛被挖掉了，留下了两个血肉模糊的窟窿。

在现场发现了一把尖刀，被证实是杀人的凶器。

刘忠被警察逮捕时，正靠在办公室的藤椅里酣睡，发出匀称的呼吸。警察问他：

"这把刀是不是你的？"

刘忠瞥了一眼，用手抹了把脸，答："是我的。"

警察问："这上面的血是怎么来的？"

刘忠低下头想了想，脸上露出了清醒而诡异的笑容，回答："别担心，是坏人眼睛上的血。"

警察问："这么说你承认人是你杀的？"

刘忠顿了一下，问："你说谁被我杀了？"

警察说出死者的名字。

刘忠说："我没杀人。"

警察将刘忠的口供做了笔录，让他签了字，就把他带走了。

警察在把刘忠带走前，找到了余宏。他们把余宏叫到一间办公室里，一警察问他：

"你昨天夜里和刘忠谈过话？"

余宏答："是的。"

警察问："你们谈了什么？"

余宏告诉了他。

警察问："他情绪怎么样？"

余宏答："他情绪不好，显得非常气愤和沮丧。"

警察问："他有没有说过要杀人的话？或者说你有没有感觉到

他有这方面的动机？"

余宏答："没有。"

警察取出了那把刀，问："你见过这把刀吗？"

余宏答："没见过。"

警察就让余宏走了。余宏穿过门口惊慌失措的好奇的人群，独自回宿舍去。他没有回自己宿舍，到了另一扇门前。楼里阒无声息，人去楼空。余宏推了一下那扇门，门就开了。余宏进去，站在门口，感到有些晕眩和恍惚。房间里很暗，有一股洞穴般的潮湿的甜味儿。房间似乎显得很小，天花板显得很高，一个哀楚动人的女子端坐床沿，面带泪痕幽幽地望着他。他过去在她旁边坐下，伸手轻轻抚摸她的头发。她的头发又长又软，乌黑光亮，拖至腰际；她的脸有些苍白，眼睛红红的。她问余宏：

"他死了？"

余宏答："死了。"

她问："是他杀的？"

余宏说："警察把他带走了。"

她叹了一口气，说："没想到结果会是这样。现在只剩下我们俩了，怎么办？"

余宏说："我不会丢下你不管的，你不要难过。"

她说："我很难过，我怕你也会离开我。"

余宏说："我不会离开你的。"

她好像没有听见余宏的话，径自徐徐地说下去："你也会离开我的，警察不是把你带走了？"

余宏说："不是把我带走。"

她摇了摇头，轻叹一声："把谁带走了？这是怎么回事？这怎么可能？"

余宏答："你安静点儿，不要太难过了。"

余宏继续抚摸她的头发，感到她的头发如瀑布似的柔软地滑泻下来。

余宏直起了身。

4

余宏在学校一直住到学期的最后一天。这天他在校园里碰见了一个人。

"你昨天晚上不是看见我手里拿着一张照片吗？后来这张照片不见了。"那个人对他说。

余宏问："什么照片？"

那人说："就是吴兰的那张照片，你昨天晚上不是看见我拿在手里的吗？你还问过我的。"

余宏说："吴兰的照片？我还问过你？怎么回事？"

余宏想不起这件事，那个人也只好作罢，没再说什么。他们就分手了。余宏当时并没有感觉到过一会儿那人会做出什么反常的举动，只是觉得他有些神志恍惚，情绪不稳定。中午时分，那人进入男教师宿舍楼，把青年物理老师邓伟揍了一顿，围观者众多。下午在回家的车上，余宏见到邓伟，邓伟双目两侧都有些青紫，嘴角也有些红肿。邓伟中等个子，一张白净的脸，他是个足球运动爱好者。邓伟主动冲余宏笑笑，指着自己的脸说：

"这是被那个家伙打的。今天我让他一次，以后他要是再敢碰我一下，我敲断他的腿骨。"

余宏不知怎么说好，望着他脸上的伤痕，有些尴尬地笑笑。

余宏回家后在沙发上躺下，睡了一觉。

即使是睡着了，余宏的脑子也没有安静下来，他也能感觉到小岚似乎正在外面厨房里准备他们的晚饭。余宏睁开眼睛，晚饭已经摆在桌上了，圆桌旁还坐着两个人，正用不同的眼光看着他。

外面响起了悠长的铃声。

生存的意味

现在看来，这件事仿佛命中注定，从一开始就无法避免。

她被杀时年仅三十，风华正茂，是一个非常好看的少妇。她虽比不上城市女人那么妖艳，但自有一种动人风姿。她家的院子，就在我妻娘家的那幢两层楼房的后面。有一年夏天的一个黄昏，我推开北窗，猛然看见她正站在院子里擦身。在夕照的辉映下，她的脸是微黑的，她的裸露的上身却是出乎意料的白皙。她的淋湿了的皮肤水光流转，晶莹润泽，在西边那片翠竹的映衬下显得冰清玉洁，仿佛伸手可及。我的嗅觉似乎也被唤醒。她面朝着我，乳房饱满，肩头光滑圆润。当她举起一条手臂与腰后的另一只手相配合，上下拉动毛巾搓背时，她便将她整个胴体完美地呈现了。肌肉的滑动、润肤的起伏，显示出她的身体是多么结实而富有弹性。她的神情显得很超然，似乎有些疲惫。我目瞪口呆，面红耳赤，一时忘了挂上窗钩，甚至也忘了及时避开。现在回忆起来，那一段距离仿佛很远，其实我差不多就在她的面前看着她。而且她也看见了我。她的反应更是我始料不及。她显然是先感觉到了我在窗前，然后她抬起头来，朝我亲热地一笑。她神情依旧，动作也不踌躇。当她仰起脸抬起身子时，乳房耸动起来，我像被雷电击中似的。我竭力克制着自己，并且尽量也亲热地对她报以一笑。她的目光移开后，我就赶紧逃开了。

现在算来，这仅是灾难发生前两年的一幕。

2

也许二十三年前当芬死活非要和大她一岁的表姐一起去上学时，命运已经悄悄敲响了它第一个不祥的音符。那也是芬初次充分显示她的执拗并为此付出代价的时候。要不是二十三年后的这场灾难，恐怕没有人能解释一向温和顺从的七岁的芬当时怎么会突然变得那么任性乖戾，父亲的打骂、母亲的哄骗、表姐的躲避、老师的吓唬，都无法改变芬的决心。当芬终于被无可奈何的老师准许和表姐坐在一个教室时，她流着眼泪笑了。芬擦干那些眼泪，同时也把那个不寻常的笑容抹去了。于是芬又恢复了那个温顺和气的小女孩的性情，不太爱哭，也不太爱笑。

在芬与她后来的情人二十三年断断续续的交往中，在那些不时出现的偶然因素中，确实充满了许多不祥的命运的暗示。当芬总算获准进入那所学校时，恰巧有个男生的同桌落水淹死了。本来这女孩完全有可能获救，然而却因为本地村民们相信小孩落水系河里的落水鬼所为，所以没人愿意下水冒险，有人站在岸上眼睁睁看着她被河水吞没了。这样芬就顶了缺，坐到了那女孩屁股尚未坐热的座位上。那女孩曾经坐过的椅子，曾经趴过的课桌，这并不使芬害怕。芬怕的是她的同桌，那个男孩。几乎从芬上学的第一天起，芬就怕他。

他叫大军，那年八岁，长得又黑又瘦。和他同桌，芬心里是老大的不愿意。可是芬不能再违抗，因为她想上学的要求已经满足了。而老师之所以安排芬与大军同桌，是异想天开地想用芬去对付大军，那会儿老师以为芬够厉害。大军入学才没几天，就已经把旁座那个女孩弄哭了好几回，她多次向老师告状大军掐她的腿，抢她的东西吃。若那个女孩没死，老师也是要给她换座位的，现在正好有了这样一个机会。但老师没有想到的是，芬上学后就完全变了个人，变得胆小谨慎、沉默寡言，甚至比班上最温顺的女孩还要温顺。她自然也受到了大军的欺负。前一个女孩受到大军欺负时还知道去向老师汇报，芬却总是一声不吭，仿佛与每天早晨跨进这个教室相比，这并不是一个问题。每当上课时大军的小手突然伸向芬的腿部时，芬总是一声不响地悄悄地用自己的手一个一个扳开大军铁钩似的精瘦的手指，然后将他的手推回去，按在大军自己的腿上。再疼芬也从来没有叫唤过一声，甚至在底下搏斗的过程中芬还总是尽量保持坐姿的端正，放松脸部表情做出仍在听课的样子。有一次大军自己忍不住叫了起来，招来了老师的呵斥，这时芬站起来说，我踩脚不小心踩到他脚上了。老师问，你为什么要踩脚？芬答，我的脚趾快冻僵了。

那个时代决定一个男孩力量和权威的，是力气与凶蛮，这两点正是比同龄孩子高半头的大军所与生俱有的。大军一入学，就在班里称王称霸，不久就没有一个男孩敢于反抗他。到大军升入四年级时，连六年级的男孩也要让他三分。大军与人打起架来下手凶狠，不顾一切。他的身材似乎又是天生用来打架的，骨骼粗大，人精瘦，柔韧性好。升到高年级时，大军在学校里已所向无敌。

在上中学时大军曾和一个比他大两岁的叫秦国华的男孩打过一次恶仗。秦国华也身材高大，臂力过人，脾气暴躁。大军差不多是在半小时后才打倒了他，但是大军并不罢手，而是继续凶狠冷酷地踢已经趴在地上的秦国华，一脚一脚地踢他的小腹、腰、胸部和脸。最后当秦国华痛得乱滚时，大军又一脚踢到他的裆部。这一脚使秦国华撕心裂肺地号叫起来。也是这一脚彻底摧毁了秦国华的精神堡垒，叫他吓破了胆，以后一看见大军就脸色发白浑身颤抖。秦国华长大后爱上了写小说，在秦国华的小说里总有个魔鬼似的男人，这个男人最后总是遭到残忍的杀戮。在一篇小说里这个男人被他代表正义的仇人万刀凌迟，生殖器被割下喂了狗。这篇小说发表后即被指责渲染凶杀和恐怖主义。有的评论还指出小说的作者是个精神病患者，不是虐待狂便是受虐狂，或者两者兼而有之。

但是在芬的天性里，要命的却是她总有一种对大军这样的男人的不由自主的崇拜与依赖。不论这种崇拜与依赖怎样受到芬自己的否认，芬最后还是要身不由己地倾倒于这样的男人。这也许是出于一种从小就纠缠在芬意识里的对母亲的憎恨和对父亲的怜悯、蔑视与徒劳无效的期待吧。芬第一次看见母亲把陌生的男人带到床上时，她还刚能扶着墙走路，所以那一次的景象也许并未留在芬的记忆里。对芬来说真正具有意义的第一次，是到了她五岁那一年，那天她循着奇怪的声响从门缝里窥见那个男人与母亲在床上翻滚扭动的光身子时，正是初夏闷热的下午，那时父亲就在不远的田里干活儿。芬恐惧得差点惊叫起来。但是这一景象的奇特与男人和母亲动作神情的怪异，带有极大的神秘性，似乎一下唤醒了芬本能的直觉的感悟力，唤醒了芬多年以前的那个懵懂的记忆。芬竟没有惊叫，满脸通红，默默地退了出去。后来在这个夏天里，芬又接连几次窥见了母亲与那个男人的幽会，在芬的感觉上他们就像两股绳子绞在一起。芬甚至掌握了这样的规律：只要母亲打发自己到后村姨娘家去玩，那个男人就准要来了。正因为芬有了这样特殊的经历，日后当芬遇上村里那些老色鬼哄问自己夜里是否看见爸爸妈妈"打架"时，芬一下就脸红了，芬过早地懂得了老色鬼们猥亵的意思，不过芬确实从未见过爸爸妈妈打架——不仅是指老色鬼们所谓的"打架"。然而那年夏天，芬却似乎是第一次注意到了父亲这么一个大男人悲痛而窝囊的哭泣。以后这种哭泣便伴随着芬度过了整个阴郁的童年。父亲几乎每次都是蹲在灶前发出那种芬听了就浑身哆嗦头皮发麻的鬼哭狼嚎似的哭声。不久芬就明白了其中的缘由，虽然是姨娘对她做了暗示，但即使没这暗示，芬也已心领神会。于是对母亲的憎恨和对父亲的蔑视，几乎同时在芬幼小的心灵里滋生起来。而邻居亲戚一次次的窥探、围观、劝解、议论等等，更刺痛了芬的心，加深了芬对父母的憎恨与蔑视。虽然是自己的母亲，那几年芬是多么期望父亲结结实实地揍母亲一顿。然而父亲除了哭号，好像不知道还有其他的手段，真是枉为男人！到了后来，父亲几乎每隔一段时间就要蹲在灶前完全不顾面子地痛哭一场，好像成了习惯，哭完之后他才如释重负，继续到地里去干活儿。甚至好像不知不觉地他有了一种哭瘾，就如他抽烟喝酒一样。每当这时候，芬便如同逃避瘟疫似的逃出家门。在芬整个小学阶段，这样的时刻就像团团沙子似的塞满了她的生活，使她日后回忆起来脑子里乱糟糟的，只有那些哭声，那些愤怒耻辱的逃亡和那一片阴森森的河边竹林。芬本来是怕这片总在瑟瑟呜咽着的竹林子的，但现在这儿却成了她唯一的逃难的场所，使她感到恬静而可靠。芬总是穿过竹林，坐在河岸上，让厚密的竹子遮住她的背影。河的对岸是邻省的地界，这使芬常感到自己是处在世界的边缘，不由得心里充满哀伤。在这儿芬不知默默地哭过多少回，即使哭出声来也没有人能够听见。那条河很宽，对面也是一片竹林。有时在晚霞惨淡凄清的映照下芬在这儿静静观望脚下的河水，显露出一种与她的年龄极不相称的灰暗表情。这时候芬的披了一头散发的侧影，真有点像个骨瘦如柴的老太婆。有一天芬就是以这样的形象，脑子里萌生了一个恶毒的计划。然而芬并没有成功，父亲在看到芬设计让他看到的景象后，根本没有如芬所期待的那样操起扁担或锄头，而是惨叫一声，仿佛自己遭到致命一击，立刻逃向田里。后来父亲又返回灶前去哭号时，他的背拱得像一座小山。母亲抓住了芬，将芬痛揍一顿，并将芬塞进床底命她去逮那条她对父亲所称的蛇！而在这之前，父亲竟还把芬出卖了，他扇了芬一巴掌，狂怒地叫道：你说屋里有条蛇！这是芬永远也不能原谅父亲的，因为父亲的表现，不只是个软骨头，而且像个白痴。

也许短命的父亲到死都是个白痴。不过芬对父亲最后的举动却有不同的看法。尽管芬不能明确地表示赞同父亲的这一行动——实际上芬也不愿意作这种表示，即使只是在心里——然而，当芬终于听到父亲将一把锋利的刀子捅进了那个男人的肚子，仿佛有一股长气豁然从胸中流出，随后芬软绵绵地瘫倒在地。这件事发生在芬小学生涯的最后那个礼拜，当时父亲才三十七岁，芬十三岁。芬后来永远忘不了两个月后召开公判大会那天的情形。公判大会在县城体育场召开，芬自然没去。芬那时已升入初中一年级，那天她逃学了。芬来到竹林深处的小河边徘徊着，整个上午内心涌动着去县城最后看一眼父亲的热望。当太阳升得很高时，芬完全想象得出父亲已经被五花大绑地押在"司令台"上，那头乱发早被铲除，青紫的头皮冲着台下成千上万的群众；芬完全想象得出今天巨大的体育场里人声鼎沸热闹非凡，像过节似的，从体育场至刑场的街道两边也早已被围得水泄不通，刑场周围更是黑压压的一片人头攒动。芬了解这些，清澈的河水仿佛一面大镜子映出了这一幕，因为芬也曾经有过一次这样的经历。那回芬才十岁，是跟了胆大包天的大军去的，一起去的还有两个男孩一个女孩。那回枪毙了六个男人一个女人。那个女人非常反动，一年之内在县城每一堵墙壁上都书写了反动标语。临死之时她还表现得相当顽固，虽然她的棉衣里有一根绳子勒住了她的喉咙，她还总想张嘴喊什么。这个女人猖狂的表现和六个男人中最年轻的那个形成了极为鲜明的对照。那年轻人的罪行是强奸杀人，被害者是个知青。他在"司令台"上已经瘫倒两次，在卡车驶向刑场的路途中他又不停地喊叫和挣扎，现场不少女观众被他这样哭号得看不下去了，掩面离去了。芬也因此受到了很大刺激，对那个场面留下了极深的印象，以后好些日子那人临死前的哀鸣总在耳畔嘤嘤回荡：饶了我这条狗吧我再也不敢了我才十八岁啊……

芬不知道自己是憎恨这个年轻罪犯还是怜悯他，或者是蔑视他，还是这三种情绪都有？因而芬现在感到不敢想象的是父亲是否也会这样在被押赴刑场的卡车上失声哭号？偏偏芬认为是会的。在芬这样十来岁孩子的心目中，一个走向刑场的人，不管是革命者还是反革命，只要昂头挺胸，面不改色，就是了不起的，就是英雄。所以芬是多么希望父亲也能成为这样的英雄。你就至死都像个杀人的人吧。但是芬恰恰感到父亲是不可能这样的，父亲必然会在大庭广众之下又哭又闹，甚至还会喊"冤枉"，做出种种丢面子的事。所以芬情愿放弃与父亲的诀别，情愿在心中保留父亲复仇者的最后形象。当天下午去县城参加公判大会的干部群众回来后，果然证实了芬的父亲不仅在车里又哭又闹，而且又拉又尿，裤裆透湿。但是芬至少眼下不知道这些。当芬终于从远处的有线广播中听到了父亲的名字时，恐怖和一种莫名其妙的激动使她差点晕倒。芬知道开始公判父亲了，结果只有一个，就是押赴刑场立即枪决。芬哆嗦着听完了广播中刺耳的公判词，瘫在地上，几乎失去知觉。芬果然听到了那句话："罪大恶极，不杀不足以平民愤……"芬听到父亲犯的是反革命杀人罪，听到父亲的杀人是地主富农阶级向贫下中农的猖狂反扑反攻倒算；听到父亲作为剥削阶级的后代，内心深处一直与翻身做主的贫下中农不共戴天，平时经常用恶毒的哭声来发泄他的阶级仇恨，直至孤注一掷疯狂报复，极其凶残地杀害了贫下中农的优秀代表、共产党员、革命干部戴雄杰；芬还听到父亲之所以选中戴雄杰作为报复对象，是因为戴雄杰作为民兵连长从不放松对剥削阶级家庭的教育改造，态度最坚决，立场最坚定；芬听到戴雄杰被宣布为革命烈士永垂不朽……十多年后芬对这篇公判词仍然刻骨铭心，但她对它似乎有了新认识，而不仅仅将它看做一派胡言……

回过头来说，芬所以对她生命中的克星大军（这后来很快就被证实了）总有那种身不由己的依恋，也许正是由于芬认为假如大军杀了人是绝不会在刑车上大哭大闹、又拉又尿。也许芬还会认为假如母亲是嫁给了大军这样的男人，那么她是绝不敢以肉体去接受民兵连长的改造的，自己的童年也绝不至于如此可悲。芬从小就是多么仰慕、期待、渴望这样的男人，尽管当这样的男人出现在芬的生活中时，在带给芬安全感的同时也充满了破坏性。但是，不管怎么说，芬最后也没有能和这个男人合法地结合，而是像母亲一样嫁给了一个平庸的男人。那么究竟是芬阴差阳错的婚姻导致了悲剧，还是命定的结局决定了这次婚姻？后来连芬都感到自己的命运和母亲如出一辙，只是她们母女俩最终的结局大相径庭。母亲至今依然健在，肯定要长寿。

如果芬在自己短暂的一生中对自己的状况不只是有过一些浮光掠影的感想和莫名的惆怅的话，芬或许是早就止步了。可惜芬只能如此。不过芬确实很早就注意到了自己对大军的那种奇怪执拗的态度，既怕他，又不由自主地依赖于他。起先这只是一种直觉，但不久这种直觉即为明显的事实所证明。最早的一件事竟发生在芬入学后的第四个月。本来那天下午当芬受到一个小名叫阿木的男孩欺负后，怎么也没有想到第二天要把此事告诉大军，然而第二天上学后碰见大军对大军说的第一句话就是：昨天阿木打我了。而且丝毫不曾感到惊讶，仿佛早就准备好了似的。芬也似乎料到大军会说：那你就看我的。芬事后不禁后怕起来。芬害怕自己的这一举动会招来阿木的报复；芬也害怕大军打不过阿木，那么阿木必然会再来寻

63

事，以后就更加肆无忌惮了。阿木毕竟长大军一岁。芬越想越怕，后悔不已。无论当时还是以后，芬对自己的这次言不由衷的失口都感到迷惑不解，好像神差鬼使似的。芬不明白自己何以会在大军面前如此软弱。那天上午第二节课是体育课，第三节由于老师生病，又是体育课，但芬还是瞅了个空跑过去对大军说，我刚才对你说的那件事算了。大军却伸手推了芬一把说，胆小鬼，你等着瞧吧！说完大军就跑开了。下午来上课，芬非常紧张，非常担心碰见阿木。芬几乎是在铃响之后才一溜烟奔进学校的，所以进课堂时迟到了一小会儿。芬满脸通红地在大军身边坐下，没有看大军一眼。然而女孩子的眼睛天生就能不正视你而看见你，芬也这样。芬差不多一进教室就注意到大军脸上出现了青紫淤痕，而且神情怪异。果然芬坐下不满一分钟，大军的手伸过来了，在芬腿上掐了一下。芬听见大军小声得意地说，放学后跟我走，有好戏给你看！芬尚未理解这句话的意思，人已经紧张得、激动得哆嗦起来，甚至有一种小便要失禁的膨胀感。无论是大军揍了阿木，还是没揍阿木，似乎都不是芬的本意。一时间芬就这么心神迷乱，恍惚不安，呆坐在那里。当芬最后跟大军走时，乱糟糟的脑子里恐怕不会想到此刻自己正在作出一种选择，或许就是从这天起。自己渐渐开始了与大军的那种纠缠不清的暧昧的关系——尽管芬当时才七岁，大军八岁。

放学后，芬悄悄跟在大军身后，来到了学校北边的那片树林子里。林子里有个国民党时代留下的碉堡，一半入土，一半扣于地面，远看像个乌龟壳，完好无损。芬在那儿看见了阿木。芬已经不再激动，默默地瞅了阿木一眼。芬此时虽不知将会发生什么，但已不再害怕。芬注意到阿木的脸上有着比大军更明显的青紫淤痕。芬站住了，在离开碉堡十步远的地方。但是大军把芬叫过去。大军说，阿木，中午说的话忘记了吗？阿木抽了抽鼻子，答道，没有。大军说，那你说吧。阿木侧过身，向着芬，说道，我以后再不敢欺负你了。大军说，还有呢？阿木说，我再欺负你就是小狗。大军说，还有呢？阿木说，我不欺负你，还要听你的话。大军仍在催促，还有呢？阿木忸怩片刻，又嗤嗤抽了抽鼻子，说，没有了。大军踢了他屁股一脚，问：你叫她什么？阿木又忸怩片刻，然后低下头说，叫姐姐。说完阿木忍无可忍似的扇了自己两巴掌。

那天极冷，红惨惨的夕阳余光似乎在树梢上冻住了，皲裂的树木也仿佛冻得蜷起身子，在冷风中瑟缩着，越来越干瘦似的——这给了芬极深的印象。

如果说这件事对芬的命运有深刻的影响，那么在芬五年级时发生的另一件事，则可以说对芬的结局具有寓言般的意味。那时芬十二岁，当初春的季节到来时，芬忽然以从未有过的新姿态出现在人们面前，宛如抽芽的新柳、含苞欲放的田边野花。芬仿佛脱去的不只是陈旧臃肿的棉衣，还有那一身懵懂无知的童稚。芬长高了，皮肤开始显露出晶莹润白的光泽，清澈的目光仿佛一夜间变得丰富、迷离；而臀部与胸部的微妙变化，更使芬整个身子都显得丰润起来。

那是一个意味深长的季节。事后芬自己也说不清事情是怎么发生的。有一天，当芬跳上一个名叫荣华的同村大男孩的自行车、跟他一起去公社礼堂看电影时，她哪里会想到这是一个多大的问题。荣华的家就在芬的家的前面，由于荣华大芬四岁，芬小时候荣华是常过来逗芬玩的，有时候还要替芬的母亲抱一会儿芬。荣华曾经是芬学龄前最要好的朋友，就连芬最初学会的几句话，也都是荣华教的。那会儿芬叫他荣华哥哥。芬好像从小就和同龄的孩子不合伙，而与荣华在一起却有许多话好说、有许多事好做。芬总是感到和荣华在一起轻松愉快、无拘无束。芬还不会说话时便一看见荣华就笑，她几乎是在认识母亲的同时，就认识了荣华，比认识父亲还早。而对荣华来说，芬也是他最喜欢的女孩，村里的孩儿，荣华就抱过芬，觉得芬是其中最漂亮、最玲珑乖巧的一个。今天荣华还记得，小时候芬的眼睛特别富有灵气，只要一睁开眼就东张西望，有时煞有介事地从这儿转到那儿，忽然又转到别处去，有时敏捷地为风声鸟声所吸引，有时又突然回过头来，久久地盯着你看，像有话要对你说，又像在捉摸你的内心，考虑是否要给你一笑。荣华自己也是个漂亮的男孩，浓眉大眼，目光炯炯。尤其在荣华的嘴角，似乎天生含有一抹暖色调，恰如女性的温柔和妩媚。也许正是这一特征，使芬在襁褓中接受母亲的同时，也接受了荣华。

这都是芬学龄以前的事。芬入学后，和荣华的接触日益减少，虽然彼此仍天天碰见，但不再在一起玩了。久而久之，有时芬站在自家门前，看见荣华走过，当彼此相视一笑时，芬心里会奇怪地产生两种感觉：一种是仿佛回到了幼时，仿佛这亲切的一笑抹去了彼此间这些年的疏远，抹去了时间留下的所有印痕；另一种却是与此相反的陌生感，好像对他看得越仔细，越觉得不真切，好像荣华的这张脸和那张脸不能清晰地叠合。而这一次当芬坐在荣华自行车的后座上，与他一起去看电影时，经过这些年不知不觉的疏远，芬心里产生的，也是这种复杂的情绪。那天气候极好，微风和煦，大片的麦田和油菜地里升腾起浓郁的春意，林子里百鸟啁啾，夕阳妩媚地洒在林梢上。芬一出村庄，还未跳上荣华的车，心里就涌起阵阵热潮，被芬芳的春意感动了。在芬的记忆里，似乎是第一次对春天如此敏感和缅怀。芬的内心不禁怅然若失，又欣喜若狂。一条碎石子小路在黄昏像灰白轻薄的带子弯弯曲曲飘向远方。左边是无边的麦浪，是星星点点正在开花的油菜；右边则是清亮的宁静的河流。傍晚的村庄冒起炊烟，鸡飞狗跳，成年男女都在屋里屋外忙活着，趁着天色未黑。这时候芬确实好像重新回到了幼时，好像从未和荣华疏远过，而荣华的一举一动、一笑一颦也都像和从前无异。可是芬却始终摆脱不了一种若隐若现的莫名的不安与紧张，尤其是在眼下的气氛里，这种心情不仅伴随了芬一路，而且一直跟着芬进入公社礼堂。当芬从野外的昏暗凉爽忽然走进灯火通明熙熙攘攘的礼堂时，她在荣华的身边蓦地脸红了。芬顿时感觉到这份燥热，这增加了她的不安与紧张。芬走到前面去，一直走进舞台右侧的女厕所。礼堂很大，可坐一千人，但肮脏混乱。芬从厕所出来后，还算顺利地找到了自己的位置。荣华已经坐在那里，朝她微笑着。

那天放映的是故事片《奇袭》。一会儿灯灭了，银幕上最初的旋律即刻被一片哄叫声所淹没。先是纪录片，然后才是正片。在放正片时，场子里乱糟糟的声音才渐渐平息下去。第二天早晨当母亲问起芬昨晚看的是什么片子时，芬忽然发现自己除了还记得几个人物的容貌外，脑子里只剩下一些七零八落的记忆碎片。直到这时，芬仍旧未从昨晚的情景中回过神来，她的心儿仍是那么兴奋而惶惑，甚至有点战栗，仿佛面对某种深不可测的景象。很多年以后，在芬生命的最后时刻，她如能重温这一幕，一定会发现自己当年的那种感觉是多么富有寓意。然而那天晚上，芬坐在荣华身边，心里想的却完全是两码事。那种时不时心房膨胀仿佛要昏厥的感觉，恰恰又让芬觉得新奇和陶醉。芬的不安只是直觉的、本能的，与兴奋交织在一起，使她难以从心灵初次体验春意萌动的颤抖中，辨别其中是否含有某种不祥的预兆。那天晚上，虽然银幕上的枪炮声如雷贯耳，但芬却如处在一片与世隔绝的净土，对眼前的战争视若无睹。芬面目安详，坐姿端正，却全身心沉醉在自己搁在右腿外侧的那只手的小指尖上的一丁点若即若离的兴奋的触觉里。这触觉不时像电流正负极相碰爆出的火花那样。这是芬和荣华的指尖不由自主地发出的撞击，虽然它们只是在他们的身体之间轻轻地、无意地相触着。不知从什么时候起它们一直这样静静地搁在腿上，当它们忽然触着的那一瞬间，它们都吃惊地想缩回，可是不知为什么它们都迟疑了一下。或许是它们在相触的那一瞬间都感觉到了彼此温和亲切的态度。它们都没有动弹，继续这样轻轻地相触着，好像都没有觉察到什么，直到电影散场。这虽是一种若即若离的接触，却使芬在那个晚上产生了一种被抚摸的感觉。这种感觉从指尖升起，直至遍及全身。散场的灯亮时，芬的脸颊上有两片特别艳丽的异样的红晕，神情木然，反应迟钝，像病了似的；芬的身子就像真的已被揉捏过似的。

回家的路上，两人几乎没有说话。春夜野外的凉风，吹不去芬脸上的灼热。荣华始终没有回头，仿佛一心一意地在蹬车，这更使芬说不出话。其实芬也不是想说话，她似乎更期待荣华开口。不过，当荣华在公社礼堂门外骑上车时对芬说"上来吧"时，仅这三个字就将芬吓了一跳，仿佛荣华的声音十分怪异。芬不由得装做没有听见荣华的招呼，或装做这一招呼与己无关，继续低着头往前走，直到走出礼堂门前的灯光，才跳上车。这一刻芬的内心又空又涨，仿佛许多情绪在那里纠结着。芬坐在车上，几乎感觉不到车身的颠簸，芬心里有一个意识就是自己和荣华在一起，要去哪儿。恍惚间芬似乎重回了幼时。然而此时的困窘又总纠结在心头。于是在这个温暖芬芳的春夜，芬的内心完全失去了平衡，一会儿她巴望快快到家，钻进被窝，一会儿又巴望这路永无尽头，这夜也永无尽头——这一刻芬多想把头靠在十六岁的荣华的背上，甚至多想将手臂从后面环抱住荣华的腰，就像她有时看见的那些城里女孩那样。在这半小时的路上芬多次几乎克制不住这样的冲动，这冲动像潮水般漫上来，难以抗拒。芬心里酸酸的，许多次差点要掉眼泪，她又并不清楚，这泪水是为了什么……

　　他们再也没有说话，直到在村中分手。这时候他们才互相轻轻道了一声再会。在芬的感觉上，荣华的这声再会，仍是十分怪异。而芬自己的声音，也不同寻常。芬几乎是奔着回了家。当芬终于钻进被窝时，她再也控制不住自己，蒙住脑袋哭了起来，但仍不知道自己哭得这么伤心是为了什么。芬趴在床上，身子瑟缩着，仿佛在打寒战似的……

　　第二天早晨，芬去上学时，她在教室门口一看见大军，就怔住了，蓦然间仿佛面对一个梦魇，心不由得狂跳起来。芬坚持着朝大军走去。由于大军个儿高，一直被安排在教室的末排，因而芬的座位也在那儿。芬竭力不再朝大军看，忍受着大军灼热的目光。大军仿佛正等着芬，并且心急如焚，芬刚坐下，甚至尚未将书包摆好，大军的手就已伸过来，在芬的腿上狠狠掐了一把。这一把将芬掐醒过来，心里已明白大军的意思。芬没叫，也没说什么，只是扳开了大军的手。但是大军马上又伸过手来掐她。芬仍未叫，甚至不再去动大军的手。大军的手就那样在芬腿上搁了一会儿，最后又掐了芬一下，才撤去。这时上课铃声响了，芬听见大军压着嗓门、语调蛮横地对她说，放学后碉堡见。

芬后来从未想过那次自己要是听了大军的话，事情会不会有所不同。芬那天径自回家去了，可是芬没想到大军会跟踪自己。当芬撂下书包背起草篓出门时，大军早已守候在村外的油菜花地里。大军看着芬钻进了那片竹林。芬知道那儿河边的草是多么鲜美肥嫩。先是芬感觉到肩头被什么东西击了一下，当芬抬头时，又一块泥疙瘩击中了芬的肩头，芬看清了是大军。大军已经走出林子，站在芬上面的河岸上，面向着芬。由于芬是在河坡上割草，她必须仰起头才能看清大军，于是大军此时在芬的眼中，就显得格外的突兀和瘦长。春日下午的太阳从西边射来，照亮了河水，照亮了大军的身子，也照亮了芬脸上平静如水的表情。芬只是短暂地瞥了大军一眼，又低下头去继续割草。大军走下去，一直走到芬的面前。

大军说，你上来。

芬好像没有听见。

大军又说，你上来。

芬还是没有听见。

大军再说，我叫你上来你听见没有？

芬答道，我要割草。

大军弯腰抓住了草篓。

大军说，我有话要对你说。

芬说，你说呀，我又不是聋子。

大军说，我要你先上来。

芬说，我没空上去，我要割草。

大军说，你上来不上来？

芬说，我要割草，你放手。

大军一把抓住芬的手，用力一拉，就把芬连同草篓一起拉到了上面。芬没有站稳，倒在地上，草篓则滚在一边。

芬骂道，强盗。

大军没响，俯视着她。

芬又骂道，流氓。

这两个字一出口芬的脸色就白了。芬看见大军扑了过来，嘴里像成年男人那样粗野地骂道我操你娘的。芬被大军压在身下，马上感觉到大军精瘦的身子竟是那么沉重。大军坐在芬肚子上，一手抓住芬的头发，另一只手就刮了芬一个耳光。芬尖叫起来，拼命挣扎。芬的两手乱舞乱抓，身子也不断地上下拱动，想把大军掀翻下去。但是大军稳稳地坐在芬的肚子上，像坐在波浪上似的。大军的两只手忽然掐住了芬的脖子。

大军说，不许动。

芬继续挣扎。

大军又说，不许动。你这样子，总有一天我会杀了你。

芬突然停了挣扎，两眼直愣愣地瞪着大军。

芬说，你敢。

大军说，你等着瞧吧。

芬说，杀人犯，你也不得好死。

大军说，管它哪。

芬抓住大军的手，用力往两边扳。但是大军的两手纹丝不动，像铁钳似的箍住了芬柔弱无力的细小的脖子。

大军说，我现在就可以叫你死。

芬又停了挣扎，虽然两手仍紧攥住大军的手不放。芬黯然望着大军，片刻之后，芬的手松开了，似乎无知觉地滑落在地上。芬的脸上出现了两行热泪。芬没有去擦，泪水沿着鼻沟往下流，在上唇那儿拐了个弯，然后向脸颊两边淌去，掉进了草丛。

芬说，你现在就掐死我吧。

大军没有继续往下用力，但也没有松手。大军此时好像没有听见芬的声音，他的目光有些凝滞地落在芬源源不断的泪水上。不知何时大军坐在芬肚子上的臀部不再那么重了。

他仿佛有点惊异于自己的姿态。

你现在就掐死我吧，我不怕死。芬又说。

大军还是不动。

芬也不再说话，也不再动弹。太阳更偏西了，但依然明亮耀眼。河水也依然静静地流淌。林子里传来了愈来愈杂乱响亮的鸟鸣声。黄昏将至。芬终于止住了泪水，大军的面容再次清晰地出现在眼前。芬越过那脸，去看天空。蔚蓝的、辽阔的天空，飞鸟掠过。芬闭上了眼睛，像要忘了一切似的。

这时候芬感觉到大军松开了手。大军站起来，低头看了芬一会儿，忽然抬脚朝芬的胯部踢了一脚。

你这样子，总有一天我要把你们两个都宰了。

说完这话，大军又踢了芬一脚。这一脚踢得很重。踢完之后大

72

军放声骂了一句脏话。大军奔进林子，一面还在骂我操你娘的。大军尖细的嗓音使这句成年男人使用的脏话听起来有点惊心动魄。大军的身影尚未在林中消失，他又转了回来。这时芬仍躺在草地上，眼睛也仍闭着。大军走到她身边，看了看她，忽然蹲下身抓住芬的两肩猛烈地摇晃起来。大军说我警告你，你要是再这样子就绝没有好下场。大军不停地摇晃着芬直到将芬摇得眼泪涌了出来，又涌了出来。太阳已经有些发红，天空渐渐变得绚烂，林中一片鸟雀的喧闹。芬的苍白的脸上，那晶莹的泪珠也泛出绮丽的光彩。尽管芬的泪水流个不停，但芬始终没有哭出声。大军停止摇晃并且松开双手时，芬的双肩仍在无声的啜泣中抽动，微凸的胸脯也起伏不止。直到大军离开了好久，芬才平静下来。芬不动的身子渐渐融进了黄昏的静谧与幽暗……后来芬从草地上坐起，这一刻她已感觉到了自身的变样——这一刻芬的内心，已绝非一个十二岁女孩的心灵所能比拟。

芬永远记得这个意味深长的季节。

3

这个季节在芬的一生中显然具有不止一种命运的意味。当整整十年以后芬二十二岁那年终于嫁给荣华时，在洞房花烛夜，芬怎么可能不记起十年前的春天在电影院里自己所感觉到的那一阵长久而灼热的抚摸？对芬来说，这是荣华初次抚摸了自己，尽管在严格的词汇学意义上恐怕并非是这么回事。现在芬躺在荣华热烘烘的宽厚的怀抱里，像小猫似的蜷起光裸的身子，心里真是百感交集。虽

73

然荣华的身子现在是如此真实地贴紧着自己，但芬仍有一种如梦的飘忽的感觉。在芬的一生中始终有这么一种飘忽感渗透在她的意识里，无论在芬高兴时还是悲伤时，这种感觉总是伴随着她，使芬总是感到和自己的处境不能完全地融合一体，似乎总是不能真正地、深刻地进入到自己的高兴或悲伤中去。那天夜里当客人们终于散去、新郎新娘终于单独处在新房中时，喧嚣的新房间忽然声息全无。就是这时芬又感到了那种如梦的飘忽。荣华走了过来。二十二岁的芬这时已发育得非常完美，荣华也已长成一个结实粗壮的小伙子。荣华说，我给你端盆热水来烫烫脚好吗？芬点点头。然而这句平常的话却使芬满脸通红，似乎它蕴涵着十分特别的意味。荣华出去了，不一会儿，荣华端了一盆热气腾腾的洗脚水进来，搁在芬的脚前。芬此时正坐在沙发上，便在那儿脱了鞋和袜子。在芬烫脚的过程中，荣华从床底下取出一双鲜红的新棉绒拖鞋，放在水泥地上轻轻推给了芬。芬洗完脚后，挪开身子，让荣华也来洗。荣华洗完后，便端起脏水出去了，在外面拉上了门。荣华的这一细小的动作在芬的心里唤起一股暖流，使芬不禁感到浑身酥软。芬后来也始终没有忘记在这第一夜荣华所表现出来的这种关怀和体贴。荣华在门外倒了水后，又去了灶间，耽搁了一会儿。当荣华重入洞房时，日光灯已经熄灭，床上的壁灯被打开了，新房间顿时显得昏暗而艳丽。荣华看见，在壁灯昏黄的光晕下，芬已躺在被窝里，面朝墙壁，芬的身后，留出床的大部分，漂亮的红面棉被从芬的身上披覆下来，一直空空地铺到床沿。荣华站在门口愣了一会儿，然后他轻轻地走过去。荣华在床边脱衣服时，身后的座钟当当敲了两下，已是深夜两点。荣华掀开被角，像怕惊动芬似的小心翼翼地上了床。

荣华的身子在床沿高高地隆了起来，他在那里静卧了好一会儿，然后他才似乎想起把壁灯熄灭。他的右手开始朝芬轻轻地伸过去，指尖却一下子碰到了芬柔软的后腰。荣华的手指在那里颤抖了。透过芬薄薄的内衣，荣华感受到了芬温润丰腴的肌肤。他的手指激动得不能自已，哆嗦着爬了上去，向外扳动芬的身体。当芬的身体侧过来后，荣华就把芬紧紧地抱住。就这样二十六岁的荣华终于拥有了芬美丽年轻的身子，这真是他渴望已久的。荣华支起身子，迫不及待地要去吻芬的嘴唇和脸颊。荣华看见芬的眼睛闭着，脸上显得很平静，但是当荣华的嘴贴上去时，即刻就感觉到了芬的嘴唇的蠕动和吮吸。这使荣华心花怒放。两人的脑袋开始在床头扭动，芬的两臂也渐渐绕住了荣华的脖子。不知过了多久，荣华开始吻芬的下巴、颈部，并且身子不断地往被窝里缩，直到他从腰际掀起芬的内衣……当荣华终于将脸休憩在芬的双乳中时，他感到自己快要死了，真的快要死了啊！这样的兴奋，这样的震颤，这样刹那间融化于女人体的晕眩和激动，是荣华所初次体验。荣华在感到进入生命极地的同时，竟也不禁感到了一种毁灭的空虚和悲哀……

芬现在是真的死了。由于芬的早逝，芬给自己短暂的一生留下了无法解答的谜。既然芬有那样的家庭和童年，既然芬从小就对父母怀有那样的态度和看法，她长大后怎么会嫁给荣华，重复母亲的模式？或许是随着年龄的增长，当芬不再从女儿的角度看男人，而是从成年女性的角度看男人时，忽然明白了自己小时候那么崇拜粗野蛮横敢作敢为的男人，其实只是暗望自己有一个这样的父亲？如果芬有这样的父亲，一切就都不一样了。那么，在芬对母亲的愤恨中，似乎还潜藏了某种隐秘的嫉妒（自然不是因父亲而嫉妒），而在芬对父亲的怜悯中似乎也隐含着一种无法取代母亲抚慰父亲的负疚？是这两种匪夷所思的心理之间的抵牾，导致了芬身不由己地去重蹈母亲的覆辙？也许理由很简单：就是由于荣华与芬青梅竹马的关系，由于荣华从小就表现出来的对芬的爱护和体贴，以及荣华开始于十六岁那年春天的对芬执著不懈的追求？事实上荣华生性的柔弱，平时在芬的感觉上还形成了一种忧郁温和的美，尽管荣华并非是个天性忧郁的男人。而另一方面，就在大军小学毕业的那年寒假，大军父母离异，母亲带着大军离开此地，回娘家去了。从此大军和芬各自在自己公社的中学读书，断了来往。很多年以后芬曾问过大军当初怎么没来找自己，大军也不知道怎么回答。一直到整整十五年以后，他们才重新见面。那时芬已二十八岁，大军二十九岁。

这一次的重逢显然过于突兀，使芬几乎觉得自己是在教室里碰见了大军，芬的内心非常虚弱、恍惚，差点晕倒。十五年的光阴似乎在芬的记忆中消失殆尽，芬一眼就认出了大军。大军还是那么黑瘦，那么高和阴郁，头发蓬乱、面色灰暗。这正是十五年前大军最后留给芬的印象。芬两腿发软了，不由自主地靠在门框上。芬看见了那年自己与大军的最后见面。芬现在也还是不明白那天下午毕业典礼后宣布放假了，大军为什么还待在教室里？芬奔进教室去取自己忘在那里的铅笔盒时，大军正站在黑板前，在黑板上涂鸦什么。芬不由自主地在门口站住了。大军扭过脸来，看了芬一眼。大军说，你来做什么？芬说，铅笔盒忘了。说完这话，芬快步走进教室，一直走到自己座位那儿，在课桌里找到了铅笔盒，塞进书包。这时芬情不自禁地问大军：你在做什么？大军反问，你不看见我在做什么？芬愣了一下，朝门口走去。就在芬快走到门口时，大军叫住了她。大军说，你最近还和白屁股一起去看电影吗？大军这句刻毒话却说得很平静，有些心不在焉似的，使芬禁不住朝大军扭过脸去。芬看见大军正嬉皮笑脸地看着自己。芬骂道，猪猡。便飞快地冲出了教室。

芬永远忘不了的是，就在自己恼羞成怒地回到家时，忽然看见家门外的那条拖拉机路上停着一辆车，周围挤满了村里的人，附近还有几个警察。芬还没有走近那辆闷罐车，忽然前面的人群散开一条路，芬看见父亲反背着手被两个警察从黑洞洞的屋里押出来。尚未等芬回过神来，父亲已被推上闷罐车，在刺耳的警笛声中那车带着父亲开走了。

……不知过了多久，芬终于走进家门，这时候她听见母亲在昏暗的灶前痛哭。这是芬平生唯一的一次看见母亲哭泣，就是两个月后父亲被枪决时，母亲也没有掉泪，那天她只是不吃不喝。现在芬站在客堂间面对母亲的哀号，不仅注意到门外全是人，而且看见周围所有的窗玻璃上都贴着一张张怪脸。这一天红惨惨的晚霞，在芬的眼前久不坠落。

至于芬获悉父亲杀人的详情，已是一年以后的事了。芬只知道父亲杀了那个男人，父亲是在那个男人到仓库里搬东西时"丧心病狂"地杀害了他，却并不知道是怎么杀的。芬不知道父亲不仅将一把杀猪刀捅进了那个男人的肚子，而且割下了他罪恶的生殖器剁得稀巴烂。芬不知道父亲怎样摧残了那具尸体，仓库里血流成河，臭气熏天，到处留下了父亲的脚印、指纹和那个男人的尸体碎片。父亲离开时，还掉了半包他的"勇士"牌香烟。

父亲被镇压后，芬开始上中学。家里除了母亲，还有芬的那个六十多岁的祖母。芬的祖父早在1958年得胃癌死了。

在芬一生中最暗淡的日子里，荣华将他开始于去年春天的追求加码了。荣华好像并未注意到芬的父亲的罪恶和下场，以及由此造成的芬的处境的恶化，甚至也没有注意到人们对芬的疏远、冷漠和歧视。同样出身于富农家庭的荣华，也许内心反倒有点不能自已地窃喜于芬的不幸，因为这一不幸，令荣华在感觉上似乎更接近了芬。在那些芬受到普遍冷眼的日子里，只有荣华的眼睛里始终只有芬。他看着芬一天天地长高，一天天地丰满起来，看着芬的脸颊一天天地红润，焕发出青春光泽，眼神一天天地变得丰富迷离。那时荣华已经毕业，回队干活儿，他几乎每天晚饭前或晚饭后都要去芬家串门，和芬说几句话，告诉芬队里的趣事，也询问芬学校的事。发展到后来，荣华还经常性地为这个没有男人的家庭干一些男人的活儿。不过这个被大军称做白屁股的成年男人在1979年前也就是二十四岁前再未单独和芬去公社礼堂看过电影。而发生在1971年春天的那次同行说起来也只是一个巧合，并非如大军所猜疑的那样是有计划的。

直到1979年春节芬虚龄满了二十岁，他们俩的关系才正式确定下来。又过了两年，荣华终于和芬成了亲。这时荣华才告诉芬，当年为了同看电影的事，自己曾遭到年级里几个小流氓的殴打，被警告今后不许再和芬交往。然而在对芬的追求上荣华却表现出了前所未有的勇气。芬感动地抱住荣华，心里真心实意地诅咒大军。

1982年10月，芬生下了一个女儿，取名珍珍。珍珍长得容貌可爱，伶俐机敏，很像幼时的芬，深得父母疼爱。祖父母和外婆也非常喜欢她。

时间过得很快，转眼间珍珍五岁了。就在这一年的初夏，芬的平静生活结束了，仿佛冥冥之中的那只手在一场瞌睡之后又想起拨弄芬了。后来芬回忆整整六年宁静平淡的婚姻生活，真恍若一场梦。

这一年芬与大军的重逢，实在是一场极大的偶然，这就更加深了芬的梦幻感。

4

芬那天本是去那家厂子报到。这是一家机械厂，是乡办企业，在本乡乃至全县都是有名的。1986年这个厂最普通的工人年收入也在一千八百元以上，这在当时全县的乡办企业中是最好的。机械厂的厂长名叫姚敏，他当年从部队复员归来时，机械厂还是一个烂摊子。就在他复员回乡的那天，他在公共汽车上碰见了一个长得非常好看的女孩，他们俩一起在终点站下车，又一起往北走。刚从部队回来的姚敏完全被这女孩的秀丽端庄迷住了。他紧跟在女孩身后，目不转睛地盯着她苗条匀称的背影，发傻了似的。不一会儿女孩走到了机械厂门口，姚敏看着女孩进了厂门，和门房亲热地打招呼。于是三个月后，当乡里按政策要安排姚敏进乡办厂时，姚敏自己选择了濒临倒闭的机械厂。1984年姚敏承包了机械厂，当了厂长。同年姚敏和这位名叫云兰的姑娘成了亲。事实上云兰早有对象，但这对象没有能在这场竞争中成为胜者。结婚后姚敏回忆起当年第一次看见云兰的情形，才得知那天云兰正是从男朋友家出来去上班。云兰是前一天下班后去男朋友家的，是男朋友的母亲叫云兰去吃饭。男朋友的母亲和云兰的母亲是同乡，她们俩是1956年一起从江苏老家嫁到此地的。三年后她们又同做媒人，介绍老家的另一位姑娘秦惠娟嫁给了柴塘村的柴得宝。这就是芬的父亲和母亲。

这样芬那一年通过母亲的这一层关系，顺顺当当地进了机械厂。芬被安排做车工。

芬的师傅是个男的，二十九岁，这人就是大军。

大军是怎么进机械厂的，芬后来曾问过大军，大军说这事说来话长，以后再和她细说。以后芬没来得及再问大军，她的人生之路就戛然而止。

1987年6月8日，芬穿了一身干净衣服，高高兴兴地去机械厂报到。在办公室办完手续后，人事干部说带她去见一见她的师傅。芬便在人事干部的带领下去了车间。芬当时曾问过人事干部她师傅是男是女，又问姓什么。回答说姓朱。"你就叫他朱师傅。"但是由于兴奋和紧张，芬显然对人事干部的回答有些心不在焉。其实即使听进去了，也不可能减轻芬在车间门口猛然看见大军时的惊惶和恍惚。芬腿一软，软绵绵地靠在了门框上。

现在恐怕没人知道大军与芬第一次发生性关系的确切时间（也许除了司法部门的相关人员），不过我们还是能以通常的想象设想那个日子总不会超过他们重逢后的两三个月。那时正值盛夏，所有的物体都像在火中燃烧似的。可是那天当芬初次走进大军那间简易宿舍时，似乎已经忘了这个夏天的酷热。那一刻，芬内心深怀着莫名的激动和恍惚。芬走进这间阴暗的北屋，屋子里陌生的一切，那个又陌生又熟悉的男人，都加深着芬的飘忽感，仿佛灵魂出窍了。或许正是这种空幻而沉重的感觉，使芬不能不跟从大军来到这儿（大军说请芬来喝饮料），可是又无法真切地贴近自己所处的情景并且感受它。几个月来大军这是头一回请芬到自己宿舍，显然事先已将屋子收拾干净。然而芬丝毫没有注意到。芬似乎什么也未看清。芬站在屋子中央，手拿插管饮料慢慢吮吸，身体几乎感觉不到饮料下肚时的清凉滋润。芬的耳边仿佛充斥着空洞而遥远的喧嚣。这些日子芬正在逐渐习惯作为师傅的大军，虽然站在大军昏暗的背后仍常会被突如其来的梦魇所缠住，但是现在这样的处境却使芬怎么也无法把握自己，无法适应和理解。芬开始不停地出汗，很快湿了背心。芬忽然感觉到一阵麻热从四肢涌起，涌向脸部和头顶，芬甚至能听到它如电流般窜动的声音，芬几乎在这阵热辣辣的战栗中晕倒，脸颊绯红。

就在这时大军朝芬走了过去。在芬的感觉上大军的来临是幽幽的，大军的面目似乎模糊不清。大军走到芬的面前，伸出两只大手抓住了芬的肩膀。芬听见了大军的声音，可是芬不知道大军在说什么——就在大军粗糙的手掌贴住芬圆润的肩头时，芬开始发抖了，好像身子受不了大军手掌的热量，大军手掌的粗糙热热地扎在芬的细皮嫩肉上，如电击似的。一股热流涌上喉咙，霎时扩展到整个胸腔，在一片无奈的绵软和心神的飘摇中，芬倒在了大军身上。

大军一把抱住了芬，抱住了这具已被汗水湿透、在他的臂弯里显得如此惊心动魄不可思议的女人体，然后将她轻轻地抱了起来。大军走到床前，放下了芬，自己也俯下身去。大军先在芬的脸上和颈窝里吻了一会儿，然后开始解开芬衬衫的纽扣。这时候，芬柔软如泥的身子忽然又微颤起来，绷紧起来，好像要抵制大军的动作。但大军并未觉察到这种抵制似的，相反在脱去芬的衬衫时，还感觉到了紧闭双眼如失去知觉的芬的配合。可是芬的微颤始终不止，筋肉的紧绷也无松懈。直到大军侵入后，他才忽然感觉到身下身子的松弛。这一突如其来的松软令大军浑身一震，仿佛从高坡愉悦地飘下。大军激动不已地感受着这样的快乐，尽力去捕捉。芬瘫在两边的手臂不知何时已经屈起，像蛇似的缠绕在大军的后腰上。这一时刻，芬似乎从大军身体猛烈的震荡下渐渐惊醒，找到了自己的感觉；大军野蛮的侵入，反而令芬得到了解脱似的，默认了这是自己命中注定，仿佛也是自己所期待的。于是芬的身体表现出了前所未有的活力，完全抛开了顾忌和困惑。虽然芬已有六年多的婚姻生活，然而眼下发生的事是多么不同寻常，很快将芬刺激得心潮澎湃，如痴如狂。

　　在这些快乐癫狂的日子里，芬忽然像减去了十岁。本来近十年平庸的生活，已使芬经常不由自主地感到厌倦、疲惫和衰老，可是现在，在芬二十八岁的时候，却忽然意外地焕发了青春，忽然变得像十八岁少女似的朝气蓬勃，活力四射。芬不曾忘记自己有过初恋，但记忆中不曾有过如此透彻、热烈的情爱。如果说芬曾经觉得自己没有一个纯净的童年，那么现在当她回忆少女时光，那些过去的日子如今也显得暗淡苍白。今天芬忽然获得了一份属于少女的炽热情感。芬几乎完全像个热恋中的女孩，那些日子脸上始终挂着异样的璀璨的笑容，眼神痴迷，心里却又觉得自己从未这么清醒。那间简陋的宿舍，芬已经进去过许多次，每次进去都觉得那么不寻常，仿佛找到了自己的归宿。芬当初对大军曾经有过多么深的反抗，今天就有多么深的依恋；有过多么深的逃避，今天就有多么深的投入；有过多么深的迷惘，今天就有多么深的执著；有过多么深的畏惧，今天就有多么深的渴望。不过虽然如此，芬居然始终没有对自己的婚姻感到后悔，好像她心中明白假如生活重新开始，自己与大军也还只能这样，似乎这才是她和他的方式和缘分。芬恍若解开了一道困惑了自己一生的难题。由于这一收获，芬被迷惑了很久。当芬再度感到不安时，为时晚矣。

5

转眼间到了 1988 年年底。厂里忽然通知大军，一星期内搬出那间宿舍，暂时住到门房间去。那块地皮清理出来后要扩建厂房。12 月 3 日，星期六，是大军最后一天拥有这间屋子。放工后，大军先回房间，不一会儿芬也悄悄来了。早晨芬已关照家里，今天下午可能要加班一小时。

可是事不凑巧。大军的宿舍在厂区最北边，那里有一排旧工棚，是多年前民工住的，民工走后，里面逐年堆积起不少厂里的废料杂物。大军就是在这排工棚中收拾出较好的一间，做了自己的宿舍。工棚后面，是一片十多米宽的荒地，那里也堆满了杂物。这地方平时极少有人光顾，那天却偏偏来了一个人。

这人叫姚灵根，四十来岁，是该厂工人。他这次来是有预谋的，他看中了那儿堆积的废铜烂铁和木料等，想把它们弄出去。他早就想这么干了，一直有些害怕，最近得知厂里要清理那块地皮扩建厂房，他才下了决心。昨天放工后他已和老婆一起到北面的围墙外去察看过地形。围墙外面是条小河，河对岸是大片的葡萄园，是个僻静之地。他们商定今天放工后由姚灵根从里面把东西扔出来，他老婆事先撑条小船候在外面接应。显然这是个可行的计划，他只需偷偷溜进工棚就算大功告成，因为每间工棚都有北窗，他可以把东西从窗口扔出去，然后跳到窗外，再把东西扔出墙外。由于工棚挡住他的身影，从前面厂房看不到他。

　　唯一麻烦的就是那个住在工棚里的车工大军。姚灵根之所以选定这一天就是为了避开他，因为星期六下午大军是要回家的。但他还是不放心，放工铃一响便去躲在厂门附近等大军离开。结果等了一刻钟还未看见大军。他沉不住气了，悄悄溜到后面来察看。他看见大军宿舍的门窗紧闭，窗帘也拉得严严实实，看上去里面没人。那么大军到哪儿去了呢？他怕被人看见，赶紧绕到工棚后面，这时他看见大军宿舍的后窗也严严实实地遮着窗帘。他忽然想咳嗽一声听听反应，又一想这不好，如果大军真在里面，出来问自己为什么到这里来，该怎么回答？于是他小心翼翼地将耳朵贴在两扇窗中间的缝隙上。这下他听见了声音，竟是床的咯吱和一男一女的喘息。这太突然了，姚灵根听了人便僵在那里，耳热心跳，血脉贲张，目放异彩。他这么发了一会儿呆，才想起自己的正事，蹑手蹑脚来到围墙下，按事先约定的信号朝墙外扔了两块碎砖，通知老婆事出意外，耐心等待，然后他又溜到窗下。

当芬和大军结束了他们这次不寻常的幽会后从房间里出来时，姚灵根已经转移到了宿舍左前方的一个破旧肮脏的厕所里。先是芬悄悄离开了宿舍，五分钟后，大军也离开了。这时下班铃敲过了一小时。

大军的背影消失后，姚灵根从他藏身的厕所里走了出来，这时他的样子有点魂不附体似的。他朝工棚走想去干被耽搁了的事。就在这时他猛然看见厂长姚敏和几个陌生人朝这里走来，他愣住，吓白了脸。姚敏看见他，奇怪地问，你怎么还没回家，到这里来做什么？情急中姚灵根支支吾吾回答说肚子吃坏了，上厕所。说罢姚灵根就两手捂住肚子赶紧离开。他走进前面的厂房后，回过头来透过窗户看见姚敏和那几个陌生人站在工棚和那片荒地前指指点点，还看见姚敏推了推大军宿舍的门。

要是姚敏来得早些，恐怕会发现大军和芬；但要是没有大军和芬这件事，姚灵根则准会被姚敏当场逮住，开除出厂。姚灵根吓坏了，再也不敢久留，赶紧溜出厂门。

12 月 5 日，星期一，厂里许多人在传，堆在后面工棚里和荒地上的废铜烂铁等被人偷去了大半。

一星期后，即 12 月 12 日，星期一中午，荣华在他上班的乡化工厂食堂吃午饭时，在自己的饭盒里发现了一张字条，上面歪歪扭扭地写着两个小字：

乌鬼（龟）。

6

1989 年 1 月 8 日，大清早荣华骑车去四十里外的姐姐家帮忙打地基。这是当地农村的一种习俗，腊月里打地基，等开春后再正式盖房。本来说好当晚不回家，还有一两天的活儿，但晚饭后，快八点了，荣华忽然说要回家。姐姐姐夫留不住他，荣华披上衣服骑上车就走了。

荣华确实想起家里有件事没安排好，不过是件小事，是他用来自欺欺人的借口。荣华收到那张字条已快一个月了，在这二十七天里荣华始终要使自己相信这是小人的阴谋。事实上这种恶作剧在乡下不少见。然而荣华的下意识却令他宁信其有。那天当荣华看清楚出现在饭盒里的字条上的那两个字时，他的感觉仿佛晴天霹雳，"五雷轰顶"，人被击穿了似的。不知过了多久荣华才回过神来，屈辱和愤怒立刻涨满胸腔。但荣华待在原地没动，控制住了自己。荣华平常几乎没有脾气，一向处世乐观，性情温和，所以当他平静下来后，他几乎又完全相信这是别人和自己开的一个玩笑。关于有仇人暗算自己的想法是后来才进入他脑子的。荣华把字条撕了，更没告诉芬，理智对他说不能只凭这个字条就对芬有所怀疑。但荣华内心深处对芬的疑虑却从这天起伴随着日益增多的失眠日长夜大，驱逐不去。在这样的心境中荣华也曾作过种种猜测，他把所有和芬有交往的男人一个一个排过来，最后他感到有可能的只有一个人，就是芬的师傅大军。这使荣华回想起过去芬经常提早上班延迟下班的情况。荣华不由自主地留心起来。然而近一个月来芬却一次也没有早出晚归，这又如何解释？荣华本以为自己可以处理这事，没料到从此有了心魔，情绪变化无常，夜里乱梦颠倒。早晚在家时，荣华经常失神发呆地瞪着芬，心里甚至涌动着扑过去抓住芬猛烈地摇晃她的冲动，好像要把芬的心思摇出来看个究竟。这时候荣华对芬充满了怨怒和无奈，这甚至使他几乎要动手把家砸烂，却同样又下不了手。荣华只能偷偷哭泣，但他丝毫没在芬面前有所表露，他始终还希望这只是一场虚惊。

所以此刻荣华突然回家，确实很愿意让自己相信是有别的原因。然而当他轻易推开了没有闩住的屋门时，他再也不能回避这是一次有预谋的行动。事实上今早荣华离开时，早在门闩上做了手脚。现在他悄无声息地推开门，蹑手蹑脚摸上二楼，摸到卧室门前，在右边窗台上顺利地抓到一根铁棍，然后掏出钥匙，突然打开了门。几乎同时他拉亮了屋里的灯。

灯光照亮了床上的一对男女，正是芬与大军。

这是他们俩自12月3日以来第一次重温鸳梦，因而显得格外兴奋迷狂。大军也是刚到不久。芬七岁的女儿被送到外婆那儿去了。芬的公婆小姑住在后面原来的老屋里，所以这幢楼房此刻只有芬与大军两人。然而正当他们抱作一团如痴如醉时，一阵突如其来的开门声和刺眼的灯光打断了他们，这使他们完全忘了浑身裸露的羞耻和丑陋，一下从床上竖挺起来——

他们看见，荣华手提铁棍站在门口。

荣华事后感到难以理解的是，自己当时怎么会想出那样一种解决的办法，就是要求大军出两千块钱私了。荣华曾怒不可遏地冲上去，操起铁棍朝大军劈去。大军一下被打得趴在床上，随后大军的背部臀部又连续不断地挨了数棒，光裸的皮肤上立刻出现道道青紫淤痕。但是大军一声不吭，不躲避，不还手。吓呆了的芬跪在床角，目睹这一场面，也没有叫喊。打不还手，这是当地对通奸者约定俗成的"道德底线"，不管你是谁，而被戴绿帽子的男人平常再窝囊软蛋此时也会表现得理直气壮，心狠手辣。荣华完全懂得这一点，他的亲舅舅就是在这种情况下被人打残的。于是在最初的那股如火如荼的凶狠劲过去后，荣华忽然手软了，举在头顶上的铁棍砸不下去了，仿佛他猛然看清了铁棍底下血肉模糊的躯体。铁棍"当"的一声掉在水泥地上。但这一软弱又令荣华几乎要发疯。荣华歇斯底里地叫了一声，忽然扑过去抓住芬的手臂，狠狠地扇了她两巴掌。但荣华发现自己揍芬的手，是颤抖的。荣华克服不了这种颤抖，表现不出一往无前的凶狠。其实，铁棍砸在大军身上"噗噗"的声音，那种软绵绵、硬邦邦的感觉从一开始就令荣华感到恶心。

荣华站在床前，面色煞白，两眼浮肿，似乎要哭出来。他愣愣地瞪着床上这对男女，忽然对大军说：我可以和你私了，你拿两千块钱来……

7

1989 年 2 月 3 日，星期五，这一天和过去千万个日子并无异样。芬一大早起床后，开鸡门、煮粥、烧猪食，荣华则骑车去镇上买肉准备过年。荣华回家后喝了碗粥，便上班去了。今天是他今年的最后一班，明天他们厂就放假了。荣华走后，芬和女儿珍珍也喝了粥。完后，珍珍出去玩耍，芬则坐在门前磨刀。这也是本地乡下的一种习俗，不管有吃没吃，吃好吃坏，过年前总要把刀磨得雪亮，表示要杀猪宰羊，日子过得红火。芬磨完刀后，用干布将刀擦净，进了底层西面的那间房。底层共有两大间，一间客堂，另一间就是芬现在进去的，这儿可以说是他们家的仓库，不过也摆了一张床铺，自1月8日出事后，荣华在这儿足足睡了两星期。芬进去后走到米缸前，将刀插进满满的米中。这是极有效的防锈土法。米缸的木盖已经朽烂，常有烂木屑掉进米里，昨天已被当柴火劈了烧了，荣华正打算今天下班回家再做一个新的。芬弄完刀的事，便去小方桌上的圆镜前梳头。梳完头，芬开始拆床上那两条发黑的脏被。今天是个好天，芬想将家里好好收拾一番，准备过年。自那天事发后，芬不再去上班，对外说女儿大了，老人管不住，得自己来带。珍珍现已七岁，还有半年要上学了。事实上芬放弃机械厂的工作，这也是她自己的决定。况且芬在经受了那晚巨大的羞耻和惊恐后，内心正慢慢地平静下来，她也更愿意待在家里重过正常的生活。芬的感觉是做了一场癫狂迷乱的梦，心头还笼罩着深重的晕眩，她现在确实还不清楚自己是否后悔发生过的一切，但是她实在需要休息。

就在芬开始拆第二条被子时，她忽然听见屋外有一种声音。芬听见这种声音，不由得腿一软，差点倒在床上。芬听见这个声音在门口停住，片刻之后，芬又听见它在轻唤自己的名字，近在咫尺，又似乎遥不可及，荒诞、怪异。芬战栗起来，终于转过身，看见了大军。这一刻芬的眼睛里似乎已涨满热泪，但同时她又被下意识的恐惧震住，眼睛飞快地向门外和窗口看去，嘴里嗫嚅地说道，你来做什么？你快走。大军没走，相反朝芬走去，一边说，我来交钱。说着大军扬手将手中那只鼓鼓的小黑布包扔在米缸里。黑布包撞在刀把上，将直插的刀身撞歪了，露出一弯白亮的锋刃。大军继续朝芬走去，走到芬的面前，又说，你把字据还我。芬这时仰头看定大军，目光惊悚而呆滞，仿佛不明白大军在说什么，内心又被梦魇压住。芬不禁害怕地、下意识地从大军跟前退后几步，听见自己故作镇定地说，字据在荣华那里，你们说好是明天。但是大军又走过来，说，这不要紧，等会儿你写个收条就行了。大军走到芬面前，忽然伸手抓住芬的两肩，一把将芬搂进怀里。芬的耳边响起了大军嘶哑颤抖的声音：你为什么不来上班？大军将芬越搂越紧，而芬也身不由己地缩起双肩，似乎深偎在大军怀里，对这个男人刻骨铭心的感觉又袭上心头。大军宽厚的怀抱、热烘烘的熟悉的气息仿佛眨眼间将芬软化。芬的眼眶里又溢满了泪水，几乎就要抬起双臂环抱大军……

　　然而她不能……芬像从梦中惊醒似的又想起事发那夜的情形，想起此后两星期荣华夜夜睡在这屋里，深更半夜常在屋里悲泣。芬更想起两星期后荣华原谅了自己，回到自己身边。荣华那夜躺在她身边，在她耳边絮叨了一夜，仿佛要补偿两星期的沉默。荣华的眼泪湿透了枕巾，也湿透了芬的头发。于是芬轻轻地、坚决地推开了大军，仿佛被大军的怀抱捂得喘不过气来。芬听见了自己疲惫的声音：你走吧，不要再来找我了。

　　然而大军一声不吭，又朝芬走近一步，并且再次抓住了芬，将她抱住。这时芬在一阵突如其来的莫名的颤抖中被一个怪异可怕的联想惊呆了，这一联想使芬在生命的最后时刻获得了对自己一生命运的感悟。这使她震惊，内心充满了巨大的恐惧。芬在大军的怀抱中瑟瑟发抖，使大军误以为芬开始动情了，于是更紧地抱住她，并且温柔地抚摸她的背和肩头。可是芬这么抖动却是由于想到了自己的父亲！芬与大军发生性关系以来第一次将父亲的结局与荣华联系了起来，第一次想到荣华也会杀人，一定会杀人的。更重要的是芬忽然也将当年的母亲与自己联系了起来，从而将当年的自己与女儿珍珍联系了起来。这一联系使芬恶心得差点呕吐。芬简直无法面对这样的想象：假如现在自己与大军赤身裸体在床上做爱，而珍珍从外面回来偷看到了……那将是一个什么样的景象！

芬仿佛回到了当年目睹母亲的丑行，忽然失去控制吼了一声，用力挣扎，推开了大军。芬刚梳过的头发已经散乱，两颊被大军的怀抱捂得通红。转眼间红潮退去，又变得灰白。芬的眼睛直直地盯着大军，好像眼前可怖的景象仍未消散。大军说，你怎么了？说着大军又朝芬走去，第三次抓住了芬的肩头。可是大军的手刚碰到芬，芬即像猫似的伸出爪子甩开了大军。这一回芬用了很大的力气，把大军推得倒退数步，芬自己也站立不稳，坐倒在身后的床上。不知芬的这一动作激怒了大军，还是刺激了大军，一待站稳，大军便朝芬扑了过去，一下将芬扑倒在那床棉被上。芬拼命地挣扎，但芬哪里是大军的对手，很快就被大军严严实实地压在身下。大军狠狠地俯视着芬，说，你不要动，再动我掐死你。芬此时应能注意到大军眼中出现的幽幽杀气，然而芬疏忽了。这或许是由于芬童年生活的模式没有告诫她情人也会杀人的缘故吧。所以芬反而坦然地直视着大军，松了身子，说，我可以不动，但你这是强奸。大军一听这话，疯了似的，两手落在芬柔弱的脖子上。大军猛烈地摇晃着芬，使芬的头颅像弹球似的在棉被上不停地弹跳。此时大军的眼睛已经严重充血，他说：你为什么要这样？可是芬还是无畏地回答，你放开我，你走……由于芬的头颅在剧烈地弹跳，使她的声音也像从铁罐里蹦出，宛如一粒粒坚硬而碎裂的石子。大军继续不断地摇晃着芬，越摇越凶，就像许多年前的那个春天他在河岸边对芬所干的那样，而他嘴里也仍在不断地重复着那句话：你为什么要这样，你为什么要这样？大军的头发耷拉下来，灰黑的脸庞显得十分阴暗。这时候芬还是以那种尖硬如碎石的蹦跳的声音断断续续地说出了她这一生中最后的一段话——她说：你不能不守信用，你们已经说好了；我也想过，我们的事就到此为止，我也没有什么地方对不起你，以后我要和他好好过下去，所以你放开我，你快走，否则我要喊人了！说完，芬开始拼命地挣扎，以空前的力量反抗着大军。然而，芬越挣扎，大军铁钳似的两手卡得越紧。随着芬挣扎的节律，大军的两手迅速而沉稳地向下压去……当大军感觉到自己的用力时，忽然嗅到了芬在窒息中身不由己地拉出的屎尿。大军从床上跳下来，惊恐万状地瞪着这具忽然绵软不动的躯体。他蓦地扭头往窗外看去。这时大军的目光掠过了左边米缸里的那把菜刀。大军仿佛就在找它似的，立刻走过去抽出菜刀，回到床前朝芬的身上乱砍乱劈，直到芬的头颈被斩断……

8

大军逃走时扔下了菜刀，也未带走米缸里的黑布袋。那袋里有整整两千元现钞。

后来当预审员审讯大军时，大军曾问预审员：她死了吗？

预审员：你怕她没死？老实交代自己的罪行！

但是大军没有交代几句，又问那个问题：她死了吗？

预审员：她没死，你信吗？

大军摇头：不信。

——据说如此。

又据说，大军被捕前曾连续做过三次自杀尝试。先是触电，由于全乡的电线上都装有触电保护器，所以没有成功。然后是喝农药甲胺磷，又由于家里的甲胺磷只剩一个瓶底，且已过期，喝下去后还是没死。最后是用刀割手腕，因为没有经验，大军几乎割断了自己的左手腕，仍死不了，警察赶到时，他躺在血泊中，奄奄一息。后来在狱医给他缝合手腕时，他又挣断了另一条手臂。此后近两个月大军在狱中只能用舌头舔食吃。看守给他的裤裆开了一道长长的口子，以方便他的大小便。由于喝过甲胺磷，大军的肚子一天天地肿胀起来，左手臂的刀口也溃烂不堪。他被枪毙时，实际上已濒临死亡。

大军被枪决的日期是 1989 年 4 月 4 日，星期二。他和芬的出生时间分别是 1959 年 8 月和 1960 年 3 月。

不要太感动

这个题目要用时下
上海流行的语调来念
如念广告语"不要太潇洒"那样

　　　　　　　　　　——作者题记

1

　　最近钟鸣忽然感到自己已经很久没有上过一堂称心如意的课了。似乎接了这一届学生以来钟鸣就从未慷慨激昂地上过一节课。钟鸣以前的学生都有些迷他，钟鸣的课在系统里也有些名气，好长一个时期以来钟鸣一直有些沉湎于良好的自我感觉。对这一届学生，钟鸣也确信自己在他们心目中是有好感的。当然钟鸣不可能不注意到自己对上课日益增长的厌烦心理，这种心理甚至使他越来越害怕上课。这不是初上讲坛时的那种跃跃欲试的激动和紧张，这是对课堂本身不由自主的惶恐。但是钟鸣只是把这种状况轻易地归咎于教材，就像以前一样，这使钟鸣对教材的不满越来越加深了。现在每上一篇课文时有意无意地钟鸣总要对课文及课本编者奚落一番，这时钟鸣的情绪就会比较放松，就能比较平静地讲课。钟鸣实在是很为自己的这种态度自得。有时钟鸣还以自嘲的态度批评自己的上课，显出一种无可奈何的沮丧神情，以至于学生给他起了一个"无可奈何"的绰号。在这样的无可奈何中钟鸣感到自己理解了学生，也获得了学生们的体谅和好感。看上去学生对钟鸣的好感确实至今依旧。直到有一天有人告诉钟鸣他的学生向领导反映上语文课没劲时，钟鸣才如梦初醒，猛吃一惊。这是钟鸣从教以来第一次被学生否定自己的工作，钟鸣不能不感到被学生否定的不只是自己的工作，更是自己一直具有的对学生的影响力。钟鸣从不认为自己的上课本身足以产生这样一种力量，但正是自己身上的某些不寻常的魅力使学生可以愉快地、心平气和地接受他的上课，即使他的许多课也是很平常的。好多年来钟鸣和学生始终保持这样一种微妙的含蓄的关系，那天下午他不能不感到一个世界正在颠倒过来，一切都被改变了。钟鸣在自己的寝室里呆坐着，望着墙壁出神。很难说出这个下午他的心境。直到快下班时钟鸣才从寝室里走了出去。他找到了学校的副校长周老师。

"周老师，我想和你谈谈。"

钟鸣让自己像往常一样神态自若地在周老师对面坐下。周老师也像往常一样随意温和地望着钟鸣，脸上浮起了微笑。

"什么事？"周老师问。

钟鸣回答："听说学生向你反映上我的语文课没劲？"

周老师说："你消息倒很灵通。"

钟鸣说："这本来应该是你告诉我的嘛。"

周老师笑笑，说："也不是她们特地来向我反映的。昨天晚上我去检查学生晚自修，到了她们班，说起语文课，她们就说语文课没劲，什么什么的。起先我还没想到是你，我以为是朱斌。我还问她们是不是朱斌上你们语文课，她们说不是，是你。"

钟鸣问："那她们具体有些什么意见？"

周老师说："教室里那么多人，我也没和她们具体谈。不过也有学生说这也不能怪老师，教材本身编得不好。"

钟鸣说："他们怪老师，我怪谁？我也感到没劲。我可以肯定，喊没劲最响的，往往就是学习有问题的，上课不用功的，她们喊没劲最起劲。"

周老师说："这倒也不一定。当然你的话也有点道理，所以我本来没想找你谈，我没有把这件事情看得很认真，反正现在语文课就是这样，学生普遍都喊没劲。只是你的课一直反映不错，现在学生忽然也喊没劲，从你的角度看还是可以总结总结的。"

钟鸣点头说："是这样的，像我这样一直受学生欢迎的老师现在学生也不欢迎了，这有点意味深长。"

周老师笑道："你就爱这么看问题！"

……

钟鸣和周老师一起从办公室出来时天色已有些昏暗。他们在校门口道别，各自回家。早春的风依然寒冷，但钟鸣感觉不到，他的心一直激动、亢奋着。他一路上如棋手复盘似的回想和周老师的谈话，越想越模糊，心中充满嘈杂之声，他已经不知道那些浮现于脑际的话是自己的回想还是虚构。钟鸣回首望去，周老师的背影已经消融在黄昏灰淡的雾霭里。这又使钟鸣感到有些压抑。

以后接连几次上课钟鸣都想和学生谈谈此事。他已经打了很久的腹稿，已经想得很成熟了。每次上课的前夜钟鸣躺在床上都不能不很执拗地想着这件事，翻来覆去地考虑那些话，以致把头脑想得发热，恨不得立刻站在学生面前。可是钟鸣偏偏就没有想好一个妥帖恰当的开头。这个开头要自然、随意、漫不经心、轻描淡写，好像是即兴想起，可说也可不说。每当钟鸣走进教室面对学生的时候，他总是忽然感到一点也没有这样的感觉，或者说他所准备好的开头一点也不适合课堂里的情景和气氛。他总是忽然感到学生们朝他仰起的一张张脸正在审视自己，一切都显得那么郑重其事。这使钟鸣感到非常困窘和恍惚，完全失去了说话的兴致。连续几次都是这样，直到钟鸣放弃了这样的想法，不打算对学生提起此事，这时他却意外地得到了一个机会。那天钟鸣不知不觉地把话题引到这件事上时他自己都没有想到会这么轻易自如，他说出第一句话，暗吃一惊，意识到自己最终还是要想方设法寻找今天这样一个机会。那时教育报上刚发表了钟鸣的一篇谈如何对学生向班主任老师汇报班级情况这一行为进行道德评判的文章，学生们都读了这篇文章，钟鸣便对学生谈了自己写这篇文章的一些想法，举了一些例子，最后他就说出了这句话，他说：

"说到这个问题，我又想起了另一件事，就是你们前些日子向周副校长反映上语文课没劲，对我提了一些意见，对这件事，我们该怎么看待呢？"

钟鸣话还没有说完，教室里就响起了一片"啊"声，那时候钟鸣感到几乎每一个学生都睁大了眼睛、张大着嘴巴，面朝着自己。钟鸣顿了顿，继续说：

"这件事我们该怎么看呢？"

教室里骚动了起来。

"好像没有这样的事。"

"这是什么时候的事？"

"我们没有对周校长说过什么。"

"谁说的谁站起来承认！"

"……"

这个班都是十七八岁的女生，她们许多张年轻漂亮的脸上显露出十分真诚的惊讶和迷惑。钟鸣对她们笑笑，摆了摆手，说道：

"请同学们不要误会，我今天不是要来追查这件事，不是要为了这件事情来责怪你们，否则我何必告诉你们我已经知道了这件事呢？我可以暗中给你们颜色看——我是这样的人吗？"

学生们摇头，有的学生回答："不是。"

钟鸣说："我知道你们还是喜欢我做你们的老师，这在平时感觉得到的。就算你们对语文课有意见，也不完全是针对我个人的，这个我知道。"

学生们都朝钟鸣点头，还是那种女孩子真诚、热忱的神情。有的学生还插话道："就是嘛。"

钟鸣说："今天我们是说到我的这篇文章，我才记起这件事，把它提出来的，我只是想从另外的角度和你们谈谈这件事。"

教室里已经安静下来，学生们都抬起头来看着钟鸣。钟鸣感到她们朝自己仰起的一片白亮、炫目的脸庞里，隐含了一些不安和困惑，这使钟鸣的心涨涨的，又软软的。他顿了顿，说：

"这件事我想和你们谈谈我的两种感受。一种感受是我觉得你们的意见本身是提得很正确的，我完全同意你们的意见。你们感到上语文课没劲，我和你们一样也是没劲的。你们不是还给我起了一个'无可奈何'的绰号吗？当然这里有许多复杂的原因，但教材总归是一个重要的因素，我们从很多教材当中都得不到新鲜感，得不到思想和感情上的共鸣，得不到阅读上的愉快。所以上语文课很难有劲起来，我虽然是老师，和你们也是有同感的。说心里话我对教材的不满，比你们还要大。"

教室里的气氛又有些活跃起来，一些学生响应着钟鸣的话，纷纷说道："这样的教材，真没劲！"

钟鸣说："我的第二个感觉是很沮丧，因为以前我也上这样的教材，但以前的学生对我一直是比较宽容的，到了你们开始感到不能忍受了，从某个角度看，这是否意味着我和学生的关系已经发生了变化，我在你们心目中的形象已经有了很大的不同？也许我大你们十几岁，我在思想上情感上已经是你们的前辈了？这不能不使我感到沮丧。"

学生们笑了起来，说："嗯，有可能的。"

钟鸣说："不过，即使是这样，当你们对语文课感到厌烦的时候，你们还是应该先来和我谈谈，你们说对不对？"

学生们继续朝钟鸣点头。有一个学生的声音很清晰地在一个角落里咕噜道：

"我叫你们不要说不要说，你们偏要说。"

钟鸣笑笑，一本正经地说道："你们想想看，你们以后也是做老师的，要是你们的学生有意见就去找校长反映，不告诉你们，你们会怎么看待他们？"

"我会恨他们。"又一个声音从后排忽然响起，那种说不出是出于一时的冲动还是带有表演性的清脆悠扬的语调引得许多学生笑了起来。

钟鸣也笑了，朝后排望去。说话的是一个高个子漂亮女生，叫秦志萍，在大家的笑声中她正脸红红地看着钟鸣。钟鸣朝她笑笑，接着说：

"还好你们这次向领导反映的是我的课，我已炼就一副钢筋铁骨，不怕你们说。但要是你们向领导反映的是一个刚参加工作不久的新教师的情况，那么你们虽然没有什么恶意，却也很可能会给这位老师带来许多麻烦，甚至会影响他的转正、提级、评职称等等。其实就说我们学校吧，过去现在都有这种事，只是你们学生不了解就是了，而领导一般总是鼓励你们这么做，因为听取学生的意见这正是领导的工作方法之一。问题不在于该不该提意见，而在于提意见的方式，如果生活中我们每一个人都养成了这样一种作风，彼此有意见就向领导反映，那岂不是人人自危，我们每个人都丧失安全感了吗？况且对别人有意见是很容易的，也是令自己感到轻松的。当然，这是题外话。"

钟鸣虽沉浸在自己的语言和声调里，但他还是很注意学生的反应，这时候他深深地朝学生们脸上扫了一眼。教室里不知何时又安静了下来，学生们几乎都肃穆地望着他，有的学生朝他点点头。女生们清亮扑闪的大眼睛在钟鸣的感觉上很容易引起某种惊愕，尤其是在这样不寻常的庄严的时刻。钟鸣不由得心里起伏很大。他说：

"这件事我就讲这些吧。如前所述，其实你们的抱怨与其说使我感到生气，不如说使我感到沮丧。我不能不想，如果我对你们还有一点影响力,如果在你们眼里我还有一点'魅力',那么就算我的课上得不怎么样,你们也会理解我的,怎么会抱怨我呢?"

一些学生答道:"我们是理解你的。"

钟鸣顿了片刻,问:"是这样吗?"

这几句对话显然有些好笑,学生们和钟鸣都笑了起来。

如果说钟鸣在和学生谈话前尚未理清自己纷乱的心绪,尚未意识到自己何以如此执拗地非要和学生进行这么一番谈话,那么当他不经意地以自嘲的口吻轻描淡写地向学生表达了他的沮丧时,他的情绪忽然从一种压抑的状态下获得了倾诉和宣泄。钟鸣感到自己已经在似是而非的语调中深陷于这种情绪。钟鸣离开了教室,离开了微笑着注视他的学生们,感觉到学生们的目光轻轻地在他的背后游移。在这样的时刻,钟鸣的内心不由得涌起一阵恍惚,或沉于一种梦幻,仿佛看到自己正喜气洋洋地从教室里走出来,接受着学生们热情的注目。可是现在这样的目光却使钟鸣体味到自己和学生之间难以言状的尴尬——钟鸣找不到更恰当的词语来形容。钟鸣在走出教学楼的时候想起了自己和学生平常在教室里的情景,钟鸣多么想找到自己身上奔放的激情和浪漫的气息,多么想找到那种如痴如醉心驰神往的景象。可是钟鸣总是看见自己平静淡漠的面容,听见自己飘然的、喃喃自语的声音,眼前总是浮现出学生们空茫而倦怠的眼神……

那时候钟鸣正在讲唐诗,钟鸣过去是多么喜欢这些诗歌,他总是讲得心潮起伏、神采飞扬,不知不觉地全身心都投入于诗歌的氛围,并把学生一起带进去。可是现在无论钟鸣怎样讲读这些诗歌,他都无法回避、克服自己的另一面,像许多学生一样作漠然的局外观，这不能不使钟鸣感到自己的可笑和迂腐，甚至感到这些诗歌的无聊、空幻。当钟鸣翻来覆去地柔柔地把玩那些诗句，细致入微地体察和品味它们的"深刻含意"、对它们阐幽释微的时候，钟鸣不能不从学生们恍若隔世的迷茫的脸庞上感觉到自己仿佛在做白日梦、发妄想症。钟鸣的声音变枯变凉，断断续续，内心焦灼烦躁。这时钟鸣嘴里会唠唠叨叨自言自语似的说这些诗歌都是古代的精品、神品、上乘之作，艺术造诣登峰造极炉火纯青，我们现在不会欣赏是因为我们生活的世界对我们的精神和情调充满太多的干扰和破坏，是因为我们生活的世界越来越变得表面化和物质化，越来越讲究实用而不崇尚思想和艺术。钟鸣还会有些语无伦次地告诉学生，这样的社会是一个病态的社会，物质文明的真正发达理应带来精神文明更高层次的复苏和兴旺。钟鸣还会郑重其事地一再向学生强调自己对这些不朽诗作的喜爱陶醉之情。学生们都默不作声地望着他，当他一再地强调自己对艺术作品的珍爱时，学生们朝他笑笑。这样暧昧、晦涩的笑容只能使钟鸣情不自禁地又加以强调：

"真的，我确实非常喜欢这些诗歌，它们是真正的艺术品，永远也不会被时间所湮没。可惜你们不能欣赏。"

这时总会有一个学生在下面答道："钟老师，我们也欣赏的。"

学生们就都笑了起来，教室里沉闷的气氛便松弛了许多。

钟鸣就会看到说话的总是那个漂亮的女生秦志萍。秦志萍这时正含笑看着钟鸣，眼睛睁得很大，脸颊微红，神采奕奕，和一会儿以前的没精打采形成鲜明的对照。钟鸣望着她，也含笑说道：

"瞧，你们刚才都像死过去了，现在又活了过来！"

尽管钟鸣常说这句话，学生们还是每次都哈哈大笑。秦志萍也笑得前俯后仰。秦志萍刚才还和大家一样趴在课桌上，一会儿朝窗外望望，一会儿拿支笔在一张纸上乱涂一气。有许多次钟鸣都冲动地想叫她的名字，朝她发一顿火。当然钟鸣一次也没有这么做。钟鸣知道秦志萍是怎么回事，知道她对自己是十分友好、信任，甚至抱有很大的敬意的。钟鸣也知道这个班的学生对自己都是有好感的，她们经常邀请他参加她们的活动，经常在课间课后和他自由地交谈，她们还常常把班级的委屈向他倾诉，认真地听取他的意见和建议，她们还乐此不疲地向其他班级的同学炫耀他的才华和成就。而其中一直和钟鸣最接近的，就是秦志萍。秦志萍坐在教室的最后一排，高高的个子，清清爽爽的模样，钟鸣第一次上她们班课时，那节课上秦志萍几乎自始至终都抬起眼睛认真地望着钟鸣（这样的课堂情景总是钟鸣非常眷恋、怀念的）。后来，彼此熟了，秦志萍便常去钟鸣的寝室坐坐，高高兴兴地和钟鸣闲聊。那时候钟鸣就注意到了秦志萍和自己以前的女学生的一个明显的区别，就是秦志萍和自己交往很大方，不拘谨。钟鸣和秦志萍的谈话是彻头彻尾的闲聊，没有主题，没有章法，没有条理。以前的学生到钟鸣寝室里来谈话，彼此总是非常严肃地谈写作，写作是钟鸣和学生之间唯一的永恒的话题，除了写作他们就没有什么好谈了，所以和钟鸣接近的从无例外总是清一色的文学爱好者。但是现在秦志萍到钟鸣的寝室来却完全改变了这种状况，钟鸣和她很少谈写作，虽然最初一个阶段秦志萍也表现得热心于写作。或者说他们也谈写作，但写作只是许多话题中的一个。有时谈到写作，秦志萍也会高高兴兴地在这个话题上逗留一会儿，但很快她就会蜻蜓点水似的滑到另一个话题上去了。和秦志萍在一起，钟鸣常常只是充当听众，他舒舒服服地靠在藤椅里，听秦志萍谈这个，谈那个。秦志萍常谈的是班级、学校、同学、老师、她自己以及校园内外的种种逸闻趣事。这样的时候秦志萍总是显得很愉快，兴致勃勃，谈话时眼睛扑闪扑闪，两颊红艳艳，有时还以少女稚气而洒脱的手势来加强她的语调。但有时秦志萍明媚的脸上也会乌云密布，这种情况下她走进钟鸣的寝室时，一双眼睛总是直勾勾地瞅着钟鸣，进门就说：

"钟老师，我要跟你讲一件事。"

碰上几次后，钟鸣懂得了秦志萍这样的表情和开场白的含意，钟鸣就含着微笑请秦志萍坐下。每次秦志萍刚一坐下，就直起身子伸长脖子气愤委屈地滔滔不绝地说开了。有一次她说：

"这个学校怎么这样的，真是怪死了，不要太吓人！钟老师你知道吗，这个学校有这样的规定，女同学不准到男同学寝室去，男同学也不准到女同学寝室来！我们刚来我们又不知道，学生守则上也没有这样的规定。再说我们是大白天去的，我们是到他们那里去为郭东明过生日，我们是一个小组的，正大光明，这有什么奇怪的。但是我们刚走进他们男生寝室楼，他们男生寝室楼的宿管员就大惊小怪地朝我们冲过来，披头散发，不要太吓人！她恶狠狠地朝我们瞪着眼睛，张开两只手把我们朝外面赶，嘴里还不二不三地责问我们你们做什么你们做什么，你们跑到男生寝室来做什么，快出去快出去！不要把我们吓死噢。我们当场真的被她吓得脸都白了，脑子反应不过来了。再加上她的形象那么恶劣，可能她刚洗过澡，披头散发，面孔发红，两只眼睛也血红血红，快要暴出来了。到底是吴敏反应快，挡开她的手说，你推什么推，发什么神经，油菜花开了没有？好了，这下不得了了，她上来一把抓住吴敏的胸衣，要拖吴敏去校长室。吴敏那句话是说得不太合适，不过吴敏平常是这样说话的，油菜花开了没有是她的口头语，况且是宿管员先侮辱我们。宿管员说话不要太恶毒，她抓住吴敏的胸衣一面推她一面说，是油菜花开了，是你在发痴，否则你怎么会这样不知羞耻跑到男生寝室来！她说出这样的话来吴敏怎么肯罢休，吴敏马上反击说我在发痴还是你在发痴？是我不知羞耻还是你不知羞耻？你好好想想清楚！宿管员力气不要太大，她用劲地推吴敏，吴敏被她推得东倒西歪，头颈下面和手臂上都是青一块紫一块的。她还骂吴敏女流氓。后来事情闹到校长那里去，校长一点也不理解我们，说什么不管怎样我们都应该尊重宿管员，按照校纪校规管理寝室是她的职责，即使她的工作方法有缺点，她的出发点是好的，态度是认真负责的，我们怎么能出口伤人。校长一点也听不进我们的解释，叫我们写检讨书，从违反校规进入男生寝室楼写起。真是滑稽死了！校长还要我们去向宿管员赔礼道歉，否则要给我们处分！实在是太怪了，不要吓死我们！吴敏开始坚决不肯去向她赔礼道歉，说情愿退学也不去。后来我们想想算了，真的事情闹得太大也没什么意思，我们劝吴敏去，我们陪她一起去。没有想到宿管员那么没有修养。我们到她那里去的时候我们的态度都很好，吴敏忍了又忍，态度也是很好的，我们都叫了她一声阿姨。吴敏说，阿姨，昨天是我态度不好，现在来向你道歉，请你原谅。没有想到宿管员理也不理我们，转身就走，走了几步回过头来冲我们说，你们不用来向我假道歉，我是精神病，你们快点离开这儿，否则我又要发精神病赶你们出去了！我们被她嘲得一句话也没有，吴敏当场就眼泪落了下来。后来我们班主任来了，她也一点不理解我们。后来我们都说，要是钟老师做我们班主任，绝对不会这样冤枉我们的，绝对不会让我们在校长面前、在宿管员面前这样难堪的……真是怪死了！"

秦志萍在说这些话的时候，钟鸣一直静静地听着，他的目光轻轻地、温和地落在秦志萍的脸上。秦志萍说完了，钟鸣笑笑，说：

"那你们检讨书写了没有？"

"没有。"

"一定要你们写的？"

"要的噢。"

钟鸣在藤椅里移动了一下身子，没有说什么。

秦志萍说："不要吓死我们噢，这个学校怎么这样的，一点也不理解我们的。"

钟鸣说："学校嘛都是这样的，你们的感觉也不要太坏了。"

秦志萍说："钟老师，要是你做我们班主任就好了，你为什么不做班主任？我们班同学对你都很崇拜的，讲不清楚为什么。"

钟鸣说："你用崇拜这个词不要太吓人。"

秦志萍不禁笑了。秦志萍这时候的笑便有些破涕为笑的样子。她说：

"真的，我们大家都希望你当我们班主任。"

钟鸣说："这是因为我不当你们班主任的缘故。"

秦志萍说："反正我们都认为你比较理解我们。"

钟鸣说："你又是'崇拜'，又是'理解'，高帽子乱戴。其实，我也就是因为事不关己才这样。"

秦志萍说："钟老师，你不要太潇洒。"

也就是秦志萍升入这所学校的第一个学期结束后，那个寒假秦志萍和另一位女生陆玉英去钟鸣家拜访过一次，她们认识了钟鸣的妻子陈晓颖，并且接受了陈晓颖的热情款待。下午钟鸣还陪她们去本地的一处公园转了转，送她们上了公共汽车。那天的活动给钟鸣留下了十分深刻的印象，使他后来总不由自主地感到自己和秦志萍、陆玉英，特别是和秦志萍之间有一种比自己和其他学生之间亲近得多的关系。这种感觉使钟鸣较长一个时期以来对秦志萍在课堂上的表现一直保持一种宽容的、体贴的态度，有时还把它理解为是秦志萍的一种"少女忧郁症"的反应。为此钟鸣还特地找秦志萍谈过一次话。但秦志萍完全否认自己有什么不愉快的心事，她还反问钟鸣：

"你为什么认为我有心事？"

钟鸣沉默了一会儿，说："我看你有时候有些神思恍惚。"

秦志萍笑起来，说："你观察不要太仔细了。"

钟鸣说："有心事也是正常的，这有什么。"

秦志萍说："我是没有心事，和以前一样的。"

秦志萍笑嘻嘻地望着钟鸣，眼睛和嘴角都很富有情调。这个话题过去后，秦志萍又活灵活现、高高兴兴地和钟鸣闲聊起来。她对钟鸣说：

"钟老师，三（7）班的黄坚老师到日本去了你知道吗？"

钟鸣说："知道的。"

秦志萍说："钟老师，你为什么不出去？其实你也应该出去的。"

钟鸣问："我为什么应该出去？"

秦志萍说："反正是这样的。听我妈说，外面是很好的。现在出去的人很多。"

钟鸣说："我出去做什么？"

秦志萍说："什么都可以做的呀，读书、打工，都是这样的。"

钟鸣说："我可不想到饭馆去端盘子。"

秦志萍笑了，说："噢，你是有身份的。"

钟鸣说："你不要讽刺我。"

秦志萍说："那你至少可以出去开开眼界呀。"

钟鸣说："秦志萍，你这么崇洋媚外，从小到大爱国主义教育真是白接受了。"

秦志萍说："钟老师，你不要吓我啊。"

这段对话使钟鸣忘了今天找秦志萍来谈话的本意。钟鸣虽脸上笑嘻嘻的，心里却曲曲拐拐的，总觉得有一句什么话一定要说出来，却说不出来。不知道这是一句什么样的话。

有时候钟鸣发表了一篇作品，学生们读了，钟鸣去上课时她们会问钟鸣得了多少稿费，要钟鸣发巧克力。此时正是钟鸣自我感觉非同寻常的时刻，听到稿费发巧克力什么的，不免发怔，他就会振振有词地说：

"艺术是无价的，怎么能用金钱来体现它的价值呢！"

学生们"轰"地发出一声愉快的惊叹。

钟鸣继续说："我们是搞艺术的，不是做生意的。"

学生们喊道："钟老师，你不要太高雅噢！"

钟鸣说："艺术就是高雅的嘛。"

钟鸣的这种亦庄亦谐的神态和语调使学生们又开心地哄笑起来。钟鸣又说："可惜你们体会不到这样的高雅。"

有些学生一面笑，一面作姿作态地朝钟鸣认真地点头。

这无疑是钟鸣运用得最炉火纯青的一种神态和语调，也体现了钟鸣最常具有的一种心理素质。

2

那天钟鸣离开教学大楼后直接坐车回家，由于路上发生了交通事故，钟鸣匆匆到家时已快傍晚六点钟。妻子陈晓颖未及嗔怪他，不到三周岁的儿子早已飞跑过来，仰起脸冲着他说：

"爸爸，你怎么到现在刚刚回来，要来不及了，学生要来了！"

钟鸣抱起儿子朝陈晓颖说："路上出了交通事故，轧死人了。"

儿子睁大了眼睛似懂非懂地问："轧死人了啊？"

陈晓颖给钟鸣盛饭，催钟鸣快吃。吃完饭，钟鸣抹了抹嘴，就抱起儿子让他和妈妈再见。出门时，钟鸣望望家，不免长长地叹了一声：

"唉，又要作两小时的流浪了。"

陈晓颖朝钟鸣笑笑，说："委屈你了，你忙了一天，就权作散散心吧。"

陈晓颖的眼睛里也含着笑意。陈晓颖的笑容是温情的，也是充满歉疚的。陈晓颖也是一天忙到晚，但她以疲劳之躯还能作出这样的笑容，这不能不使钟鸣心动。钟鸣抱着儿子跨出家门，把门拉上了。

在楼下，钟鸣和儿子碰到了正欲上楼的两个学生，昏暗中钟鸣装做没注意，但儿子眼尖，嚷了起来：

"爸爸，两个学生来了！"

两个学生朝钟鸣笑笑，伸手摸了摸儿子的脸蛋。

钟鸣对儿子说："叫叔叔呀。"

儿子平时不太肯叫人，这回却一反常态，爽快地叫道："叔叔。"

彼此擦肩而过。出了大楼后儿子伏在钟鸣的肩上说：

"爸爸，还有一个学生我没有叫叔叔。"

钟鸣说："叫了一个叔叔可以了。"

钟鸣抱着儿子在楼下站了一会儿，抬头朝三楼自己家的窗户望望。灶间的灯亮了又灭了。钟鸣知道那两个学生已经进房间里去了。

这是两个高中三年级学生，是熟人介绍给陈晓颖请她为他们辅导英语的。那天陈晓颖把此事告诉钟鸣，和钟鸣商量可行性时，钟鸣是坚决反对的。但是钟鸣的千万条理由都抵不上陈晓颖的一条理由。陈晓颖问他：

"每星期三次，每次占用你两个小时，这点时间你坐在家里能挣四百八十元吗？"

这是陈晓颖或钟鸣一个月工资的两倍。

因为钟鸣家只有一间房，儿子又太小爱闹，所以碰上辅导的日子，晚六时至八时钟鸣只能带儿子离家，找个地方消磨时光。

"爸爸，今天我们到哪里去？"儿子在问。

钟鸣从三楼的窗户收回视线，向儿子征求意见道："我们去兜商店好吗？"

儿子说："好的，爸爸，我不要买玩具的。"

钟鸣说:"是不买玩具,家里有许多玩具。"

儿子从钟鸣身上下来,一边让钟鸣牵着手往前走,一边说:"爸爸,我是说不要买玩具,我乖的。我也不叫你买咪咪奶糖。"

钟鸣说:"咪咪奶糖家里也有的。"

儿子说:"我是说不叫你买咪咪奶糖,也不叫你买玩具的。"

钟鸣牵着儿子的手走了几步,来到了新村外面的马路上。钟鸣忽然对儿子说:

"爸爸今天肯给你买玩具的。"

儿子仰起脸问:"什么玩具?"

钟鸣说:"爸爸给你买一把枪,大的枪,好吗?"

"好的。"儿子高兴了,不禁在马路上跳跃着走路,常走到钟鸣前面去。

钟鸣今晚决计要给儿子买一把枪,大的枪,这个想法多少使钟鸣的精神松弛了些,多少使钟鸣把注意力分散、转移了一些到今晚和儿子出游的有趣的、有意义的层面上去。枪一直是儿子最喜欢的玩具,也是钟鸣童年时代最憧憬的。像钟鸣今晚打算要给儿子买的那种无论在造型和体积上都酷似真枪的漂亮的冲锋枪,钟鸣小时候别说玩过,就是见也很少见过。儿子今晚幸运,小小年纪就要得到这样的一把大枪了。

钟鸣牵着儿子的手往灯火通明的夜市走去,儿子一路上不停地对钟鸣说话和提问题。儿子有一个小小的优点,当他被带着去商店买他想要的东西时,他一般不像有些孩子那样心急火燎刻不容缓,而是显得比较沉着、从容,他甚至还有闲情逸致观赏街景,向钟鸣提一些问题。到了商店,钟鸣以为他忘了此行的目的了,他却飞快地跑到柜台前，指着他要买的东西嚷道：

"爸爸，你看，有的，快来呀。"

他们继续朝前走。不一会儿，他们拐入了一条老街。这时候不知从何处突然刮来一阵阴风，街道上响起一片枝叶的沙沙声。刚才还是很晴朗的春夜，转眼间阴黑了下来，风挟裹着潮湿的空气，在街道里翻卷，昏沉欲雨。钟鸣和儿子离夜市已一箭之遥，他抱起儿子，快走几步，进了一家很大的百货店。零星的雨点在他们身后落了下来。雨越下越大，不一会儿就铺天盖地，满世界都是响亮的雨声。儿子非常高兴，站在店门口，手指着外面的雨世界，不停地叫：

"爸爸，下雨了！"

他还激动地喊道："现在我们怎么回去啊！"

有一小会儿儿子恐怕真的忘记了他的冲锋枪，沉浸在突发的雨景里。

后来钟鸣和儿子来到了玩具柜台前，他们在玻璃橱里找到了那种枪。很贵，二十四元多。钟鸣付钱后把枪递给儿子，对儿子说：

"现在这把枪是你的了，你玩吧。"

装上电池，一扣扳机，枪膛里发出的声音也和真冲锋枪很相似，枪管里红光闪闪。儿子两手抓着枪，把枪端在胸前，枪口瞄准他选中的目标，不停地扣动扳机。现在儿子有了枪，已经不需要钟鸣在身边了，他在店堂里窜来窜去，不时端起枪向假想的目标射击。钟鸣望了儿子一眼，独自走到店门口，对着外面的雨世界，沉默着。时间才过去了半小时。店堂里还有一些别的顾客，三三两两地转悠着，有的也像钟鸣一样站在店门口，望着雨雾发呆。钟鸣想今天这时间可是难挨了。在钟鸣带儿子夜游的经历中这样的境遇还是第一次，以前钟鸣有时带儿子上朋友家，有时带儿子上影剧院，有时他们去夜公园，有时去卡拉OK泡着，看别人装腔作势地唱歌。最差的时候也能用自行车带着儿子在马路上兜风。可是今天他却什么也不能干。幸亏儿子手里有这样一把漂亮的枪，起码半天时间不会闹事。钟鸣望着倾斜的雨丝，凉意袭人，心情郁闷。当钟鸣听见有个声音在喊他时，他吃了一惊，忽然感到非常紧张。那一瞬间，钟鸣发现自己今夜是多么不想碰见熟人。

那个声音很快地来到了钟鸣身边。钟鸣扭过脸去，见到了那个人。那是钟鸣多年前的一个学生，八五届的。那一届是钟鸣最早的学生，和他年龄相仿，钟鸣只大他们几岁。这个学生名叫沈永明，虽然这么多年不见了，钟鸣还是一眼就认出了他来。乍看他好像没有什么变化，还是那样黑黑的、瘦瘦的、高高的，但定睛看去，毕竟不同当年了，无论面容还是神情都已刻上了岁月的印痕。钟鸣不禁心里有些恍惚，望着他，朝他微笑，却没有马上叫出他的名字，虽然他的名字就在嘴边。钟鸣只是亲热而又含糊地朝他招呼道：

"你好，老长时间没有见到你了。"

沈永明在钟鸣跟前站住，脸上的笑容有些忸怩和拘谨。他的神情举止都显出他很高兴，甚至有些感动。他说：

"钟老师，我在街上碰到过你几次的。"

钟鸣说："是吗，你怎么不叫我？"

沈永明又忸怩地笑笑，说："有时离得远，又骑着车。"

钟鸣问道："你现在好吗？还在教书？"

沈永明说："还在。钟老师，你也还在师范学校？"

钟鸣说："还在。"

沈永明顿了一顿，说："钟老师，你现在小说发表得很多，我经常拜读的。"

钟鸣说："是吗？"

沈永明说："我们学校有几本文学杂志，我好几次在那里面看到你的小说。我还把你的小说推荐给同学看。"

钟鸣笑笑，说："你们还联系？"

沈永明说："有几个还联系。有时我们几个聚在一起，还常说起你。"

钟鸣说："我有什么值得你们说的。"

那种忸怩的笑容又在沈永明的脸上浮现了出来。他顿了顿，说："钟老师，听说你有儿子了？"

钟鸣说："是的，已经快三周岁了。"

钟鸣朝店堂里转过头去，寻找儿子。儿子端着枪正玩得起劲，惹得几个顾客都在看他。儿子一个一个地瞄准顾客，向他们射击。钟鸣叫道：

"你过来。"

儿子说："不，我正在打大灰狼。"

几个顾客笑了起来。

钟鸣说："他就是这样的。"

沈永明说："很好玩的。"

钟鸣问："你怎么样，结婚了吗？"

沈永明说："还没有，快了。"

这时候雨依然下得很猛，深远的高空传来了几声雷鸣。他们沉默了片刻，沈永明说：

"钟老师，怎么见到你反而忘记说一件事了。"

钟鸣问："什么事？"

沈永明说："你还记得刘园吗？"

钟鸣说："记得的。"

沈永明说："他精神可能不正常了。"

钟鸣感到很突然，惊问："他精神不正常了？"

沈永明点点头，说："已经好些时候了。我和他在一所小学校里。钟老师你知道他以前话不多，但是从前一个学期起他话突然多起来了，他总说自己要去搞艺术。起先还只是对我说说，后来他对许多人都这么说，还说我们学校是一座坟墓，说我们学校的老师都是行尸走肉。"

钟鸣惊叹："怎么会这样的！"

沈永明说："我也不知道。他还说他要辞职。我一直在劝他，我们班好几个同学都去劝过他，他父亲还打过他，但是他都听不进去。现在他已经不去上班，天天在家，把自己关在房间里，有时我去找他，他也不肯开门。"

钟鸣问："他在房间里做什么？"

沈永明说："不知道。听他母亲说只听见他在房间里一会儿拉开抽屉，一会儿关上抽屉，一会把窗打开，一会儿又把窗关上。有时候里面一点声音也没有。"

钟鸣摇摇头，显出难以置信的神情。

沈永明说："钟老师，我最近一直在想请你去劝劝刘园，和他谈谈，但又感到这种事不太好向你开口。"

钟鸣说："怎么想到让我去劝劝他？他肯听我的？"

沈永明说："你的话他可能听得进，他对你很崇拜的。钟老师，你还记得我们二年级时，有一次你讲评作文，你说刘园的作文虽然还不成熟，但他的作文里有一种灵气，这件事你还记得吗？"

钟鸣自然是不记得了，他回答："好像有这件事。"

沈永明说："你这句话他一直记在心里，感到很骄傲。他一直认为自己是有艺术家气质的。他精神不正常以来好几次对我提起你说他的这个话。他一会儿说要去搞绘画，一会儿说要去搞摄影，一会儿说要去搞工艺装潢，一会儿说要创作长篇小说。钟老师，你的话给他印象很深，所以我就想到请你去和他谈谈，可能他会听你的。"

钟鸣沉默片刻，说："我可以去试试看。不过他要是真的精神错乱了，我和他谈也是没有用的。"

沈永明点点头，说："实在不行的话，他父亲说要送他去精神病医院。"

钟鸣问："还没去看过医生？"

沈永明苦笑笑，说："还没有。"

钟鸣慨叹一声："怎么会有这种事的！"

他们约定，等沈永明将会面的事安排妥后，再通知钟鸣。

沈永明看看雨还是下个不停，尚无止住的迹象，便冒雨离开了。

钟鸣站在店门口，呆呆地望着这个人熟悉而又陌生的背影，心里不由得有一种恍若隔世的感觉，空空的，乱乱的，说不出的滋味……

终于挨到了八点钟，雨还是下个不停。钟鸣又等了一会儿，还是这样。看来没指望了，店也就要打烊，钟鸣便决定在店里买一把雨伞。

　　买了伞后，钟鸣抱起儿子离开了店堂。

　　回到家时，两个学生早走了，陈晓颖正在房里誊写钟鸣的一篇小说。儿子已经昏昏欲睡，钟鸣给他洗了洗，安排他睡下。然后钟鸣去陈晓颖那里看看，问道：

　　"快完了吧。"

　　陈晓颖答："快了。"

　　钟鸣笑笑，说："是不是写得很精彩？"

　　陈晓颖说："不知道。不过我誊的时候在想，你为什么要写这个，就是说你怎么会有这样的热情的。"

　　钟鸣说："你是不是说这没什么意思？"

　　陈晓颖笑了，说："你又要说我不懂艺术了。我知道这是文学作品。我知道你是很有才气的，我不就是因为这个嫁给你的吗？"

　　钟鸣说："那时你把我说的每一句话都看得很重。不知道那时你是假装的，还是现在成熟了。"

　　陈晓颖踢了钟鸣一脚，说："我总不见得一辈子受你欺骗。"

　　陈晓颖誊写完最后几页，夜已较深。钟鸣还坐在床上看书。陈晓颖上床后，钟鸣熄了灯，和陈晓颖一起躺下睡觉。陈晓颖是个标致的女人，生孩子后人虽有些发胖，但仍可用"丰腴"这样比较体面的词语来形容她。陈晓颖舒展地在被窝里伸开四肢，沐浴后的身体芬芳可人。钟鸣不由得贴近她，把她搂住。他们静躺了一会儿，陈晓颖说：

"下礼拜天我们年级组可能要搞一日游。"

钟鸣问："儿子怎么办？"

这是近年来夫妻俩商讨一切活动的大前提，钟鸣自然反应很快的。

陈晓颖说："本来我可以带去，但这次大家都说不带小孩，好好地放松一天。你说我要去吗？"

钟鸣默然，过一会儿他问："是谁请你们？"

陈晓颖说："是学生家长赞助的，还提供给我们一辆大客车。"

钟鸣说："你们本事这么大？"

陈晓颖说："那几个学生都是乡下的，开后门照顾进来的，他们的父母都是乡里办企业的。孩子照顾进来时领导得了好处，现在自然要调动我们任课老师的积极性。"

钟鸣叹道："现在老师也不简单啊。你去吧，不玩也是白不玩。"

陈晓颖问："那儿子呢？"

钟鸣说："怎么办呢？只好我来带了。"

陈晓颖抬起光溜溜的手臂摸了摸钟鸣的脸，说："那这个礼拜家里的事你什么也不要管，就关在房间里写作好吗？"

陈晓颖的这句殷勤的话，却使钟鸣觉得一阵心烦意乱。钟鸣一时陷在这种莫名的情绪里。陈晓颖不知何时已经进入梦乡，在室内微弱的光线下陈晓颖的脸显得格外白润、光洁。钟鸣忽然偏过头去吻了她一下，冲她笑笑，不知为何叫了她一声。陈晓颖翻了个身，一条玉臂环绕在钟鸣腰间。

钟鸣不再说话，渐渐地被这条玉臂拽入梦乡。

3

星期天早晨陈晓颖走后，儿子醒来不见了妈妈，开始发脾气。首先他不肯起床，一定要妈妈来给他穿衣服，不要爸爸。钟鸣只好采取强硬手段给儿子穿好衣服，把他放在地板上。儿子马上倒在地板上翻滚，大哭大叫。儿子翻来覆去两句话，要妈妈，不要爸爸；要到妈妈那里去，马上就去。钟鸣只好随他去，拉上房门，对儿子实行冷处理。钟鸣自己洗了脸，吃了早饭。这期间儿子一直不停地在房间里闹，钟鸣要求自己只作不听见。钟鸣把该做的事都做完后，开门进去，他看见的景象使他再也不能接受育儿教科书的指导了。房间里那只矮柜的六只抽屉和两只床头柜的四只抽屉几乎都被儿子拉开了，抽屉里的许多东西被儿子弄在地板上，而儿子还在执拗地哭喊：要妈妈，不要爸爸。看见钟鸣出现在房间门口，儿子又朝钟鸣叫道：不要爸爸进来，爸爸出去。从早晨起一直在隐隐作祟的坏情绪突然爆发了，怒火不可遏制地蹿了上来，钟鸣快步上去，一把抓起儿子，扔在床上，抽了他两记屁股。然后钟鸣又从床上抓起儿子，打开壁橱门，把儿子扔了进去，锁上壁橱门。儿子在壁橱里尖声号哭起来。

这时电话铃响了。钟鸣愣了一下，过去拿起话筒。

"是钟老师吗？"一个兴奋的、带点神秘语调的女声。

钟鸣说："是，你是哪一位？"

话筒里静了一会儿，说："钟老师，你听得出我是谁吗？"

钟鸣说："听不出，是谁？"

对方轻叹一声："钟老师，你是不记得我了，我是陈冬芸。"

钟鸣顿时有些恍惚，他静了静，说："你是陈冬芸？"

对方说："是的，钟老师，你没有忘记我吧？"

钟鸣说："当然没有。"

这时儿子在壁橱里发出了一声尖厉的哭叫，引起了陈冬芸的注意。她问：

"钟老师，是你儿子在哭？"

钟鸣眼睛望着壁橱门，说："没有啊。"

陈冬芸问："你爱人孩子呢？"

钟鸣答："出去了。"

他们沉默了片刻。钟鸣问道：

"你怎么知道我的电话号码的？这个电话才装了一个多月。"

陈冬芸说："自然是你告诉了别人，别人告诉我的。"

钟鸣说："我一直不知道你在哪里，后来又听说你调了工作，也不知道调在哪里。"

陈冬芸说："我现在在青联。"

钟鸣说："是吗，好吗？"

陈冬芸说："还可以。"

陈冬芸把自己的地址和电话号码告诉钟鸣，钟鸣记了下来。陈冬芸说：

"钟老师，我一直想给你打电话。实际上最近我往你学校打过几次电话，你都不在。"

钟鸣说："你这么说，我心里有点紧张了。"

电话那边传来了陈冬芸的笑声。她说：

"钟老师，我是有事要向你请教的。我有男朋友了，是最近认识的。"

钟鸣说："是吗？你有男朋友了？"

陈冬芸又在电话那边笑了，好像脸有些红了。她说：

"钟老师，我有好几年没有见到你了，今天第一次给你打电话，就和你谈这种事，你不会笑话我吧？"

钟鸣说："不会的。"

陈冬芸沉默了片刻，说："钟老师，我的这位男朋友应该说我是很喜欢他的，我们的恋爱关系也已经公开了。但是我们认识以来一直吵吵闹闹的，有时还吵得很凶，不像人家谈恋爱时那样，总是甜甜蜜蜜的。不知道这是怎么回事。"

钟鸣在陈冬芸和他说话时眼睛一直望着壁橱门，现在壁橱里有一会儿没动静了。钟鸣对陈冬芸说：

"陈冬芸你稍等一会儿，我马上就回来。"

钟鸣搁下话筒，抓了只枕头压在上面，然后过去打开壁橱门。儿子已经伏在壁橱底层的几条棉絮上睡着了。钟鸣抱起儿子，在他的脸颊上吻了吻，把他抱到床上，给他盖好了被子。钟鸣回到电话机那儿，从枕头底下拿起话筒对陈冬芸说：

"陈冬芸。"

陈冬芸应道："钟老师，来了？"

钟鸣说："对不起……陈冬芸，你刚才说你和你男朋友的事，我不太了解，不能随便发表意见。不过，你的那种说法，你说，你和男朋友在一起总是吵吵闹闹的，别人在一起总是甜甜蜜蜜的，我认为这明显有你自己的错觉的成分。实际上，你们在一起不可能总是吵吵闹闹的，别人谈恋爱也不可能总是甜甜蜜蜜的。你刚才说，你很喜欢他，你也知道这是最难得的。"

陈冬芸说："是的，我要是不喜欢他，早就和他分手了。不过，有时候吵得凶了，我都不知道什么是喜欢了。"

钟鸣不由得一笑，说："以前做过你几年老师，可以说对你比较了解，但我真不知道你喜欢的男人，是什么样的。"

钟鸣顿了一下，不过他并不是在问陈冬芸，要等待她的回答，他好像还想说什么。但他听到了话筒那端传来了陈冬芸不假思索的声音：

"钟老师，我喜欢像你这样的呀。"

钟鸣不禁怔了一下，说："啊？你喜欢像我这样的？"

陈冬芸笑了，说："是的，钟老师你不会笑话我吧。"

钟鸣也笑了，说："不会。不过，陈冬芸，你如果和我在一起，也会吵吵闹闹的。何况，你男朋友肯定比我帅吧？"

"是的，他比你高，一米八二，长得有点像费翔。"说完这话陈冬芸在电话那端咯咯笑了起来。

钟鸣也笑了，说："是吗？"

陈冬芸说："就是因为他外部条件太好，我才特别感到困惑。我怕迁就于自己的虚荣心。"

……

钟鸣放下话筒后，在电话机旁呆呆地坐了一会儿，然后起身去看看儿子，这才发现儿子满头满脑都是密密麻麻的汗珠。原来刚才忘了给儿子脱衣服了。钟鸣找了块手帕给儿子擦了汗，又给儿子脱了衣服。儿子睡得很甜，没醒，刚才吵闹时的讨厌相无影无踪了，这会儿的安睡状特别惹人疼爱。钟鸣不由得在儿子身边坐下，看着儿子，有点神思恍惚。

4

几天后的一个上午，学校领导把钟鸣叫去，告诉他后天有一个外地的教育参观团要来学校参观听课，钟鸣上午有课，学校考虑安排外地的同事们重点听钟鸣的课，希望钟鸣好好准备一下。钟鸣面露难色，说，他这阵子正在上议论文《论权威》、《中国的战争》、《什么是列宁主义》、《反对党八股》等，文章是不朽之作，但用在公开课上，是很难出气氛的。领导就说，你不一定按照顺序上，可以插入一篇别的课文。

就是领导的这句话，使钟鸣想起了他几年前用过的一篇自选教材，某女作家的散文《童年的谜》。钟鸣心血来潮，马上回办公室，在抽屉里翻出了这篇教材。这是一份扫描件，粗糙的劣质新闻纸已经泛黄，纸上甚至出现了一些土黄色的斑点，文章旁边有钟鸣用蓝墨水笔写的几句点评，也已变了色。钟鸣看到这篇文章，心里顿时有一种异样的感觉。文章前的那幅简易的线条题图，那个托着腮的女孩，那几条栅栏，那一角若隐若现的花园公寓，此刻在钟鸣的眼里显得无限的美好，梦境般的迷幻。钟鸣不用重读这篇文章，即已深深地感受到了文章里的意蕴和情致。一种久远的、空灵、缥缈的回忆，也在钟鸣的心头涌起，钟鸣仿佛回到了多年前的那个课堂，重温了那天自己讲这篇文章的情景，想起了陈冬芸和她的同学们……钟鸣坐不住了，捧着文章朝教导处而去。

第二天，钟鸣把文章印发给了学生。为了保持原件的风貌，钟鸣没有打印，他先将原件复印了一份，然后再用复印件去扫描油印。

开课那天，来了许多人，既有外地教育参观团的成员，也有本校的一些老师，教室的后排和过道里都坐满了。这样的场面钟鸣不是第一次经历，自然不会惊慌失措，相反倒有些兴奋。上课铃响后，钟鸣先放了课文的录音。这是钟鸣请组里年轻漂亮的语音老师小应录的音。这篇散文《童年的谜》，写的是从前有一个顽皮的小女孩，有一天放学后她在外面疯跑的时候忽然在一条弄堂里听见了一阵悦耳的钢琴声，这个小女孩不由得停下了脚步，她发现琴声是从一个小天井里传出来的，天井门是铁栅栏做的，里面栽着一棵葡萄树，透过枝叶可以看见里面的窗户上挂着白色的窗帘。那钢琴声从这白色的窗帘后面传出，穿过葡萄藤，飞出小天井，它欢快得像泼溅着的小溪，温柔、恬静、抒情。小女孩不禁觉得有点累了，就趴在栅栏上静静地听着。小女孩呆呆地望着那扇寻常而又神奇的窗户，她的女孩子的想象像小鸟似的飞翔了起来，她想，那弹琴的一定是个比自己高一点的小男孩，他很和气，眼睛又大又亮。这以后小女孩就常到这儿来，故意从小天井的铁栅栏门前走过。小女孩非常希望有一天在门口碰见那个小男孩，非常希望有一天那扇铁栅栏门突然向她打开。后来，"文化大革命"了，长大了的小女孩到大兴安岭插队落户去了。多年后的一个凄凉的冬天的黄昏，心灵已经变得有些麻木的她回家探亲，走着走着，她突然被一阵熟悉的钢琴声惊呆了，那一时刻她感到一组久已沉睡的音符，合着钢琴声一个个从自己久闭的心灵里跳了出来。她抬起头，发现自己正站在那条小弄堂里，那个小天井还在，那棵葡萄树还在，甚至连窗帘也没有换过。此情此景，使她深深地感觉到了自己的孤独和软弱，感觉到自己是多么需要温暖和安慰。再后来，她在大兴安岭待了十三年后终于上调回了家乡，那一次也是无意中，她又经过了那个小天井，远远地就传来了柔缓的钢琴声，非常亲切，非常美，葡萄藤绿得静静的，就像她第一次看见的那样。她的心里顿时涌起了难言的温柔，觉得心灵里很多好诗好画、朦胧的情感蓦地惊醒了。哦，久违了，她想，他也应该有三十多岁了吧？他也许成了小有名气的演奏家了吧？他的眼睛还亮吗？——这时候作者无限深情地写道：

"二十多年过去了，这个弹琴的究竟是谁呢？如果这扇门打开了，如果他真是那个大眼睛的小男孩，我会对他说些什么呢？

"哦，何必打开那扇门，何必去揭开那个谜呢？我只知道弹琴的就是他多好，我还知道我长大他也长大，我老了他也老了……

"我希望我的心灵里有一个小小的隐秘的角落，我希望这个童年的谜永远也不要解开，我要用我的心轻轻地捧着这个美丽的谜，直到永远、永远……"

小应老师朗读得非常好，她完全把握住了文章的节奏和韵律，她以一种空灵、迷幻而又略显低沉的声音传导出了女主人公忧郁的浪漫情调，传导出了女主人公对于精神乐园的孜孜不倦的憧憬。她的音色非常清纯、甜润。钟鸣是上课前才从小应手里得到这盘磁带的，他此刻也是第一次听小应的朗读，他很快就被小应的声音带入一种久违的氛围中去。钟鸣随着小应的朗读望着摊开在讲台上的文章，目光慢慢移动着，他感到一股热潮正在胸中涌起，扩散于全身，心灵被热热地柔柔地温暖和抚摸，在小应的朗读声中变得虔诚、庄重和肃穆。钟鸣注意着这些变化，起初有些不安，有些困惑，但很快他就被小应的声音完全卷入了。当小应的朗读结束时，钟鸣的眼前有些模糊，内心有一种东西飘扬起来，周围的一切都仿佛和平时不一样了。教室里余音袅袅，钟鸣十分感动。在一片感叹声中钟鸣感到他的学生都非常感动，那些听课者也都非常感动。钟鸣两手撑在讲台上，默默地望着前面，他的目光落在学生们身上，又好像没有注意到她们。钟鸣沉默了一会儿，好像是一个乐章结束后的间隙，他虽然不说话，却有一种有力的无声的节奏使他感到充实。然后，钟鸣开始说话了。他情不自禁地从讲台上拿起了那篇文章，他的声音有些沙哑，他对学生们说：

"请大家把最后三节一起念一遍。"

学生们念了。钟鸣感到学生们念得很好，很动情。他说：

"大家念得很好，很动情。现在，我想问大家一个问题。"

钟鸣说："请同学们想一想，作者为什么说，'我要用我的心轻轻地捧着这个美丽的谜，直到永远永远'？为什么说，'我希望这个童年的谜永远也不要解开'？"

完全像钟鸣期待的那样，教室里出现了很活跃的讨论的气氛，学生们纷纷站起来发表自己的见解。钟鸣沉浸在自己的感觉里，也许他没有清晰地听见每一位学生的发言，但是他确实感到她们都谈得很好、很美。学生们的发言，更激发着钟鸣的热情和想象，激发着他的表达欲。学生们的发言结束后，钟鸣开始讲话，他的声音轻轻的、缓缓的，渐渐响起来：

"……童年的谜，它是多么美，多么奇妙，无论'我'在怎样艰难的环境中，在怎样琐屑沉重的生活压迫下，它都使'我'在精神上永葆青春，给'我'美感，给'我'幻想，给'我'憧憬和慰藉。童年的谜对于'我'是多么珍贵，多么难得，'我'当然不愿意去揭开它，'我'当然希望这个谜永远也不要解开，那扇门永远也不要打开，让这个美丽的谜永远永远地珍藏在'我'的心灵深处。所以我们看，文章结尾的这三段抒情，向我们揭示了这种朦胧、空灵的美，揭示了'谜'对于我们心灵的特殊的魅力和影响……"

钟鸣停下后，教室里出现了一片静穆。钟鸣心潮起伏地站在讲台后面，手扶着讲台，他只看见一片人影。钟鸣感到真是好极了，他的心灵已经很久没有这样震颤，很久没有这样热烈地展开了。钟鸣不再说话，也说完了。在这样的静穆中，下课铃声适时地响了起来。钟鸣长长地吁了口气，他感到所有的人，连同这间热烈膨胀的教室和自己一起长长地吁了口气。

……

这天午饭后钟鸣在宿舍里坐了一会儿，起身往办公室去。半道上他碰见了秦志萍。秦志萍老远朝钟鸣露出了笑脸，在钟鸣跟前站住。

"钟老师。"

钟鸣也停下，微笑地看着秦志萍。钟鸣问：

"你到哪儿去？"

秦志萍说："不到哪儿去。你呢？"

钟鸣说："也不到哪儿去，去办公室翻翻报纸。"

秦志萍说："钟老师，那到你宿舍去坐坐好吗？"

秦志萍忽然自己笑了起来，说："钟老师，我是要到你宿舍去。"

钟鸣说:"你今天怎么这么复杂。"

他们一起往钟鸣宿舍而去。

钟鸣宿舍不小,住两人。另一人不在。钟鸣拉过把椅子,请秦志萍坐下。秦志萍的脸上一直笑嘻嘻的,她的眼睛里也含着笑意。她语调很正经地问道:

"钟老师,今天的公开课评价怎么样?"

钟鸣说:"不知道呀。"

秦志萍说:"我们今天和你配合得还可以吗?"

钟鸣说:"很好。"

秦志萍顿了一下,忍俊不禁地一笑,说:"钟老师,你知道今天我们班同学怎么说你?"

钟鸣问:"怎么说我?"

秦志萍说:"她们说钟老师今天真的来情绪了,不要太感动。"

钟鸣问:"什么意思?"

秦志萍说:"没什么意思。"

钟鸣笑笑,说:"公开课嘛,是这样的。"

秦志萍也一笑,说:"我想是这样的。"

钟鸣顿了一顿,问:"你们大概觉得我很好笑吧?"

秦志萍说:"也不是这个意思。我们看你很感动的样子,我们也被你感动的。"

钟鸣说:"是吗?"

秦志萍问:"钟老师,你是不是真的认为这篇文章非常好?"

钟鸣问:"你们是怎么看的?"

秦志萍说:"我觉得还可以。我们班有些同学说文章的作者有点神经兮兮的。不要把我笑死！"

钟鸣说："是吗？"

秦志萍说："她们说那些听课的老师被你感动得也神经兮兮的。"

钟鸣说："她们岂不是说我也有点神经兮兮的？"

秦志萍笑了，说："不是这个意思，她们说她们自己也被你感动得神经兮兮的。"

钟鸣忍不住笑了起来，说："秦志萍，你今天真的很深刻。"

秦志萍说："钟老师，你不要讽刺我。"

因为很快就要上课，秦志萍坐了不多一会儿，就起身告辞了。

······

爱情与堕落

1

这个故事按理可以追溯到我参加工作的那个星期，但为了避免故事过于冗长，我考虑从我二十八岁那年的春天讲起。在这篇故事里，年龄是一个很敏感的重要因素，因此我感到有必要说明在先：这篇故事里出现的人物年龄，都经过我精确的计算，以周岁为准，不会有误。

那年春天，我们学校二年级利用双休日组团去杭州春游。二年级共有八个班，每班由两位老师带队，班主任和一位任课老师，这么算这支春游队伍共有四百名学生（每班五十人）和十六位老师。我是以任课老师的身份参加这次春游。没当过老师的人不容易了解，带学生出去春游，虽说对老师来讲有一定的负担（当然带队的责任主要在班主任身上），但闹哄哄的旅途中也会有许多意想不到的收获和喜悦。这是因为，在校园内我们由于受到种种条件的限制，师生之间的关系是比较僵硬的，但在旅途中，正是这种限制所积蓄起来的好奇心和表现欲会轻而易举地爆发出来，老师对学生会刮目相看，学生对老师也会大呼"看不懂"。我的这一体会正是在那次春游中得到的，但我现在要讲的不是这个。

我那次参加学生的春游除了对这一形式有兴趣外，还和一句半真半假的玩笑话有关。这里所谓"半真半假"也只是就我自己而言，即使对我与之开玩笑的那位姓郑的老师来说，她当时也不会相信我会把它当真。那位郑老师的一些具体情况适合于各种类型的男教师和她开玩笑，但并不适合任何人把玩笑当真，尤其是我。

郑老师那年三十九岁，对这一年龄的女子来说，郑老师属于身体非常健康、精力相当充沛的一个，她的一对典型的东方人的黑眼睛无论看什么都炯炯有神，面部皮肤除了冬天搽点普通的防冻霜，从不作特别的保养，也从没见她化过妆，但是她黝黑的皮肤始终光滑和饱满。郑老师在这一点上真不像那些年轻时皮肤白嫩、过了三十岁脸上就开始长黄斑生眼袋的美女。如果把女性比做一朵花，也许，郑老师在少女期含苞待放时并不出类拔萃（此话有郑老师年轻时的照片为证），但是，这朵花开花期却特别漫长，而且就她与年龄的对应关系而言，这朵花还越开越艳。郑老师的健康和她对风雨阳光更具抵御力的黑皮肤，使那些年轻时娇嫩的美女最终在她面前相形见绌。当然我不是要说郑老师看上去比她的实际年龄年轻多少岁，我并非要拿郑老师和二十多岁的女孩子比，我要说的是郑老师的外表给人的印象：一种稳定的成熟健康的状态。而要这么说，也许郑老师比二十多岁的女孩子还更富生气，但这不是年龄的问题。郑老师因此在校园里相当引人注目，而使她更易为男教师接近的是她随和爽快的性格，这与她微胖的体态也相一致。郑老师在学校担任的工会工作也使她成为校园里与人打交道最频繁的女教师。

上述情况中有几个因素使我们学校的男教师最喜欢与郑老师开玩笑：一是郑老师这样年龄的女子最容易成为男人开玩笑的对象，既不年轻了，又还留有余地；二是郑老师的容貌吸引人，除了上面提到的状态，郑老师微笑时脸上还会出现一种很显眼的妩媚的神情，特别引人注目；三是郑老师的工作接触学校的每一个人，她为人开朗直爽，在待人接物方面不是一个斤斤计较的敏感的小女人；最后一点，郑老师丰腴的体态也容易成为话柄。

　　郑老师的形象有点像是我们学校的明星，她在异性中赢得了普遍的欢迎，她对我们每一个人展露亲切温和的微笑。而我们，即使是平时不苟言笑的男教师，刚刚出道的或者即将退休的，都会情不自禁地在她面前改变常态，出语暧昧，带着挑逗，这都不足为奇。但是另一方面，由于郑老师的"明星"身份公开已久，由于她对所有的人一视同仁的态度，她看似和异性最接近的姿态，却使她和异性之间保持了最明确的距离，这一一目了然的距离不仅对他人有效，对她自己同样有效。和一些在私底下被好事者传播着隐私绯闻的言行举止清高矜持的女教师不同，在公开场合和男教师关系暧昧的郑老师，虽然人人看到她"滥交男友"，但即使在无事生非的人嘴里，也从无有关她的新闻。如果有人看到郑老师在校园的僻静处和某位男教师说话，那位男教师正巧是郑老师的"公开情人"，那个第三者既不会回避，也不会隐蔽起来作窥探，他的第一个反应准是故意重重地对那两个人咳嗽一声，等他们回过头来后对他们说："说悄悄话啊，不打扰你们，我马上离开。"

　　这很奇怪，和男教师打成一片的郑老师，正是在男女关系的真实性方面令人不可想象。这是什么原因呢？男女之间难道会存在不可逾越的障碍吗？我认为郑老师和男教师之间相互有好感这不成问题。这是一个我们大家习以为常、却又匪夷所思的难题。但是反过来说，任何现象都有可能误导我们的理解——在郑老师身上是否存在这种情况呢？没有人这么提过。

至于我在前面谈到我自己尤其不适合把和郑老师的玩笑话当真，是因为我和郑老师之间存在显著的年龄差异，我比郑老师小整整十一岁。

在那次春游开始前一个星期的晚上，我走过政治组郑老师的办公室，见郑老师一个人在里面看书，我就进去和她说话。印象中那晚我在郑老师办公室待了颇久，我先是在郑老师面前站着，然后在办公室踱来踱去，最后我在郑老师对面坐下。光从我的这些表现或许就可以看出当时我们男教师和郑老师之间距离比较近。那晚我本来是要去办公室用功的，但是看到郑老师一个人在办公室挑灯夜读的情景，我就不由自主地改变了方向。在同样的情况下，如果换一个女教师，我想进去和她聊聊，心里也会顾虑重重。在有的女教师面前我还会做出没注意她的样子；有的女教师我不能和她单独交谈。但是在郑老师面前人就变得大方爽快，我不止一次这样心血来潮地夜闯她的办公室，而且有时碰上郑老师从我的办公室窗外走过，我也会毫不犹豫地招手邀她入室。和郑老师谈话，你别担心话题和气氛，郑老师很健谈，而且需要指出的是，作为一个普通的知识妇女，郑老师的人生阅历并不深广，但是她的独特的性格和为人处世的态度，使她在自己有限的人生场景中获得了丰富的生活感受，因此，郑老师的健谈是言之有物的，而且，虽然郑老师打开话匣后话语源源不断，但是不会给人噜苏厌烦之感，这是受过高等教育的郑老师和普通市井妇女在表达上的根本区别。这样谈话就有了气氛，而你往往只需要做一个好奇而闲适的听众。你如果有什么问题要问郑老师，她一定会坦率地回答你；如果你对郑老师的坦率提出质疑，她也不会怪罪你，还有可能会疑疑惑惑地接受你的言之有理的观点。在男人面前容易并愿意被说服，这也是郑老师单纯爽快的一面。和郑老师谈话，你会得到你所向往的和女子相处时该有的愉悦和放松，感觉良好。但是谈话时的那种温和、闲适的气氛，一般来说不会给你带来刻骨铭心的印象，这也是郑老师和只与你说一两句话、甚至只看你一两眼就会使你神经紧张、心跳加快的女子的根本区别。在那样的女子面前（很奇怪，那样的女子旁人无从指认，你自己也不可事先预知，她们绝对不会像郑老师那样得到我们学校多数男教师的瞩目，郑老师似乎拥有了一个女人的普遍的、客观的标准），在那样的女子面前，你会手足无措，不知所言，嘴里说的和心里想的也许相去万里；而在郑老师面前，表面上看总是郑老师在说，你在听，但实际上是你掌握了谈话的节奏，你在谈话中倾听和观察，而且拥有想象的自由，你可以创造性地为谈话设立别出心裁的题目，就像艺术家虚构一部作品那样，有所不同的是，完成这部作品离不开郑老师的即兴发挥。

就是在这种状态下，那个晚上我和郑老师在她办公室谈到了下星期的春游，当时我还没决定是否去，郑老师是班主任，她动员我去。

"一起去嘛，难得一次。"她说。

当时郑老师诚恳的语气和她热情地看着我的大眼睛激发了我的灵感，我回答："如果是在另一种情况下你这么邀请我，我求之不得。但是现在这种样子你邀请我去，我又不能和你在一起，何必呢？"

郑老师先瞪我一眼，"神经病"，然后心平气和地说："谁说你不能和我在一起，你可以到我们班来。"

郑老师的意思是，我是他们班的任课老师，她邀请我和她一起带班。我回答：

"我不上你的当，这算什么在一起，形同虚设。"

郑老师就问："那么你说，怎么样在一起？"

"当然是单独在一起。"我说。

这个也难不住郑老师，她说："可以啊，你安排，我听你的。"

你要故意和郑老师作这种对话，结果必然是这样。好多年里我们学校的老师在生育上有一个怪圈，凡女教师都生男孩，男教师的妻子如果是外单位的，生的一定都是女孩。例如郑老师生的是男孩，我生的是女孩。一次在周末回家的校车上，谈到这一现象，女教师都面露自得之色，对男同事颇有轻视之意，男教师则普遍都有些自惭形秽。但其中有位马老师，此人一向深以自己的阳刚气概为荣，且人高马大，相貌堂堂，虽说他自己生的也是女孩，但他对所谓的生育怪圈不以为然，最看不惯女教师的张狂、男教师的委靡。当时他重重地"哼"了一声，不屑地说：

"什么呀，被你们搞得像真的一样，这只不过是一种巧合。现在只能生一个孩子，这件事说不清楚，如果可以生两个孩子，也许女教师生的都是女孩，男教师生的都是男孩。"

在女教师的一片嘘声里，郑老师代表女同胞对马老师说："我们理解你没生儿子的心情，但是在我们学校这是一个不以人的意志为转移的客观事实，像你马老师这样的大汉也不能幸免。至于你说再生一个就有可能改变这个规律，我们认为这种一相情愿的说法是毫无根据的。如果连续二十个男教师都生了女孩，二十个女教师都生了男孩，这和让一个男教师生育二十次，让一个女教师生育二十次，概率是一样的。马老师，我们要告诉你，在我们学校，无论政府允许你们男教师生几个孩子，你们都不会生儿子的。生儿子的权利你没有希望和我们女教师争。"

郑老师话音未落就博得了女教师的喝彩，男教师听了也不由得站错立场，对马老师发出一片哄笑。其中有一位张老师说："马老师，你算了吧，虽然我们长得没有你高大壮实，但我们和你一样也是男人，现在我们在这个学校都生了女儿，你自己也生了女儿，至少在这一点上你别再自以为与众不同，就像郑老师说的，在这个学校我们男教师是不会生儿子的。"

"谁说我不会生儿子？"骄傲的马老师挑衅地鼓起双眼直射郑老师，"你说我不会生儿子？不信你来试试！"

马老师这句话有点意气用事，存在一个显而易见的逻辑错误：所谓我们学校的生育规律，它的前提是婚配对象不在本校，所以马老师不能用和同校女教师所生的孩子的性别，来证明自己不受那条生育规律的束缚。但在马老师这种明目张胆的挑衅下，郑老师对对方的逻辑错误视若无睹，也意气用事地回答：

"试试就试试！"

对郑老师的应战，照理下一步马老师应该提出具体方案，但马老师只是空洞地大笑一声，没有下文了，连"你不要反悔"、"一言为定"之类虚张声势的空话也没有说出来。

马老师和郑老师这段对话在我们学校被记住很久。有好几年，我们学校的老师在谈到那个生育怪圈时，男教师往往会以马老师的态度来对付女教师的沾沾自喜，而女教师也常借郑老师的方式以攻为守。虽然他们很少会像郑老师和马老师那样发生直接的对峙（因为他们都躲在郑马两位老师的事件后面），但他们脸上都清晰地写着两位同事的对话：

"不信你来试试。"

"试试就试试。"

然而，面对马老师露骨的挑衅作出直截了当的回击，这件事并没有在校园里引起针对郑老师和马老师私交关系的议论和猜疑。如果换了和马老师同组的莫老师，此人也曾和郑老师开过露骨的玩笑，但由于他在体格上和郑老师反差巨大（他个子矮小且患老慢支），别人不以为然的态度也属正常。但是，马老师高大的身材和强壮的体格是我们学校和郑老师最相匹配的，这样的男女没事站在一起也引人注目。令人不解的是，对于郑老师来说，这件暧昧的事既没使她和马老师在事后被人嚼舌头，也未因"言语失检"而影响她给人的品行印象。这就是郑老师在我们学校得到的真实的待遇。当事人马老师本人恐怕也是这么看的，他的挑衅在得到了郑老师的应战后，他反而从此在郑老师面前挂起了"免战牌"，再也不去招惹她了。

春游前一星期那晚在政治组办公室和郑老师谈话中，郑老师表示可以在春游途中找机会和我"单独在一起"，这当然也不足为奇。郑老师让我安排此事，我就提议春游的第一天晚上我请她吃饭。我自己尚未料到，那次谈话结束后，我心里一直记着这事，以至于春游开始后我情绪还有点紧张。我并没有被安排在郑老师班里，那天白天只有很少的时间见到她，每次和她照面时，我的眼睛里肯定显示着一星期前的晚上和她谈话的内容，但是郑老师容光焕发的脸上毫无对我心照不宣的特别意味。郑老师肯定不是一个谙于此道的女人，她也不是一个没记性的傻瓜。也许我从这个故事一开始就卷入了我个人的一种古怪矛盾的心理：我并不希望郑老师太在意我，当然我也认为自己对她的兴趣不在于是否在意她，但同时我又对她对我的态度的反应很敏感。要不然那天傍晚旅游活动结束后，我在我们住宿的旅馆盥洗间等到她，当我提醒她我要请她吃饭时，她对此并未作好准备的态度就不会使我差点放弃约定。当然，郑老师的态度并不是像许多女人那种事到临头故作矜持，忸怩作态。当我再次提醒她我们的约定时，她脸上略一迟疑就露出了笑容，让人感到她是有点不好意思接受别人请客。由于我还不知道去哪儿吃饭，又怕引起别人注意，就小声告诉她过十分钟我在旅馆对面等她。郑老师也轻声轻气地回答我。在此她已坦然地接受了我两点，一是放低声音说话，二是我们不从旅馆一起出去，而是分开到旅馆外面再碰头。我对这种秘密的幽会方式感到满意。郑老师肯定也注意到了这种形式，不仅在杭州的那几天，她后来也一直没有在别人面前提起过这个晚上。

记得我们离开旅馆好远才找到了一家合适的饭店。对于那顿晚饭，我只记得有一个韭菜炒蛋，原因是那盆金黄碧绿的菜不仅色彩鲜艳，香味诱人，且韭菜的质量相当好，又嫩又肥，郑老师特别喜欢，而南方女人一般都怕食后口臭而不敢吃韭菜。其实口臭不是由韭菜引起，对于原本没有口臭的人，韭菜产生的口气并不难闻。郑老师之所以不忌韭菜，我后来明白凡没有口臭的女人在饮食中是不计较这种事的。我相信一个识别女人有无口臭的行之有效的简单方法：在饭桌上，如果一个女人一方面承认韭菜很好吃，但另一方面又对它有忌口，可以肯定这个女人是有口臭的。

关于那顿晚饭我记忆更多的是我们的交谈。这是我和郑老师第一次特别有意味的谈话。以前在办公室我们也曾有过多次交谈，每次谈话我总是饶有兴趣地做一个好奇的听众，而郑老师也总是不回避和我谈论一些与她切身相关的话题，经常向我讲述她自己的故事。在那些谈话中，我对郑老师的个人情况、她的家庭和过去有了不少了解，包括郑老师和她曾当过海员的丈夫的恋爱和婚姻。郑老师在工会负责妇女工作，有一个时期，我们学校接连有好几位女教师计划外怀孕，做了人流，原因是她们没有采取人工避孕措施。就这个话题，郑老师有一次即兴对我讲了一个她和她丈夫的故事。这个故事具体地说是由"安全期避孕法"引出的，郑老师以自己的经历说明这种方法多么靠不住：她曾两次在"安全期"怀孕。一次是她丈夫关翔上岸作短期休假时，到学校来看她，小住了两天，结果她发现自己怀孕了。当时他们刚登记结婚，婚礼还要过一年办，不得已郑老师做了人流。另一次是婚后不久，关翔的船在南京港作临时停靠，船员不放假，但家属可在那几天登船探亲，郑老师利用周末坐火车赶赴南京，上船仅住了一夜，回来后不久即发现有孕。这次已经正式结婚，孩子就要了。这两次都是在"安全期"，郑老师写信告诉关翔，她丈夫都不相信，认为不可能。第一次怀孕有人流记录为证，第二次则有他们的孩子为证。显然，郑老师这段经历不只是在讲"安全期"的问题，更是在讲一个漂泊无定的海员和他年轻热情的妻子的故事。郑老师说，他们当时正在热恋期，虽然关翔对她在"安全期"怀孕不相信，但也只能接受事实。幸好儿子生下来后，和关翔小时候活脱像一个人。如果感情基础差点，这个儿子当时很有可能留不下来，他们的婚姻早就出现问题了。

"确实，"郑老师说，"我这种情况一般人都不会相信，何况关翔平时又不在家。好在关翔当时主要是不相信，而不是怀疑我，要不再加上你们这些人（不应包括我，我当时还在上学）又老爱和我开玩笑，有时关翔在场也不对我客气一点，那我就惨了，跳进黄河也洗不干净。"

虽然上述故事发生时我还是个孩子，我现在在郑老师面前也只是个初出茅庐的小弟弟，但是在郑老师对我讲了这个故事后，我非常感慨，以我的学识（我在大学主修生物学，对心理学亦有浓厚兴趣），以及我对事物的理解力和想象力，我感觉在这个问题上我有发言权。我不禁对郑老师发表见解说："我学习过这方面的知识，所谓'安全期'虽然不是绝对的，但要改变它也绝对不是一件容易的事，需要男女双方在生理上和心理上达到高度的和谐一致，而不仅仅是兴奋。拿你和你老公来说，你们具有产生爱情核反应的两个重要条件，一是空间距离很远，二是心灵距离很近。但即使是这样，一般人难得一次发生'安全期'变化，已经属于少见，而你们连续出现两次，完全可能还有更多次，这种情况实在不可思议，只能想象你们在久别重逢时，身心达到了极高的境界，产生了巨大的能量，创造了非凡的奇迹，你们所生的儿子不愧为'爱情的结晶'。"

郑老师满眼含笑看着我，说："你这个人说话是真是假？"

应该说我和郑老师之间的这些谈话已经具有相当的深度，但是当我说我和郑老师在杭州的那次谈话才是第一次特别有意味的谈话时，我是要指出那次谈话在我心理上的一个重要标志：即我感觉正是从杭州的那次谈话起，郑老师和我的谈话开始具有了"私人性"意味，也就是说，那次谈话的内容和方式，是在我和郑老师之间发生的，对我来说，那个夜晚既不是对别人的重复，也不会被外人拷贝。事后郑老师在别处只字未提那晚的情况，也证实了我的感觉。我为什么要特别指出这一点，是因为郑老师是一个交际能力相当强的女子，她在校园里拥有普遍的友好关系，和每一位男教师都"很谈得来"（要把和郑老师有过"促膝长谈"、"秉烛夜谈"的男教师的名单开列出来是不可能的），然而同时郑老师的友情就像明星的许诺那样对台下众人来说"仅此而已"。在这种情况下，那天晚上我所得到的印象，就非常强烈，堪比一个表情冷漠、性格内向的美貌女子忽然朝我一笑。忽然，我感觉郑老师的目光很注意我，我在她的视线焦点下浮现了出来，而相比较以前似乎只是一个空泛的对象，和别人没有什么不同。

我们学校那时有一对教师夫妻，丈夫姓张，语文老师，妻子姓林，数学老师，张老师和林老师的夫妻关系一向有点怪。张老师是一个工作狂和文学迷，他们一家三口虽然住在校园内的家属院，但张老师比每天出门上班的男人还要不着家，就像单位离家很远的男人那样早出晚归，白天忙乎教学，晚上看书写作（张老师发表过不少教学论文，同时一直不间断地在写一部长篇小说，到他们夫妻俩调走时据说笔下已有洋洋百万言，尚未完稿）。平时在校园里看见张老师，常常是形单影只，独来独往，更多的时候是在夜晚的办公室见他在灯下伏案用功，但偶尔有机会和他交谈，发现他不仅健谈，而且态度温和，并不是性情孤僻之人，只不过是对待工作和文学的热情和梦想，使他没有更多的时间注意别的事情，包括交朋友和关心家庭。张老师的妻子林老师，据说以前是个没主见的女孩，在家依靠父母，在外依赖同学，但我认识她那会儿已经完全看不到这位干净利索的女教师身上有小鸟依人的情调，我常看见她一个人在食堂买饭，一个人端着浴盆去浴室洗澡，一个人和儿子在操场上游戏，风雨无阻送儿子上学，一个人做这，一个人做那，即使在某些场合她和张老师在一起，两人之间的关系也并不显得比他们和周围同事相处亲热一点。但是另一方面，他们两人的婚姻关系却又保持长久稳定，这样不吵不闹的教师夫妻在我们校园绝无仅有。住在家属院里，夫妻之间的折腾向来很难保密，但张老师和林老师之间一直相安无事，即使我们想象这对夫妻是关起门窗闹事，那么我们也从未听见过他们在房里发出一点点声音——当然这是不可能的。很奇怪，这对夫妻之间的距离我们大家有目共睹，乍看甚至觉得触目惊心，然而他们之间的生活却是我们学校最平淡无奇的。

直到那晚我和郑老师在杭州共进晚餐时，我才恍然大悟：原来他们之间还是有事。

郑老师告诉我，今年寒假她和林老师一起在学校值班，林老师第一次对她敞开心扉说了许多心里话。据林老师说，她这几年性格上变化很大，这些都是和张老师结婚造成的，不过现在已经习惯了，觉得这样也不错，夫妻之间整天互相厮守也很难过。林老师特别告诉郑老师一个情况，他们夫妻平常很少在一起，白天晚上都一样，张老师有自己的小床，而表面上看，那只小床是儿子的。他们的性生活——必然要谈到这个方面，很少，一个月或两个月一次，每次都只在林老师例假过去后第二天。对此林老师对郑老师解释说，自己非常害怕怀孕，只有这个日子最安全，其他日子都很可怕。

林老师是戴了节育环的，她却比婚前女孩子还恐惧性生活的后果，她不仅只在那个"最安全"的日子和张老师过性生活，而且还服用避孕药，采取了三道避孕措施。听了郑老师转述的这个故事后，我感到它的内容肯定不像三言两语讲得这么简单。我首先有一个印象，林老师是一个性冷淡的女人，所谓林老师以前如何"小鸟依人"，婚后如何变化独立等等，都只不过是一种假象，实质是林老师婚后对性的接触暴露了她对两性关系的真实态度，这种态度以对怀孕的病态恐惧为症状，躲在这种恐惧里恣意发作。她向郑老师吐露此事的姿态，是渴望内心对自己行为的辩护得到承认。从心理学上分析，尽管林老师的这个故事没有明确交代张老师的态度，但可以推测张老师是个被妻子认为性欲太旺盛的男人（下流的男人）。然而性欲的压抑却成全了张老师独来独往的生活方式，那么张老师就不是简单地出于对工作和梦想的狂热而疏远家庭了。

在我们把张老师许多年如一日每天早出晚归的献身行为想象为一种性压抑时，郑老师感慨万千地说："我本来还以为他们两个人都是有病的。这个林老师也太可怕了，随便什么样的男人都要被她搞得不正常……"

郑老师此时忽然在内心把张老师的情况和她老公关翔作了比较，对张老师的同情心不禁更多了一层。

"照你说来，"她说，"张老师在这方面欲望很强，林老师对他

144

太冷酷。这话想想也是，一两个月只给一次肯定太过分。拿我们家来说，关翔身体是不太好的，你看他那么瘦，和张老师不好比，但是我们一个星期也有一次。对比张老师的情况，我对关翔说，我对你真是够好的，你不要身在福中不知福。"

我向郑老师指出："你的话里有点逻辑错误，好像你也是性冷淡，难道你和林老师一样吗？"

"去，谁和她一样。"郑老师声明。

我说："既然关翔身体不太好，你倒是应该向林老师学习，才是对老公真关心。"

郑老师白了我一眼，说："你刚说我（性）冷淡，现在又快要说我（性）狂热了。你不要搞错，一个星期一次是他要求的。"

我说："一个星期一次也不算多，属于正常范围。关翔长得是比张老师瘦，但这有什么关系呢？相反我觉得关翔看上去很精干，你为什么说他身体不太好呢？"

郑老师好像被我问住了，支颐一笑，看着我不响。然后，她好像决定把这场谈话继续下去，说：

"你不理解我的意思吗？"

"我现在还是有点不理解。"

当然，对郑老师的意思我并非全然不理解，郑老师所谓"关翔身体不太好"，我明白这不是通常语意上说关翔有何病痛，而是另有所指。但我表示不理解，除了有点故作姿态，也确实是对实际情形不可把握，疑问不小。我想到了性功能的两种基本障碍：阳痿和早泄。我暗自揣想，根据关翔夫妇每星期有一次性生活的记录，首先应当可以排除"阳痿"。那么最大的问题大概就是"早泄"了。

我在向郑老师表示，"既然今天已经谈到这个话题，那么首先作为我，不要因为和郑老师之间性别和年龄的差异而有什么顾虑"，之后，我就和盘托出了我的疑惑和判断。

郑老师在对我直摇头后，又承认，"时间是比较短"。由于早泄是个不好定义的概念，郑老师的含糊其辞并不奇怪，我就对她解释：时间是个相对的概念，所谓两分钟不算短，十分钟不算长。

"但你说的比较短是什么概念呢？两分钟还是十分钟？"

郑老师对我一笑，然后神色端庄地回答："没有十分钟，两分钟差不多。"

我心想这是早泄，但我说："只要自己感觉好，一分钟也没关系。"

郑老师点头说："我们每次感觉都很好，虽然时间短点，但是我们准备活动做得比较充分，事后他也比较体贴我，因此（整个过程）加起来时间也不短。"

我仍好奇地问："难道没有办法延长一点时间吗？"

郑老师说："不行的，（身体）又不是机器，可以随意控制。"

我不禁摇头，表示对郑老师的生动比喻感到惊奇。

那晚我们离开饭店前，郑老师叮嘱我一句：她今晚对我讲的林老师夫妇的事不要告诉别人。但是她对她讲的自己的事，却只字未提要保密。郑老师是在向我说明林老师夫妇的事她只告诉了我；而关于她自己的事她不加提醒，因为这是不言而喻的。郑老师那晚的举动既向我表明了她对我的信赖，更是在我们的关系里表达了某种令人心动的新奇的内容。我对和郑老师的关系中出现这种不寻常的变化十分关切，在和郑老师返回旅馆的途中有点心潮起伏，春晚的微风吹在脸上凉丝丝的，不是风冷，而是酒酣心热的反应。

有一个细节我前面没有交代：在郑老师向我讲述她和关翔每次过性生活感觉都很好的情况时，我颇不以为然，有一句话几次挂在嘴边欲说还休。我想对郑老师说的是："关翔到底只有两分钟能力，你说你们每次感觉都很好我表示怀疑，要么是你夸大其词，要么因为你缺乏经验。"

这句话背后还藏着另一句话："不信什么时候我和你试试。"

这和马老师说过的那句话有所不同，马老师想生儿子，我想告诉郑老师她和能力有限的丈夫过性生活感觉良好是自欺欺人。那句话几次溜到嘴边则和马老师的影响有关，它差点也说出来。但毕竟马老师是在大庭广众之下，而我是在私下里，马老师可以说是开玩笑，而我则显得认真得多。确实，我并不要求郑老师非说实话不可，但我很希望她说话心中有数，那样她就必须多积累一些经验才对。

所以这话我不能随便说。我也还不觉得这是我的表达方式。

不过，那天晚上我倒是问过她，关于她和马老师的那段对话，要是当时马老师不买她的账，她还能应付吗？郑老师回答，谅他没这个胆。我说，是啊，这个马老师中看不中用，真是徒有其表，要是换了我，你都同意了，我还有什么顾虑。郑老师望着我说：

"你倒是人小嘴老。"

那晚回到旅馆，由于劳累了一天，我简单漱洗后就回房躺下了。但是我也睡不着，脑子里不由自主地想着刚才和郑老师的谈话。再说和我同房的那位老师还没有回来，也影响我入睡。忽然，我听见了敲门声，不像和我同房的老师，声音轻轻的。我问：

"谁？"郑老师的声音在外面回答："是我，你睡了吗？我有点事问你。"我一面起身套裤子，一面答应她："还没睡，我来给你开门。"我下床去把门打开。郑老师看出我是从床上下来的，抱歉地说："你睡了就不用来给我开门，影响你休息。我没什么要紧事，是想问你有没有杭州旅游地图？"我回到床上，找出旅游地图册给她。郑老师站在我床前，而我没有请她坐。这并非是不礼貌，相反在这种情况下我请她坐反而不合适。郑老师说："这张地图我明天早晨还你。"我问："你们班明天打算走哪条线？"郑老师说："我们想去六和塔。"我说："带学生出来旅游很辛苦。"郑老师说："你不要太幸福，做党代表。"郑老师是指我所在的那个班全是女生，连班主任也是个小姑娘。我说："现在我才体会到做党代表不容易。"郑老师说："怪不得你早早上床，是为明天养精蓄锐。"我看看她说："你不知道，我睡不着，很痛苦。"郑老师问："为什么呢？"我说："一个人孤独啊。"郑老师又问："离开老婆一个晚上都不行吗？"我说："你误解我，我说的是一种心情。难道你认为我像关翔一样，每天晚上都和老婆同睡一个被窝吗？"

郑老师骂："神经病！"

如果一个陌生人在门外听壁脚，他肯定会认为里面的男人正在引诱女的。郑老师的音色很好，声音富有弹性，清脆圆润，她的声音形象是一个敢作敢为、年轻漂亮的女子。那个男人说，"我很孤独，我睡不着，你不理解我"，在听壁脚的陌生人听来，他是在请求年轻女子留下陪他，两个人似乎马上就要有事了。即使是我们的同事在门外听到了这段对话，他也一定会认为我的话图谋不轨，而郑老师也"跃跃欲试"。这种想象在通常情况下当然是对的，我也不否认我的暧昧态度，但是我当时无法了解郑老师的想法。郑老师讥笑我"离开老婆一个晚上都不行"，是她真实的反应，还是有意回避我的"孤独"呢？但是对于像我和郑老师这种关系的男女来说（已婚，同事，年龄逆差十一岁），我不主动把话说清楚，难道要期待郑老师回答，"我来陪你过夜"吗？我说："你不理解我的孤独。"郑老师回答："我不是你老婆，当然无法理解。"应该说，这句话的内容既远又近，既标明了郑老师和我之间的界线，又因她表示距离的方式而把我摆在了和她对等的关系里，心理的倾斜度被调整了。

在杭州住了两夜，第三天下午大部队返回上海。

2

春游回来后不久，我和郑老师的关系里忽然出现了令人难堪的一幕。这是毫无预感的。当时郑老师还曾主动来找我，和我谈年级里一个女生的情况。那个女生在春游期间违反纪律，晚上偷偷和几个女生结伴去外面舞厅跳舞，结果在那儿认识了一个自称在浙江大学上学的男生。大学生几乎请她跳了每一个舞，和她交换了通讯地址，还非常强调地告诉她，今天能够认识她深感荣幸。为什么，因为他原来以为这种地方气氛混浊，但没想到今晚第一次来就碰到了她这样清纯美好的女孩，形象气质、舞姿乐感都给他留下了深刻的印象。大学生这番话是在请她跳第三个舞时对她说的，大学生向她表白，自己担心再三地邀请她跳舞会让她讨厌。她当时尽量表现得大方得体，回答大学生说，他有权利邀请他想邀请的女孩子。她心情颇为激动，不能多说话，只是用心地跳好每一个舞。那是春游的第二晚，次日我们就离开了杭州。回来后她一直在等大学生来信，渐渐地行为举止出现了异常。第一个星期每当生活委员从门房间取来班里的报纸和信件时，她都怔怔地睁大眼睛紧盯着生活委员的目光和动作，在座位上一动不动，面色涨得通红，就像被施了定身法似的。第二个星期，每天生活委员按时去取信报时都发现她比自己早到一步，不仅在自己班级的信件里、而且还在二年级其他班级的信件里匆匆忙忙地翻拣什么。第三个星期，上午第三节课一上完她就失踪了，这是每天生活委员去门房取信报的时间，第四节课缺席，吃午饭时又在排队买饭的队伍里出现，如果同学不问她第四节课去哪儿了，她就像没事人一样，如果问她，她不响。她的信，如果有的话，生活委员放在她桌上，她下午来了不仅不碰，甚至视若无睹，但下课后就不见了，被早就对她起疑心的同桌发现原封不动地扔在废纸篓里。那个星期她几乎一言不发。但是第四个星期她主动来找郑老师谈心。郑老师不是她的班主任，也不上她们班课，她找郑老师原因不详。郑老师也对她说，你有什么问题首先应该找自己班主任。但她的逻辑是，你也是我们学校的老师，而且还是政治老师，学生有思想问题你不应该回避。

在郑老师和我谈这件事时，那个女生已经找过她两次。那个女生对郑老师讲述了那晚她们在杭州跳舞的事，作为一个女孩，她的讲述给郑老师的印象有点过度渲染，不要说有什么隐瞒了。她现在的"思想问题"是：为什么杭州回来后自己没有收到大学生的信？这里又包含了两个具体的疑问：那个大学生为什么不给她写信？或者那封信到哪里去了？郑老师听着听着终于明白，前面那个疑问只是作为烘托和反衬，面前这个脸色苍白、心神不定的女学生心里其实担忧的是那封信的下落。她向郑老师坦陈，在目前这种情况下，她再一本正经地等待那封来信只能让人看笑话，因此她每天都离开收信现场，接到的信一眼不看就扔进废纸篓。但是，当郑老师忽然提醒她，也许那个杭州大学生的来信就这样被她错失了呢？她低头沉默良久，似乎也承认这种情况的可能性。

这个故事都是由那个女生在杭州违反纪律外出跳舞引起的，她的心至今还停留在杭州的舞会上难归。在郑老师对我讲述那个夜晚的故事时，我心里忽然有点恍惚，问了一句："是哪个晚上？"郑老师说："是第二晚。"郑老师此时也有点走神，说："对了，那天晚上你到什么地方去了？我想请你吃饭，找不到你。"我说："那天晚上我出去了，很晚才回来。"郑老师说："我在旅馆等你，好像看见你的影子，但一会儿就不见了。我想第一天晚上你请我，第二天晚上我回请你。"我说："谢谢，你的心意我领了。不过那天晚上我不会接受你的邀请，因为和你共进晚餐，只会加重我的失眠症和孤独心情，而你又不理解我，还对我说什么和老婆分开一个晚上都不行这种风凉话。"

"神经病！"郑老师回答。

我发现我在杭州的晚上说不明白的话，这会儿轻而易举就讲清楚了。似乎我和郑老师之间如果有话一时说不出，它肯定会在另一个时间和场合完美地表达出来。

时间进入了五月，有消息说工会正在讨论今年暑假的旅游线路，一条是北京，一条是西安。参加这两条线路旅游的老师可以享受三百元补贴，开学后凭发票报销，不参加旅游者，则发给一百五十元。如自行跑别的线路，则作不参加旅游对待，理由是暑假的旅游也是集体活动。那年暑假我本来没打算旅游，这件事和我无关，况且往年不参加旅游者从无补贴，今年还能享受一半。但我听说了工会拟订的这份假期旅游计划后，特别是当我听说这份计划是工会委托它的副主席郑老师主持搞出来的后，很奇怪，我觉得对它不能采取事不关己的态度。一次，许多老师在办公室议论纷纷，郑老师刚好从窗外经过，大家愣了一下，我忽然大声喊郑老师进来。我代表广大教师义正词严地向郑老师阐述了我们对今年的暑假旅游计划的意见。我以自己为例，证明两条线路的规定是毫无道理、极其荒谬的，即使北京西安我都没有去过，我也有权选择自己的方向，何况我都去过了呢。至于对不参加旅游的人发一半补贴，这种思维混乱的做法想想都觉得自己智商很低。

那次郑老师只是表情困惑地看着我，听我说，而她自己一句话也没有回答。过了几天，我和马老师在办公楼下的走廊上碰到郑老师，当时也是我们在说话，郑老师从我们面前经过，我就喊住了她。我问，工会有没有听取广大教师的意见？郑老师说，你今年不是不参加旅游吗？瞎起劲什么？今年不参加旅游的人发一百五十元，往年没有，你还说不好？我回答，首先，谁也不能说我今年是否参加旅游；其次，我不是为我个人的利益向你并通过你向工会反映情况；第三，不明不白的钱我情愿不要。广大教师是希望你们制订出一份合情合理的假期旅游计划。郑老师说，我们认为这份计划是合情合理的，再说你也不能代表"广大教师"。我问：

"这么说工会不打算修改这份荒唐的计划？"

郑老师针锋相对地回答："据我了解不会，因为没有这个必要。"

我说："你不要滥用职权，你这个工会副主席是广大教师选举出来的。"

郑老师说："你不要总是以广大教师自居，你认为我没有资格，下次可以不选我。"

我说："你大概认为自己很有资格吧！当时选你的时候，我一人投了你五票。"

曾经虚张声势地提出和郑老师"试试看"的马老师这时在旁边也插话道："我投了你六票。"

郑老师沉下脸回答："随你们怎么说，你们现在去后悔吧。"

说完就气冲冲地走了。

我向她的背影喊："你不是普通教师，你是工会副主席，别生我们的气。"

郑老师气鼓鼓的，头也不回。

作为生性敏感、对心理学知识有浓厚兴趣的我，事后必然要对自己的反常行为进行反省。我心里当然十分清楚，在这件事情上，我可能是最不应该和郑老师为难的人，这不仅是因为我的利益并未受到比别人更大的损害，更重要的是，我和郑老师的关系在这段日子里正渐趋佳境。那么为什么我的表现却是所有老师中最为激烈的呢？就算工会的那份旅游计划确实有错，而我是一个原则性很强的人，我的行为看上去也好像是和郑老师之间有什么个人恩怨，毕竟，我不该在大庭广众之下，一而再、再而三地使用挑衅的口气使郑老师大失面子。如果我确实对那份计划有看法，我本来应该在私底下和郑老师交换意见。显然，我在公开场合冒犯了郑老师，在众人面前表示了我的轻慢态度。那么，在我对那份旅游计划的过激的义愤的背后，暴露了怎样的心理问题呢？我感到只有一种解释：在潜意识里，我对和郑老师之间的关系，或者说，我对自己的内心状态感到羞耻和惶惑。不可理喻的是，我在郑老师身上看到这种羞耻，梦魇似的发泄伤害了她。

然而这种发泄并没有改变我和郑老师的关系，相反在它的进程中产生了决定性的作用。仅仅过了一个星期，我记得是星期四晚上——当时每星期的这一晚我在学校住宿，次日一早有课，大概十点钟时，我忽然一个人跑到郑老师的宿舍去找她。那时喧哗了一天的校园终于安静下来了，学生们都已回到寝室，教室和学生宿舍楼已熄灯，外面道路上也很少有教师走动，他们有的在办公室用功，有的在宿舍聊天或准备睡觉。郑老师的宿舍在二楼走廊中间，无论从哪一端楼梯上去都要经过两边的七八间宿舍。我那晚过去的理由是想为一星期前的事向郑老师致歉，对周围的环境并无过多的顾忌，如果碰到人就明言找郑老师。其实二楼的女教师宿舍虽然我没有上去过，但许多男同事是她们的常客，所以我不必太紧张。

那晚的拜访开头十分顺利，如我所期望的，整条走廊上没有一个人影，而且从投在走廊地上的光影来判断，每间宿舍门都关着。我提着脚步快速来到郑老师宿舍门前，停下。这时候我不能再三心二意，因为走廊上虽然空旷无人，但每间宿舍里都亮着灯，里面至少住着二十名女教师——显然我的心理准备还是很不充分，那时最令我提心吊胆的是忽然有人开门从房间里跑出来（女老师这会儿从房间里跑出来很有可能衣冠不整）。所以我立刻毫不犹豫地举手敲门。当然我是有控制地轻轻敲了两下。里面传来郑老师的声音："谁啊？"我答应了一声，门从里面开了，郑老师露出表情有点复杂的脸，她已经听出我是谁。她炯炯有神的大眼睛看着我说："是你啊。"我用准备好的话问她："我可以进来吗？"郑老师刚才并没有马上让开身请我进去，这时她答："请进。"然后在我身后关上门，对我说："你怎么会想到这个时候过来呢？"我问："那谁会这个时候过来呢？"

郑老师说："神经病。"

郑老师住的是单人宿舍，这是学校对部分已婚女教师的优待。由于郑老师结婚初期曾把新房设在宿舍里，因此她的宿舍现在还保留着部分家具，并且还有一台小彩电——这在集体宿舍是稀有之物。我来之前郑老师正坐在床上看电视，这会儿电视机还开着。显然，正是电视机的声音掩盖了我和郑老师刚才在门口的对话，当然它还掩盖了我们以后的交谈。我不禁在这台小彩电前站住，告诉郑老师我今晚在读弗洛伊德的书（那个时期弗洛伊德的著作令我陶醉），搞得脑子很兴奋，想到她这儿来看一会儿电视。

郑老师说："请坐。"

"不打扰你吧？"我礼貌地表示歉意。

郑老师望了我一眼，"你今天怎么这么客气。"她话里有话地说。

住过集体宿舍的人都知道，集体宿舍的床铺是多功能的，除了用来睡觉之外，更多的时候是当待客的坐席，不论主客对它的态度都很随便，不像居家生活那样小心翼翼。郑老师的彩电就摆在床铺对面，我说要看电视，自然就过去在床沿上落座。我坐下后注意到电视里在播一部连续剧。这时郑老师也过来在我旁边坐下，显然，这部电视连续剧是郑老师刚才在看的，被我的来访打断了。

本来，我那次去拜访郑老师是想为不久前我对她的态度道歉，但是当我顺利地进入郑老师宿舍后，尤其是在我和郑老师并肩坐在她的床铺上看电视时，我发现我这次去看她的理由只不过是鼓励自己行动的形式。如果郑老师挡在门口问我，你来干什么？我一定会"如实相告"。但是对于如愿以偿地坐在她床上和她一起看电视的我来说，这么说已经没有必要了，多此一举。而且在我的感觉上，我们之间的这段不愉快已经在她的一句话里轻描淡写地表示了出来，并作了了结。"你今天怎么这么客气！"我的彬彬有礼的拜访表达了我的歉意，而郑老师接受我的拜访，邀我和她同坐一席观看电视，还有什么比这更无言而宽大的原宥？对我做过的事郑老师不需要我的解释，不论她把我当做一个爱胡闹的小弟弟，还是我的深夜来访令她猝不及防不知所措，都令我如释重负。不管怎么说，当我在郑老师的床铺上和她并肩而坐时，经历了一番意外折腾的我，却对郑老师产生了更为亲近的感觉。我几乎要说这种感觉是男女关系里一种富有"经典意味"的情感形式。

你可能不相信，这种可亲可近的感觉如一股暖流涌上心头，竟使我忽然情不自禁抬起一只手放在郑老师肩膀上。也许在下意识里，这么做突出地表明了我的一种态度，但它的内容却模糊不清。正因如此郑老师的反应也不明确，从表面上看我们俩都显得十分平静、随意。郑老师说："你看书看得这么累啊？"我说："是啊，读弗洛伊德的书让人兴奋难抑，筋疲力尽。"

郑老师那晚穿着一件嫩绿色的紧身羊毛衫，从背部可以很明显地看出她的胸罩束得比较紧，一横两竖的带状勒痕清晰可见。我的手搭在她肩膀上，指尖下正是一根嵌在皮肤里的胸罩带子，照理我应该回避它，但是我却意外地故意按了按它，用一种关切的语气说："你为什么把胸罩束得这么紧？"对于和这个疑问配合的动作郑老师并未作出身体上的反应，她用平静的语气回答："我的胸罩都小一号，戴得太宽松活动起来不方便。"我的手指沿着那道勒痕滑到郑老师背后，由于那儿比肩膀丰腴，勒痕更深，我几乎可以把一个手指头嵌在里面。我不由得说："勒得太紧了，难受不难受？"郑老师说："有点难受的，但习惯了。"我说："你晚上一个人在宿舍里应该放松，要不对身体健康有害。"郑老师说："是吗？我睡觉时是放松的。"我说："睡觉时放松还不够，像你这样裹得密不透风，血液循环很差，放松时间应该更多一点。"

说话时我的手指在郑老师背部做了一个动作，但被郑老师反过手来抓住了，她问我："你做什么？"

我说："我帮你解开。"

郑老师说："不可以，睡觉时我自己会解开的。"

我顿了一下说："那等睡觉时我帮你解。"

郑老师说："神经病。"

我们的态度明确了，此时就不禁都有些尴尬。此后郑老师的立场越来越坚决，而我不得不步步后撤。我开始似乎还妄想留下来过夜哪，而不只是帮郑老师把胸罩带子解开，但末了我只是向郑老师请求："我现在已经完全在你面前暴露了自己，你至少也应该对我有所表示吧，你让我这样走，就像赶走一个痴心妄想、年幼无知的中学生，而你就像一个高贵的夫人，这让我感觉太羞耻！"

我所谓要求郑老师对我有所表示，具体地说，还是指郑老师应该允许我替她把胸罩带子解开，或至少也应该允许我和她拥抱一下。在这样的默契下，我是绝对不会过分的，我所需要的只是对她开诚布公的内心得到适当的响应，这样我就不觉得丢脸了。毕竟，她年长我十一岁，她本来应该主动些才是，至少她应该对我好不容易的表态多一些理解和体谅，不用说她还应该对我表示感谢。但是，郑老师只允许我的手放在她肩膀上，也默认我在她背后作隔靴搔痒的抚摸，而其他意图和动作都会遭到她毫不犹豫的拒绝和阻止，不要说松开她的胸脯——其意图一目了然，就算我的手想隔着裤子搁在她丰隆的臀上也不行。她除了反复告诫我"不可以"外，还曾用一个诘问让我无地自容：

"你是不是吃厌了自家锅里的饭，想到外面来尝尝新鲜？"

当然，郑老师的口气不是诘问式的，更像是在表示一种猜想。她要我离开的口气也不是驱赶的："你走！"但我感觉到毫无商量余地。

那晚我在郑老师的宿舍滞留到十二点半，这除了我有点死皮赖脸、不肯放弃外，还因为我不是非走不可，只要我不再坚持替郑老师"松胸"，放弃对她胸部血液循环的关怀，我还可以和郑老师勾肩搭背一起看电视，这没有问题。还有一个令我不便早走的客观因素：到了深夜，外面走廊里不时响起女教师进出盥洗间的脚步声。郑老师也承认，在这个春暖花开的季节，半夜三更她们进出盥洗间有可能只穿一条内裤。我想当然地说："是三点式啊？"郑老师回答："哪能呢？下身穿一条内裤，上身有可能披着棉袄——露腿不露胸。"

那晚在郑老师宿舍共待了两个半小时，回到宿舍后我心情很复杂，就像常言说的，辗转反侧，难以入寐。虽然我在郑老师面前反复向她强调如她这么让我走会令我非常羞耻，但情况并非如此简单。我在和妻子小青结婚前曾有过一次失恋的经历，从表面上看，情形和这一次相似，只不过上一次是书信遭到婉拒，而这一次是被口头警告。但从内容上看，这两者意味迥然。上一次的失恋差点置我于死地，我曾整天整天躲在家里不出门，尽管那个给我难堪的女孩远在千里之外。而这一次拒绝就来自眼前，照理说情形更糟，我的表现却不同寻常。羞耻作为一种本能反应应该出自内心，但是却被我大言不惭地挂在嘴上，在郑老师面前，羞耻没有令我汗颜而撤退，相反成为我花言巧语的题材，好像我的羞耻越大，我就越有理由要求。我回到自己宿舍躺下后，心里也想过这个问题：对于我来说，羞耻只是一种形式，还是和过去相比，我现在有点恬不知耻？我注意到过去自己脸皮薄，与其说是因为对那个女孩一往情深，不如说那是一场对我自己别无选择的生命赌博。我注意到在我和郑老师关系里的一种游戏原则。但我指的并不是玩世不恭和逢场作戏的态度。我更像是在做一场实验，解一道难题，或进行一次历险，这是一项有刺激性的工作，条件兼备，我对它也不乏热情和欣赏，它的结局可以预想（我毫不怀疑），过程富有戏剧性（我有所准备）。但这是一项具有明显尝试性的工作，我可以在适当的时候开始，在心情不佳的时候停下，可以等待，从根本上说我对它有一种置之度外的态度。所以我那天晚上从郑老师宿舍出来时，样子一点也不是灰溜溜的，甚至还有点踌躇满志，这并不奇怪，我只是有点惊奇于羞耻这种人之常情这次不是出现在我情绪上，而是成为我思想上考虑并谈论的素材。我回到自己宿舍后一直很兴奋，我为一件事情有了一个开端而夜不能寐，我不能预想下一步，但我的状态下意识而又明白无误地告诉我，这次和上次收到女孩冰冷无情的回信不可同日而语。

事后同样引起我特别注意的另一个情况是：在郑老师宿舍的两个半小时里，虽然我几乎一直搂着郑老师的肩膀，我还花了大量的时间锲而不舍地和郑老师讨论绷得太紧的胸罩，并尝试替她解开，但是，除了刚刚坐下那会儿，我的手放上郑老师肩膀的一瞬间，我的身体起了几分钟明显的反应，此后直到我离开那儿，它就像把自己藏起来了，不让我看见。它的这种姿态好像是不愿意打扰我的工作，使我在和郑老师解决问题时能够保持正常的状态，平静，稳定，智力不受损害，有幽默感，想象力丰富。对我的工作性质来讲这种状态的确是必要的。但是当我离开郑老师后一个人躺在床上时，我的身体还是久久没有从它的藏身之处跑出来，这又有什么道理呢？难道它真的可以从这项工作中退出吗？我不能不集中注意力感受它，猜想它是受到了游戏原则的压抑，还是由于不可避免的心情紧张的缘故。我在黑暗中久久地、平静地躺着，问自己心情紧张不紧张？问自己今天晚上紧张不紧张？我还一直感觉自己表现不错，大方、得体、温和，就事件本身来说，我的举止应该说是有头脑的和不失风度的，含蓄的。难道说我紧张吗？

次日晚我回到家，在和小青做爱后，我困倦而又兴奋地在她身边躺着，这时我忽然想到一个问题：我的身体也许非常脆弱（而原来我以为它可靠之至），和我的意志相比，它还非常害羞、敏感，毕竟我不该忘了这是它的第一次。而以前我一直为它在夫妻生活中的敏捷和勇猛而自豪，如在南京和郑老师交谈时还忍不住要向她提示这一点。我没有想到身体会在这项工作中背叛我，那个晚上我也没有怀疑它，毕竟我和郑老师之间还没有发生重大的事，而且从表面上看，这件事也更像是一出离奇悖情的荒诞剧——在这方面，身体的反应显然更敏锐。

3

下个星期四，又是我在学校住宿的日子。晚上我在办公室装订一份材料，由于需要订书器，我拿着材料跑到政治组办公室借用。当时政治组办公室有组长吴老师和郑老师同在，我和他们说着话，把材料装订好了。这时郑老师也做完手头的事在锁抽屉。我把订书器还给吴老师，带着装订好的材料离开办公室时，郑老师也出来了。我回头等了她一下，说："你去教室啊？"郑老师说："去教室看看。"郑老师的意思是去教室检查学生晚自修的情况。

然后郑老师问我："你现在做什么？"

我说："不做什么。"

郑老师说："到我寝室去看电视吗？"

当郑老师和我一起离开办公室时，我立刻体会到这是郑老师给我的一种姿态，但我当时一点儿没有想到在发生了上星期的事件后，郑老师会主动邀请我去她宿舍看电视。我还以为在我们同行时会由我对她说些什么。但是反过来说，郑老师作为一位比我年长一截、胸怀宽厚、担任着工会领导工作的成熟女性，从她的角度确实有理由在这种情况下表现得主动些，并且有必要对我的行为表示迟到的宽容和理解——那天晚上她只顾劝我离开了。而现在对我的心情来说，还有什么比她主动邀请我去她宿舍看电视给我安慰更大的？郑老师直截了当的邀请给了我最美好的体贴和友善，超过了千言万语。

我马上回答："好的。"

郑老师就没有直接去教室，我们下楼后她先带我去她宿舍。当时大概八点多，时间还早，我们此行不会引起别人注意。到了她宿舍后，郑老师为我打开电视机，像上次那样请我在她床铺上坐，然后郑老师对我说她要去教室看看，晚自修结束后就回来。我问："如果有人敲门要不要开？"郑老师说："可以开，你在这儿看电视很正常。"我问："门上有没有缝隙可以看见里面的？"我这么问是因为我们男教师宿舍的木门全都有裂缝。郑老师笑吟吟地回答："我们女教师宿舍门上的缝隙全都经过处理的，绝对看不见里面。"我说："那我不必开门。"郑老师走到门边把门打开，回头看了我一眼，仿佛向我抛了一个热辣辣的媚眼，说："随便你。"

郑老师走后，我就坐在她的床铺上看电视。今天虽然是一个人，但我仍然像上次一样注意力不集中。我把鞋子脱了，像练静功那样盘腿上床。但是我只看到了一些彼此毫无联系的闪烁纷乱的画面。如果把我当时的状态比做一具夏天发热的身体，那么它就好像浸淫在秋天阴冷的池水里，热量扩散不出来，但又不是发冷的感觉。当然对我来说这种状态不是很突出，让人不知不觉。我的手脚在无端地微颤，但也不形诸于色。

郑老师大概是一个小时后回来的，那时宿舍里电视机仍开着，日光灯已熄灭，在电视屏幕的光亮前室内的景象依稀可辨。我身体朝里躺着，身上盖着一条薄被。床边的椅子上挂着我的外套，这是睡眠的标志。

郑老师过来时我没有动。但我并没有睡着。郑老师在我旁边坐下，一只手轻轻按在我耸起的肩膀上，说："你在睡觉啊。"我回头看了她一眼，回答："你来了。电视不好看，睡一会儿。"说着我的一条手臂就伸上去勾住了郑老师的肩膀，要让她俯下身来。我的眼睛看着郑老师的眼睛；如果说嘴巴也有射线，我的嘴巴的射线正对着郑老师的两片唇。郑老师不同意我的想法，她撑住了身体说："不要这样。"我说："为什么？我一直在等你。"郑老师说："你等我做什么？我请你来看电视的。"我说："瞎说，谁要看电视，你看我看电视了没有？"我的手又用了点力气想让郑老师俯下身来。郑老师笑了一下，盯着我看了一会儿，说：

"你等一下，让我洗洗手。"

郑老师带着一只脸盆去盥洗间，出门时把门拉上了，回来时又用钥匙开门。然后郑老师放回脸盆，挂上毛巾，在脸上搽了点粉，这才走过来再次在床头坐下。郑老师在去盥洗间时已脱下外套，里面是那件我上次见过的毛衣。我伸起两手抱住了她，这次如愿以偿地把郑老师勾下来。郑老师嘴巴俯在我耳边问："是不是和自己老婆厌了，想和我尝尝新？"我说："这种话以后不要再说。"我的两手在郑老师背后抚摸，那一横两竖三条勒痕一如既往。我轻轻一笑，这声音与其说被郑老师听见了，不如说让她的胸脯感觉到了，她问："你笑什么？"我说："我没笑，我是在想你胸罩仍然绷得这么紧，我要帮你解开。"我的手就伸进了郑老师背后，摸到了胸罩搭扣。我在解那个搭扣时花了些时间，一是胸罩带子绷得太紧，二是我对那个搭扣的结构不熟悉。郑老师既不回避，也不协助，任我摸索努力。但是等我终于解开后，我的两手歇口气似的贴在郑老师除去胸罩带子的光滑柔软的背上时，郑老师忽然又对我说：

"你等一下。"

郑老师坐了起来，她首先解开了裤扣，脱下长裤，两腿伸进被窝，然后除下毛衣。郑老师把脱下的衣裤摆在床边椅子上，衬衫挂在我的外套上面，最后摘下已松开的胸罩——似乎都是为了它。郑老师躺下后，我起来脱衣服。我也穿着毛衣和长裤。正如挂在椅背上的外套是睡眠的标志，身着毛衣长裤躺在郑老师床上是对自己的一种开脱。我也把自己脱光后，立刻就伏在郑老师身上。

当时我注意到自己还没有勃起。郑老师从盥洗间回来后，我在和她拥抱时曾等了一下，但没有效果。虽然在我和妻子小青的关系中，没有过脱下衣服准备做爱时还这样的情况，但我还是毫不犹豫地跨上去。一是我习惯这样，和郑老师在杭州向我讲的她老公的情况不同；二是我相信这个动作和这种姿势，我尚不了解我对自己身体状况的认识有很大的局限；三是郑老师脱下衣服后，我接触到了她的裸体，胸脯、臀部和腿，它们圆润、光滑、结实，特别是郑老师的乳房，我前面还没有提到过，平时在她着装时就十分引人注目，现在我见到它们了，并且抚摸了它们，果然壮硕丰腴——

我要说的是我欣赏郑老师的裸体，这绝无问题。

这样我动作幅度很大地跨在郑老师身上，和她肌肤相亲。但令人意外、难堪的事实已不容我回避——或者说什么也没有发生，我还是没有勃起。我不禁喃喃自语："怎么会这样的，从来不这样。"起初郑老师只是抱住我安慰说："不要紧的，躺下休息一会儿。"确实因为不相信，而并非是简单地要向郑老师证明，我作了很大的努力，大部分努力利用了郑老师的身体。结果还是郑老师硬让我停下，让我从她身上下来，在她旁边躺下。"可能因为第一次，心情有点紧张。"我已掀掉被子，身上汗津津的，脑袋被郑老师抱在她宽厚的怀里。只听郑老师轻声笑了一下，说："我一点也看不出你心情紧张。"我说："我也不觉得自己心情紧张，我只能说我现在的心情就在这儿，看得见，但感觉不到。"我指的是我无法勃起的下体，本来人的心情应该是看不见的，而感觉得到。在郑老师听来也许我的话说得很幽默，她又笑了一声，说："我知道你为什么会这样，你不要我。"这时候我偎在郑老师胸前，一只手抚摸着她的乳房，对她的话只能嗤之以鼻。郑老师说："要不是你有了女儿，我要怀疑你有问题。"我说："我会让你知道我有没有问题的。"郑老师说："现在别说话了，你休息一会儿。"

是啊，这会儿除了闭上眼睛还能做什么？

我果真在郑老师身边躺了一会儿，睁开眼睛时大概是十二点钟。郑老师正看着我。我说："我睡着了。"郑老师说："是的。"我问："我打呼噜没有？"郑老师回答："是的。"我看看表说我要走了，而郑老师表示我可以留下，明天早晨早点起来。我说我还是现在走，早晨要睡懒觉的。我就准备走。我没有再尝试和郑老师做爱，因为我已经摸到了我的心情，它还在那儿，没有一点离开的征候。我走之前抚摸了一下郑老师的乳房，对她说：

"我没有想到今天会这样，大概我太急了，下次肯定会好的。我想告诉你，不过你也应该看得出来，我对你一直有好感的，当然你可能不相信，因为我比你小十一岁。其实年龄不会消除男女之间的好感，只是我们自己受到了它的禁忌。本来我也可能不会向你表示，但是上次在杭州和你交谈时，你和我谈了你对你们夫妻之间性生活的态度，你说你很满意，但是你又向我承认关翔时间很短，只有两分钟。说实话，你的话不能令我信服，我认为你要么是受到了经验的局限，要么是没有对我讲真话。那天我差点对你说：'什么时候我来和你试试。'这既表达了我对你的好感，也是想让你体验一下更好的性生活，用事实来纠正和丰富你。"

"可惜今天我的表现比关翔还不如，错失了这么好的机会。如果不发生意外的话，你会发现我的时间是关翔的几十倍。我本来想先用事实说话，现在信不信由你，以后我会向你证明的。"

说完这些话后我小心翼翼地走了。

虽然我当时态度很镇定，我应该能让郑老师理解这只是一个不值一提的意外，下不为例，而且关于我自己我说的确实是实话，但是当我回去后我内心十分空虚。我好像离开了自己床上那具沉甸甸的身体，感到对它非常缺乏了解，而那个悬挂着的心情，越来越面目可憎，令人恐惧。我好像没有感觉到这种心情，因此还以为没有，但是它却忽然显身露形，在那个地方肆虐，变得不堪入目。我甚至不敢碰它，不敢看它，而它本来就不是可以目视和攥握的。那天夜里，我对这种我根本感觉不到、好像幽远之至、又赫然在目的心情，神色凄惶，胆战心惊，完全束手无策。

虽然上星期我就曾注意到这种迹象，但那次的情况还不能算，何况次日早晨我醒来时就发现自己已经恢复正常，所以晚上回家时已经没有这事。但这次我几乎一夜未眠，天蒙蒙亮时才昏昏沉沉睡着了一会儿，醒来后情况仍毫无好转。这天中午由于害怕我放弃了午休。白天几次去厕所小便，我现在毫不夸张地说，我的确注意到我的阳具不同平常，不仅是体积明显缩小。中午我独自坐在办公室，不回宿舍睡午觉，但我心里一直盘桓着一个念头，想乘下班前这段时间（中午或者下午）再找郑老师试试。我为什么脑子里会反复记着"下班前"这个概念，是因为下班后我就要回家，要和妻子小青见面。早晨我起来得较早，由于在床上躺不下去。我在校园里碰到了郑老师，她在操场边上看学生做早操。她也回头看见了我，我走过去站在她旁边，问她："你睡得好吗？"郑老师说："还可以，你呢？"我说："我没有睡着。"郑老师又回头看了我一眼，"有问题吗？"她这么问。我靠近她一些，说："有问题的，如果今天晚上回家在老婆面前也不行，问题就大了，——你也有责任的。"郑老师一笑问："为什么？"我说："我是和你在一起发生故障的。"郑老师说："我不行，但你老婆肯定会为你排除故障的。"我还要说什么，郑老师说："别说了。"一边有几个老师离我们不远。中午在饭厅，下午在办公室，我都见到了郑老师，但我都没有对她说"再试试"的话。我大概知道极端的方式有可能导致彻底的失败。我那天的失魂落魄大概就差在光天化日之下去对郑老师说我想现在和她再试试。我大概说得出口的，如果在语气上做点文章的话。但这只是异想天开。

我那天确实心怀惶恐，对下班回家和小青见面忧心忡忡。

回到家后，虽然我反复告诫自己要镇定，这是眼下唯一的依靠和希望，但我还是不可控制地处处回避小青，对小青的一个眼神、一个动作，我都感觉是在暗示她看穿了我，而我自己破绽百出，无法应付。如果小青突然伸过手来碰一碰我的裆部，像她有时爱做的那样，那么她将抓一个空。我还故意向小青渲染昨晚和同事喝酒晚睡引起的疲倦，同时又告诉小青，今晚还不能早睡，明天要开课。

我在睡觉前去卫生间洗澡，这时小青已经睡下好久。我脱下长裤，在给浴缸里放热水时，小青忽然出现在我身后，她来卫生间小便。这时我应该脱下内裤进浴缸了，但我却背对小青没动，故意把水开小一点，等她离去。我万没想到小青在小便时忽然指着我的内裤说："你的内裤怎么穿反的？你昨天晚上在什么地方？"我低头看了一眼自己的内裤，果然是穿反的，我不敢回头看小青，只是说："真的穿反了，本来就是这样的。"小青说："什么叫本来就是这样的？"我说："我昨天在学校洗过澡，没注意穿反了。"小青说："不会吧，你是一个很细心的人。"我说："这条内裤正反面不太明确，我平时经常穿反的。"

我昨天下午的确在学校洗过澡，但小青说得对，我是一个很细心的人，一般不会把内裤穿反。小青离开卫生间后，我在热水里泡了很长时间，想让自己痉挛的心放松下来，当然没有明显的效果。当我不得不回到房间在小青身边躺下时，我希望嗜睡的小青在小便后又已进入梦乡。但我也想到小青有可能记着我穿反内裤的事而在等着我，而对此我只能听天由命，孤注一掷。

我怀着惊恐的心情回到卧室，掀开被子在小青身边躺下。如果小青不动，我是不会碰她的。当时小青身体朝里躺着，背对着我。小青穿着一件桃红色的毛巾睡衣，她在睡觉前也洗过澡，我知道她里面是光着身体。我们家当时住在六楼，前面没有建筑，晚上睡觉不用拉着窗帘，从床上可以直接仰望星空。同样，当我掀开被窝时，身着桃红毛巾睡衣的小青的睡姿也一目了然，暖融融的、掺和着力士香皂味儿的人体气息扑面而来。

我现在情不自禁地描绘这些细节显然是想为下面的情节作伏笔、设铺垫，或者说解释原因。但其实这是没有必要的，小青那天晚上所穿的那件桃红毛巾睡衣并没有特殊的意义（她还有一件粉红色的），暖融融的力士香皂味儿也没有特殊的意义（她也用白丽或檀香皂），我现在的回忆难免有点矫情，而当时这一景象只是一晃而过，我就上了床。上床后我即神差鬼使地伸过手去放在小青腰间。不论我的这个动作有何动机，我当时并没有意识到什么，或者说，某一瞬间在我身体上发生的突如其来的变化，它远远地早于我思想上、情绪上的准备及反应。我的阳具突然振作起来，勃动着将空荡荡的内裤撑起。昨夜起使阳具魂不守舍的"怪物"简直来无影去无踪。我立刻向小青靠拢过去，上面的手伸进了小青的睡衣，她里面的确是一丝不挂的裸体，没有胸罩和内裤。我把背对我的小青转过身来平躺，解开了她束住睡衣的腰带，宽敞的睡衣就向两边敞开了。这种情形在我们的生活中出现过无数次，但我仍然每次都为之惊叹，也许是因为我还没有找到恰当的比喻来描绘它。我听到一种声音，可以把从睡衣里露出来的小青白亮的裸体比做一朵丰盈盛开的荷花，但这个比喻还没有令我心满意足。我情愿把这个过程比做我亲手打开一口锦箧，展露里面晶莹剔透的宝石，我喜欢把这个动作重复一遍又一遍，让宝石的光辉照亮我的眼睛，而我的眸子就如同相机一遍又一遍地摄入宝石的风姿，如同夏蝉一口又一口吸纳宝石的灵泽。这个动作每次都不会让我失望，惊奇一次又一次令我震撼。我终于伏到小青身上，的确，小青的身体如温泉暖玉，睡眠时也永远在流动、发光。如果单纯从我的角度来说，我和小青做爱就好比沉入温泉，拥抱暖玉。

　　小青忽然从我背后举起手抱住了我。

我的妻子小青是一位从事特殊教育的老师，是她所就职的聋哑学校的业务骨干，政治上的培养对象。就在我们共同度过那个周末以后的下星期四，小青受学校及本地政府的委派，前往美国深造半年。作为她的丈夫，这件事也让我引以为荣。星期四那天，我请假送她去机场。

　　那个星期四由于送小青去机场，当晚没在学校住。我再次在学校住宿仍是星期四。小青去美国后，女儿托给了外婆，照理我不是非要等到星期四才在学校住。当初我每星期四住学校是因为次日早晨有第一节课，后来又加上了郑老师星期四晚上也住学校的因素，她每星期四晚上值班。

　　那天晚上我一直待在宿舍里，在老式的三洋录音机播放的流行音乐中构思一篇教学论文。我仍在十点钟停下工作，然后上楼去郑老师宿舍。其实这天晚上我的心情是很想早点见到郑老师，有点迫不及待。其中显而易见的原因有二：其一，两星期前的晚上我在郑老师宿舍丢了脸，当时我有点虚张气势向郑老师放言"下回见"；其二，我次日回家后情况出乎意料的好。那晚和小青在一起时我不由得悟到了一个令人愉快的道理：首先，障碍虽然发生在郑老师面前，但是你瞧症结在小青这儿；而另一方面，事实证明我其实是虚惊一场，我对自身状态的认识再次被证明远远不够。如果在发生了和郑老师的障碍后，在小青面前状态却未见异常，那么当我和郑老师重见时还会有什么问题呢？现在我就像回到了新的起点，障碍已被排除。虽然这样，我仍没有早些去找郑老师，我在宿舍苦思冥想我的教学论文，同时告诫自己不必操之过急。

这回我上楼后没有敲门，而是按照自己的感觉直接抓住门把往里轻轻推了一下。门果然开了。我看见郑老师坐在床上看电视，电视机的音量调得很低。郑老师身上仍穿着那件我见过的毛衣，下身盖着被子。我对她一笑，反身轻轻把门关上，按下保险，来到郑老师床前。我说："声音太小了。"郑老师说："好险，吴萍她们刚走。刚才她们在我这儿看电视，我估计你快要上来了，就对她们说今天我很累，想早点睡觉。"郑老师脸上露出笑容。我说："那就不要声音，我们也别说话。"我按了几下音量钮，闪烁的电视屏幕没有声音了，只是给我们一点光线。我在床沿坐下，脱下长裤。揭开被窝时我注意到郑老师也光着两条腿。我首先为郑老师脱去毛衣、衬衫、内裤，解开胸罩，随后我把自己脱得精光。我俩向一个方向侧卧，似乎需要先这样躺一会儿。但是我的手刚在郑老师的胸部抚摸两下，身体就有了反应。郑老师从背后感觉到了，但她不响。过了片刻，郑老师忽然转过身来，含着笑睁开眼睛对我说："这回行了？"我说："我告诉过你的。"郑老师问："第二天回家有没有出洋相？"我说："没有。"郑老师抱住我的脑袋在我耳边说："我可能很慢的，和你老婆不一样。"我不太听得懂，琢磨着说："你怎么知道和我老婆不一样呢？别说话。"

若说郑老师和我老婆有什么不一样，那不同之处的确显而易见。她们的肤色不同，小青身体白润，郑老师黑里透亮。郑老师虽然偏胖，但也许由于她年轻时从事过较长时期的体力劳动，她的胳膊大腿你不捏不知道，一捏只感觉又结实又饱满；而身材适中、缺乏锻炼和劳动的小青，她的肌肤要柔软得多。拿两人的胸脯来说，虽然郑老师比小青年长十三岁，但她大于小青一倍的乳房丝毫没有松弛疲软的迹象。小青的乳房细腻娇小，柔软温润；而郑老师健壮硕大的乳房，就像丰隆的肌肉那样充满力量。同样在做爱的过程中，小青的肌肤总会像不堪重负似的越来越变热发烫，而郑老师的肌肤大多数时候都清凉爽滑。小青总是喜欢睁着眼睛看着我，而平时见人不忱的郑老师在做爱过程中则更习惯于把脸侧向一边，眼睛紧紧地闭上。在性格为人上，小青属于文静温和、彬彬有礼的类型。对于做爱她们两人好像只有一点相似：都偏好采用一种姿势，即传统的仰卧姿势。

那天晚上我虽然如愿以偿，在郑老师面前也挽回了面子，但是离完美无缺尚有距离。如果把这个距离用时间段来表示的话，至少有三十分钟。对此郑老师也许不会计较，因为花去的时间至少已有关翔的十倍，但是我心里对自己的表现不太满意。在那一刻出现前的一瞬，我对郑老师、也是对自己说，别动，但是已经无法控制了。我说："今天表现不好。"我的话大概说得没头没脑，郑老师问："为什么？"郑老师宽厚的胸膛毫无问题地承受着我因泄气而沉甸甸的身体，我垂下脑袋回答她："我没想这么快。"郑老师说："没关系的，今天我相信了。"我用一种伤感的语气说："为什么每次和你在一起，我都认为自己能表现得很好，但是都不能如愿呢？"郑老师在我耳边笑了一声，说："这就叫做越想表现自己，越是容易失常。"我解释说："我是想说我不是张老师（林老师的丈夫），一个月一次性生活也行。而我现在比张老师还不如，好比单身汉，在这种情况下有幸和你同床共眠，心情可能就比较急迫，按捺不住。"郑老师说："什么话，你老婆才离开一个礼拜。你们平时一星期过几次性生活？"我如实相告："三到四次。"郑老师沉默了

172

一会儿，说："我应该向你表示我感到荣幸之至，今天我这个老太婆代替了你老婆。"也许我上面有些话说得不太合适，但我不这么看，我回答："你知道什么叫代替？我和你老公、你和我老婆都是差别很大的人，我们之间不能代替。"我在这儿说的不是假话，但是关于我们所给予对方的有什么不同我未作解释，我知道这仍可以受到郑老师的质疑和发挥，但她此时只是笑了一下，没响。

关于郑老师所说"我可能很慢，和你老婆不一样"，我当时领会不透，在下一次和郑老师见面时才得以充分领教。

由于下个星期四郑老师外出参加教研活动，我们这次见面又隔了两星期。

这似乎完全没有必要。我是指我们现在还非要等这么久见面。如果说郑老师只能在她值班的日子住宿在学校，那么我难道没有别的办法和她相见吗？事实上白天在学校碰见郑老师的机会很多，和她单独说话的时机也不少，上班时宿舍里人去楼空，只要双方都没课，我完全可以约她去我们俩任何一方的宿舍会面，每天都有机会，而且在学校这种人来人往、忙忙碌碌的工作场所，我和郑老师这样一对男女幽会的安全系数是非常高的，就算有人看见我在郑老师的宿舍进出也说明不了什么。那我为什么一定要在每星期四晚上和郑老师见面呢？这里有一个完全属于我们自身的特殊情况：虽然我和郑老师的关系在前几个星期四的晚上发生了突飞猛进的变化，但是除了有一天早晨我在操场边碰见她时和她扯淡了几句昨晚的事，这种情况以后再也没有发生过。那晚和郑老师有了性关系后，次日早晨我也碰见了她，在食堂吃早点，当时那张餐桌只有郑老师

173

一个人，我端着早点过去坐在她旁边。其实我本来是想坐在别处的，有几个男同事在餐厅的另一端，我这么做是因为我意识到这是应该的，在那一夜刚刚过去的这个早晨。那晚我是睡了一觉后，凌晨四点多钟离开郑老师宿舍的。我坐下后说："你今天也是第一节课？"郑老师说："我上午没课。"我说："那你也这么早起来啊？"郑老师说："不早，我在家里每天早晨四点半就起来了，住在学校六点钟起来算是睡懒觉了。"我惊奇地问："你在家里四点半起来做什么？"郑老师一笑说："拿牛奶，买早点，洗衣服，赶到学校来上班，差不多了。"我说："衣服你不能晚上洗啊？早晨可以多睡一会儿。"郑老师说："晚上回到家什么也不想做。"我说："你家没有洗衣机吗？衣服可以用洗衣机洗。"郑老师说："大件的衣服是用洗衣机洗的，小件的衣服我都是自己洗的。"在我们边用早餐、边作这番交谈的过程中又过来了几位老师，他们和我一起批评郑老师在家里养了两个懒汉，儿子和老公，自作自受。

　　的确，自那个夜晚以后，白天我在校园里碰见郑老师，即使是单独相遇，我们之间也从不涉及星期四晚上的内容，就好像从来没有发生过什么。难道这是一种策略吗？当然没有必要，我们也没有这么约定过。这种情况是有点奇异，当然我也是第一次经历。我发现上述"从来没有发生过什么"的感觉，不仅是我们在校园共处的需要，它其实更是我们自身某种突发的、恍惚的、失重的心态的真实写照。这种感觉当然不是要在白天赖掉我们之间的关系，但是它阻碍了我们在新的关系基础上的交流。在我们没有见面的那个星期的周末，我在街上意外遇见了郑老师，那个星期由于郑老师外出参加教研活动，我已有好几天没见到她，我奇怪地问："你怎么在这儿？"郑老师的家在另一个区，她回答："我来走亲戚。"我说："你在这儿有什么亲戚？"郑老师说："我妹妹在这儿。"我顿了一下，看着她。郑老师肩上挎着一只她常背的小黑皮包，手里拎着一只马甲袋。我又问她："你现在去哪儿啊？"郑老师回答："回家去。"我又看看她，问："教研活动结束了？"郑老师说："昨天结束了。"我说："下星期照常上班吗？"郑老师说："当然照常上班。"我正是在车站前的大街上遇见郑老师，这儿既是人们见面的场所，也是分手的地点，而我采取了分手的姿态。我也没有送郑老师进车站，或者转过身目送她一会儿，而就像普通熟人那样挥挥手道再见。郑老师离开后我也问自己，为什么不邀请她到我家去"坐一会儿"？我家空荡荡的房间不是正等着她吗？

但是到了星期四晚上，不论我们有多少天没在一起，不论白天我们表现得多么疏远、淡漠，到了时间我准会悄悄摸上楼去，而郑老师准会留着门在房里等我。在我和郑老师交往的整个过程中，这是我们相处的基本模式。这种模式甚至颠倒和混淆了现实与梦幻的关系、界限，在我们承认白天的现实性之后，我们也可以看到阳光下自己梦游的身影。

离上一次见面两星期后的那个星期四晚上，我又一次如期而至，来到郑老师宿舍。

这次幽会开始时发生了一个小插曲：我上床后在抚摸郑老师时发现她内裤里侧衬着一块卫生巾。郑老师忽然笑了，她好像故意在等着我这一手，然后在我耳边小声说："已经好了，今天是最后一天。"我当时没怎么在意，但事后忽然心有所动，有心给郑老师的例假算了一下时间，这样就发现了一个以前不曾了解的情况：在

175

我第一次拜访郑老师的晚上，我提出要为郑老师"松绑"，受到了郑老师的坚拒，而现在从时间上推算，那天晚上郑老师的内裤里侧一定也衬着一块卫生巾。现在这个泄露的秘密带给我的启示是，郑老师当时对我的建议不加考虑的冷淡态度受到了它的多大影响？不过，从今天我和郑老师的关系回顾这段经历，那天晚上可能被卫生巾所改变的内容还是很少。

我前面比较过，小青柔弱的身体在做爱时热得很快，反应很大，似乎随时会受不了，但这样的状态又会持续很久。小青潜在而旺盛的精力消耗在做爱的整个过程中。而郑老师区别很大，她侧着脸，闭着眼睛，在很长很长时间里身体不仅清凉不热，而且几乎不动。我当时体重就有 70 多公斤，何况我扬鞭卧马，腾跃起伏，但郑老师最多只是偶尔皱一皱眉头，一声不吭。第一晚和郑老师做爱结束时，我还以为郑老师毕竟年届 40，身体感觉有些迟钝，或者作为年长于我的女子，她不愿意喜形于色，自控力很强。到了第二晚我忽然发现我想得很错，郑老师侧着脸，闭着眼睛，不声不响，她并不是在麻木地昏睡，或是默默地控制，她是在运用内力与我配合，而郑老师的欢乐源流淌得很深、很远，我们双方共同的努力若不达到全神贯注、配合默契的程度就无法找到它。这一刻在做爱一小时后突然到来，当时郑老师的身体毫无预感地猛地弹跳起来，准确地说，像一座石拱桥那样高高拱起，紧绷的肌肉坚硬如石，郑老师在好久的沉默中积蓄和凝聚的不可估量的能量产生的冲击波，差点把我掀下去。与此同时旁边的电视机播放的深夜爱情剧混淆了郑老师发出的一声长长的呻吟。郑老师紧紧地把我搛在她怀里，咬住我的耳朵口气热乎乎地对我说："余亮！不要停下来。"同时郑老师自己的身体做出幅度很大的快速有力的摆胯起伏的动作，每一寸肌肤都变得柔韧灵活，身体的温度骤然上升。

郑老师的手臂把我箍住很久才松开。

然后，在我的身下，我感觉郑老师的身体如退潮似的复原，变凉发软。

这就是郑老师所说："我可能很慢，和你老婆不一样。"

4

我和郑老师不仅白天不谈论我们之间每周一次的"夜生活"，而且更为不可能的是，我还像原来那样在大庭广众之下继续和郑老师开玩笑。例如男教师常爱在郑老师面前议论女子的身材，我就会向他们指出，对体型偏胖的女子也不该一概而论，有的女子虽然有点胖，但她们胖得匀称、和谐，是典型的"丰满型"，郑老师就是这种体型。我的这番评价通常会使在场所有男女教师的目光不由自主地投向郑老师身上。而我指出的确实是事实，没有牵强附会或存心不良。郑老师身高有1.67米，体重65公斤，这并没有给她的身体带来沉重感，主要是因为她的身体比例符合"黄金分割律"，郑老师的臀部有点宽，但不下坠，而且在郑老师穿裙子时，从裙子下沿露出的小腿绝对有曲线，不臃肿。不过，虽然郑老师的丰乳肥臀在她身上和谐对称，但由于它们太过显眼，当我称赞她的"匀称"时，所有的目光都会不约而同地落于此，使我的评语失之油滑，显得别有用心。这时郑老师通常会圆睁双目瞪我一眼，一如既往地骂：

"神经病。"

即使在每星期四晚上（常常已是次日凌晨）分手时，我们也从不为下次见面说什么，如"下星期见"这种很平常的告别语在我们之间也不需要，好像每次见面都是意外和偶然，下一次则杳不可待。

转眼间快到学期末，老师和学生除了在紧锣密鼓地准备期终考试外，又都在私下里计划暑假旅游的事。我任课的两个班级不少学生自由组合了旅游团队，旅游线路也五花八门。

一天中午，我在宿舍正打算午睡，响起了敲门声。这敲门声是轻轻的，试探的，敲了两下后停下来。我因为已经坐在床上，所以没有立刻回答，顿了一下。可以断定来者不是同事，要不敲门声干脆有力，同时还会在门外喊我。至于郑老师，且不说声音像不像，她一向不来宿舍找我。我估计是学生，过去把门打开，果然是两个我任教班级的女生。她们脸上挂着含着红晕的微笑看我。我刚才曾问是谁，她们不回答，她们的笑容似乎是因为要了一个小花招。我说："是你们啊。"她们说："余老师，我们有点事找你。"

许丹、吴伊娜分别是这两个女生的名字，她们是同桌。她们来找我是和我谈暑假旅游的事。吴伊娜的舅舅家在定海，她们俩已商量好暑假结伴去普陀山。而作为她们计划的一部分，她们希望邀请她们的老师和她们一起成行。她们问我："有没有同学来邀请你？"我说："没有。"她们相视一笑，脸上露出欣悦的表情，说："还好，我们先行一步。"据她们说，今年会有许多学生来邀请她们喜欢的老师一起去旅游的，因为这是她们最后一个暑假。所以这个主意并不是她们俩首创。至于她俩邀请我，当然首先是因为我是她们喜欢的老师，她们希望在旅游途中能有机会无拘无束、敞开心扉地和我交谈，这对她们的成长肯定会有益处，而平时在校园里，师生之间的交谈一般都只局限在课堂学习上。除此以外，如果这次就她们两个女孩子出去，家长恐怕不会同意，而她们又不愿意扩大队伍，那么老师能和她们同行的话，家长就放心了。

当时我被两个女生别出心裁的邀请以及她们的诚意所打动，再说我上次去普陀山还是上大学时的事，今年暑假又没有牵挂，我就当场接受了她们的邀请。她们临别时还不放心地反复叮嘱我，不要再接受其他同学的邀请。同时也要求我为这件事保密。

当然，我平时对这两个女生的印象也不坏，这使我接受她们的邀请完全出于自愿。虽然我没有丝毫表现，但当她们离开后，我的确有点受宠若惊的心情，仿佛自己在上学时代受到了女生的青睐那样。吴伊娜是个性情温和、清纯质朴的女孩，虽然学习成绩一般，相貌普通，但作为一个女孩，她为人处世的分寸和宽容、善解人意，渐渐使这个默默无闻的女孩在班里赢得了老师和同学的一致好感。吴伊娜平时大多数时候寡言少语，很少抛头露面，但她偶尔也能作滔滔不绝的发言，使用极文雅的书面语，显示了这个文静的女孩平时用心想得很多。在她们两人对我的那次拜访中，向我阐明来意的是许丹，而吴伊娜始终在旁边用她会说话的眼睛看着我，无言地对许丹的表达进行强调、肯定和补充。

许丹在性格上和吴伊娜有一定的互补性，所以这两个女生之间存在明显的差异，却能长期和平共处，关系密切。和吴伊娜相比，许丹容貌出众，成绩优异。许丹的数学成绩和外语成绩在班里名列前茅。在长相上，许丹属于小家碧玉型，中等个头，细皮嫩肉，在她白润的脸上，她的五官给人玲珑精致的感觉。许丹与人说话时总爱突然一笑，这时她的鼻子好像就翘了起来，停留在两侧鼻沟和嘴角上的笑意特别明媚烂漫，引人瞩目。许丹进校时给我的印象就是一个明媚烂漫的女孩，因此当我知道她的身世后颇多伤感。许丹不像吴伊娜有一个令人羡慕的家庭（吴伊娜的爸爸是机关干部，妈妈是三星级酒店的部门经理，她还有一个学开飞机的哥哥），许丹的爸爸妈妈是文革初期赴安徽插队落户的知青，她的爸爸在她还不懂事的时候就去世了，妈妈在她小学毕业那年改嫁，并把她送回上海外婆家，自己留在了合肥，既在那儿开始新生活，又陪伴她葬在他们第二故乡的前夫。要不是许丹自己说，从她的言行举止中还真看不出来。在个性上，许丹比吴伊娜活泼、大胆、独立，好幻想，易冲动，她的透明的笑容既令人感到妩媚、温情，又展示了这个明媚烂漫的女孩心中不可捉摸的梦幻般的绚丽和激情。就我上课时的情况而言，她们俩在课堂上的表现也很不相同，吴伊娜总是低眉顺眼，竖起耳朵听课，不开小差，而许丹则经常抬头凝眸注视老师，她的眼睛亮晶晶，但两只耳朵却耷拉着，对课堂内容心不在焉。面对许丹的作业本和考试卷我常常感喟，在学习上，许丹真是个有悟性和爆发力的女孩。

在介绍许丹的情况时我也必须提到郑老师。其实郑老师只是每周给许丹班级上两节政治课的任课老师，而且由于郑老师任教的班级有六个，所以除了她自己担任班主任的班级，其他班平时接触很少，大多数学生她连名字都叫不出。但是郑老师和许丹的关系却不同寻常，其密切程度大大超过她和自己班级学生的关系。当然，作为班主任，郑老师对自己班级的学生理应一视同仁，而在其他班级就不受这一约束。我不知道郑老师和许丹特殊的私交是如何建立起来的，其中肯定有些外人不了解的情况，但是我确实是校园里最早注意这一关系的。我之所以说她们的关系有点不寻常，是因为在校园里能够和学生深交的一般都是男教师，他们既可能和女生关系暧昧，又很容易抛开师生的礼俗，和男生成为牌友、棋友、球友，甚至烟友和酒友。而女教师和学生一般都保持一定的距离，这一距离并不表示女教师比男教师骄傲，而是指在女教师对待学生的态度中有更多的平衡性和共性内容，即使女教师对待男生的偏爱，也和男教师对待异性学生的态度不可同日而语。因此，当校园里有一个女生频繁地出现在郑老师身边，当这个女生不仅经常出入郑老师的办公室，而且经常在中午出入郑老师的宿舍，校园的这一景引起师生的注意就不足为奇了。我甚至早就听说，郑老师私底下已认这个女生为"过房女儿"。我曾当面向郑老师请教这一传闻的真实性，郑老师不置可否地回答，许丹对待她的态度中确实有一种犹如对待父母的依赖，而她也真的喜欢有一个像许丹这样"精致玲珑"的漂亮女儿。郑老师说，许丹虽然经历坎坷，家庭残缺不全，但是她心灵的天地依然透亮明媚，性情率真，心地善良，这是非常不容易的。真的，如果郑老师的儿子能大四五岁，我会相信郑老师是在提前为自己挑选未来的媳妇。而从许丹的角度看她们这层关系，我能够理解要强的她内心对郑老师这一既有母亲宽厚的怀抱，又有为许多男人所不及的为人处世的能力的女性的亲近态度。当然，也只是从这一关系里，我感受到了一种能够代表我想象中的孤独和渴望的形式。我说是形式，因为我对内容一无所知。

我遵守了对许丹和吴伊娜的承诺，既没有再接受其他学生的邀请（果然还有这样的邀请），也没有把我们之间的约定透露给他人。不过在郑老师面前我没有保持沉默，因为这并无必要，她肯定知道的。是的，郑老师说，许丹告诉过她。郑老师认为我有空的话，可以和她们一起去，这两个女生对我一直非常"崇拜"（在师生关系中这是个常用词），没什么不方便的话，就不要让她们失望。而从另一方面来说，郑老师对有老师带许丹和她的同伴出去旅游感到宽心。

　　郑老师说了这番话后，我不免疑疑惑惑多想了一层：莫不是郑老师建议她们邀请我担任她们的保镖的吧？我和许丹之间的相互印象，难道没有受到和郑老师的关系的传染和暗示吗？

5

　　我们于暑假次日出发，坐夜船到定海。我随学生买了四等舱票。三张票两个上铺一个下铺。上半夜我们三人一块在下铺说话，下半夜吴伊娜首先困了，上下眼皮打架。吴伊娜就留在下铺，我和许丹爬上上铺。这两只上铺一头成直角，这样为了雅观，我们不便脚对着对方睡觉，就都把头放在那个直角处。我的位置在许丹的头顶，她躺下后就颇感新奇地仰起脸看我一眼，冲我露出那明媚烂漫的一粲。然后许丹把头伸出床沿去瞧她下铺的吴伊娜，不禁又失笑。我顺着她的示意往下看，原来我们一走吴伊娜就呼呼大睡了。我平时睡眠很好，也没有认床的毛病，但在船上或火车上我每次都被失眠困扰，仿佛在这两种环境下我的生理机制就很容易失去协调，体内很容易产生妨碍睡眠的内热，所以出门在外我很羡慕吴伊娜这种状态，在颠簸和摇晃中恬睡如常。当时我和许丹相视而笑，我说："她睡得这么香。我坐船或者坐火车最睡不着觉，最好的情况下一晚上只能睡着半小时。你呢？"许丹未说话先开口一笑，说："我出来旅游总是很兴奋的，就算住在宾馆或者亲戚家里也不大睡得着。"我说："我除了在船上和火车上，睡眠都很好。所以我本来不喜欢坐夜船的。"许丹说："是吴伊娜喜欢坐夜船，我无所谓，反正出来旅游我无论睡在什么地方都睡不着的。"我说："是吗，你晚上不睡觉，白天有力气走路吗？"许丹笑容满面地回答："白天我精神不要太好。出来旅游我好像不需要睡觉，最长的一次我连续一个礼拜晚上没有睡着，白天精神比谁都好，爬山走在最前面，回家后才补睡一个礼拜。"我说："你把自己说成一个什么样的人了？还是闭上眼睛睡一会儿吧，现在快一点钟了。"许丹说："你不相信啊，那次我真的一个礼拜没有睡觉。"我说："希望你今晚向吴伊娜学习。"许丹刚躺好，又探头过去看下面的吴伊娜，说："不大可能。"

如果允许我表达得夸张一点，许丹在说完这句话后就睡着了，因为此后她不再有声音，等我伸过头去看她时，她已合上眼睛发出匀和的呼吸。这一觉许丹一直睡到天亮方醒。我开始还饶有兴味地看许丹睡觉，许丹的部分头发挂在床架上，我把它们轻轻托起，我的手心在发丝下面滑过。这一景象犹如虽醒犹睡的我的白日梦。我闭上眼睛也想睡一觉，但是它们最多坚持五分钟就要睁开一会儿。在深更半夜，我的眼皮不是抬不起来，而是闭不上。我好像在黑夜里摸黑走远路，走一会儿怕失去方向，就擦亮一根火柴照一下道路。我照到的是许丹的头顶，那就像是我要确认的道路。直到最后一次睁开眼睛，发现道路变了，许丹已经坐起身在看我。我们相视一笑，我说："醒啦？"许丹抬腕看一下手表，说："六点了，我第一次在船上睡得这么香。"我说："看你的样子像是睡着了，但是你说你是睡不着的，我就不知道你睡着是什么样子。"许丹有点脸红地说："别说。你睡着了没有？"我说："没有。"许丹说："那你在做什么呀？"我说："我也想睡着，但是没有效果。漫漫长夜，在船上特别难熬。"许丹表示同情地说："你应该喊醒我，我们两个人说说话。我本来就没打算睡着的，没想到。"我说："我也想和你说话，但是你不响，我想你大概不想说话。"许丹有点难为情地说："余老师你还说。"我说："我要是知道你睡着了，我就喊醒你。"

我们探出头去看下铺的吴伊娜。吴伊娜也已醒了，正睁着眼睛笑眯眯地看我们，听到了我们在说话。

两小时后，八点钟，船靠了岸。吴伊娜的同龄表哥在码头上接我们，他叫了辆出租把我们带到他家。那是一个典型的背山依水的村庄。吴伊娜的表哥叫姚家宝，这是个个子矮矮的、皮肤白白的、十分健谈的"四眼"中学生，在车上他坐在我旁边，下车后他也和我并肩而行，就像我是他的老师似的，一口一声余老师，一路上滔滔不绝地向我作关于他的美丽家乡的即景介绍。很显然，吴伊娜这位表哥很为自己家乡的自然环境和建设成就自豪，在远道而来的客人面前首先充分渲染这种感情，以此尽他的地主之谊。他的普通话带有浓重的方音，不太听得明白，这一方面妨碍了他的表达（在语意上），但另一方面又使他的表达有声有色（在情绪上）。我不禁觉得这个男生有点可爱。此行的序曲略有问题（我一夜失眠），但开端看来不错的。

姚家宝家是一幢新盖的两层楼房，上下各有三大间。我们到家见过了他的父母亲，即吴伊娜的舅舅舅妈后，姚家宝带我们上楼放行李，并参观了楼上的房间。楼上是姚家宝的居住区，目前三间房空关一间，一间是他的卧室，一间是他未来的新房。新房已经装修，铺了地板，打了家具，只待上油漆。我看后对姚家宝说："新房都准备好了，大概有未婚妻了吧？"此话令许丹和吴伊娜突然喷笑，许丹捧腹弯腰，吴伊娜还趴在她肩上。姚家宝自己倒不以为然，"嘿嘿"一笑，乜斜了两个女生一眼，回答："我们这儿都是这样的，大人盖了房子就把儿子的结婚用房准备好，像我这样年龄还算大的，有的还在上小学。我们还在读书没有未婚妻的。"许丹和吴伊娜一听见姚家宝表白"没有未婚妻的"，不由得同时跺了一下脚，笑得更加忍无可忍，其中许丹声音响亮，身体状态则稳定些，而吴伊娜的颤笑基本上化为一种摇摇晃晃、东倒西歪的身体动作，她抱住许丹才使自己免于跌倒。

姚家宝的安排是我住他的卧室，两个女生留在新房，他自己搬到楼下。

楼梯旁建了一间淋浴室，没有热水，不过夏天可以将就。我们安顿下来后，分别去那儿冲澡。我们还互相客气、推让了一番，最后还是她们的理由说服了我先洗：她们是两个人，而且像她们俩这样的长头发，一个人起码要洗半小时。

我冲完澡后她们进去。就和在学校一样，她们松开头发，端着脸盆，成双作对，笑容可掬。

吃饭时姚家宝的爸爸也要给两位女生倒酒。许丹捂住杯口眼睛看着我问："可以吗？"我说："现在是放假，你自己决定。"许丹一笑，拿开手，由着姚家宝爸爸给她倒了半杯酒。吴伊娜则称不能喝一点点酒，只喝可乐。

这是旅行开始后我们在一起吃的第一顿饭，在这顿饭上就和女生一起喝酒是我没有想到的。从许丹的态度看她似乎还很能喝，但是许丹告诉我们这只是她第二次喝酒。上次是在寒假里和妈妈喝的。妈妈回来过年，吃年夜饭时她也要和大人一起喝葡萄酒，妈妈劝阻不了，就把一整瓶酒放在她面前任她喝。她说，妈妈的意思是要让我尝尝酒的厉害，宁可让我喝醉。她喝完了一小杯，妈妈还亲自为她斟满。最后她喝掉了那瓶红酒，感觉天旋地转，要吐了，就跑回自己房间倒在床上。那晚的春节联欢晚会她没看，第二天两顿饭没吃，直睡到晚上才清醒。

听完许丹这席话后我问她："那你今天怎么又要喝了？"许丹说："当时我是有点和我妈妈赌气，第二天清醒后我想以后再也不喝了。但我今天不是为我妈妈喝酒，我今天心情好，就想再喝一次酒，这次不会喝醉的。"我说："许丹，我看你上次喝醉酒后有点上瘾了，许多人都是这么开始的。"许丹端起酒杯说："能喝点酒也不错。"吴伊娜看同伴在三个男人（其中两位还是长辈和老师）面前做出这等豪放不羁的举动，不禁推了她一下，惊怪地说：

"你干吗啊，没喝就醉了。"

许丹这次大概喝了两杯啤酒，我观察她，脸红的程度深了点，和姚家父子话多了点，眼睛更加水汪汪，其他方面还正常。由于下午有活动，我们几个男的喝得也不多。

下午姚家宝带我们去朱家尖。我们在沈家门码头登上渡轮，很快就到了朱家尖。

朱家尖是一个美丽的小岛，拥有当地著名的沙滩。据说那几天全国赛艇比赛在朱家尖举行，但我们登上岛后发现比赛已于昨日结束。显然许多人和我们一样想来一睹赛艇比赛的盛况，沙滩上主要的活动区域内游客熙熙攘攘，身边还不时有人在问："赛艇比赛在什么地方？"这片沙滩的确很大，我们站在上面被午后的阳光晒得发烫的水泥路上，展眼望去，沙滩缓缓地往下延伸，那边的海水好像直起来和同样蔚蓝浩渺的天空相接。往沙滩的一端看，在很远很远的地方它才被一片发黑的礁石挡住，沙滩上的游客就好像一把撒出去的更大的沙粒，到了远处一粒也没有啦。我建议我们走得远一点，这儿人多嘈杂。三个学生都赞成。许丹早就跃跃欲试了，一下沙滩就把凉鞋脱了，有时拎在手里，有时抛到前面，等走过去捡起再抛。她穿着花短裙，两脚故意逗着忽退忽进的海水玩。吴伊娜穿着长裤，在许丹的鼓动下也脱了鞋，卷起裤腿走到海水边上。姚家宝短衫短裤，趿拉着一双拖鞋。我穿得最不合时宜，这时也卷起笔挺的裤腿，脱下皮鞋袜子。

那表兄妹俩说说笑笑往空旷的前方行进，许丹由于嬉水就落在他们身后，她忘情的样子就像一个初次见到大海的小学生，但考虑到她刚喝过酒，应该说她的状态又有点酒后的痴迷。我有心落在后面等她，和她一起走，或站住看她嬉水。当她入水太深时我及时喊住她。我有点担心地问她："你刚才喝了两杯啤酒要不要紧啊？"她说："没关系。"我说："你脸很红，看你这么高兴不知道你是不是有点酒醉。刚才浪花差点把你卷进去。"她说："我脸很红吗？很难看吗？"我说："我不是在说你难看好看，这次出来我对你是有

187

责任的。在码头上你外婆把你托付给我，她拉着我的手对我说，她开始不同意你出来的，后来听说有老师在才放心了。你看到这一幕没有？"

"还有，出来前，你妈妈也嘱咐我要照顾好你。"

许丹扑哧一笑，说："我妈妈？你见到我妈妈？她在安徽。"

我说："当然不是你安徽的妈妈，我是说郑老师，你的干妈。"

许丹立刻回头看我，目光在我脸上停留片刻，说："郑老师是我干妈，你听谁说的？"

我温和地笑笑，答："大家都知道在你们的实际关系里有这种意味，对不对？"

许丹对我的这种解释报以一笑，说："不知道，我没有想过。我只是感到和郑老师很谈得来，在她面前我很放松，她对我也很好，至于人家说我们是'义母女'，我不了解这种关系。有人说我们已经拜过了，这更是无稽之谈。"

我有点开玩笑地说："我明白，你不了解义母女这种关系，你宁可拿掉这个'义'字。"

许丹又回头看我，说："去，我是有妈妈的。"

我说："这我知道，你的妈妈在安徽。"

许丹说："余老师，你这是什么意思啊？为什么我和郑老师关系好一点，就一定要有义母女、母女这种说法呢？"

我说："我理解对你来说是这样，名分是空洞的。但是当人家看到你们之间这种实际关系时，就难免要这样想。比如郑老师拜托我多关照你时，她的态度就有点像是托付她的女儿。"

许丹顿了一下，问："郑老师对你说什么了？"

我说："她说的和你差不多。"

我和许丹行至这片广阔的沙滩的尽头时，表兄妹俩正爬在礁石上抠长在礁石表面的小贝壳。许丹过去看了一下，没兴趣又跑回水边。这时我正提着裤腿小心翼翼地往水里走，想登上前面一块从海水里突起的大礁石。我成功登礁后，回头发现许丹也在跟过来。礁石很高，周围的水也较深，虽然许丹穿着超短裙，海水也浸湿了她的裙子下摆。在许丹从水里爬上来时我伸手助了她一臂之力。我们站到礁石顶部，一起向表兄妹俩挥手呐喊。他们也抬头朝我们挥挥手，姚家宝对我们大吼了一声："跳下去！"我们做的和他的要求相反，在礁石上坐了下来。礁石顶部比较干燥，有零星的浪花飞上来也即刻就干了，给阳光下的礁石表层起了一点降温作用。表兄妹俩继续俯首抠他们的贝壳，我们也不管他们。"可惜，"我面向大海做心旷神怡状，"过来时说是来看赛艇比赛，所以没带游泳裤。"许丹说："你别说了，我也感到太遗憾。"我说："不过现在的海水还很凉，你敢下水吗？"许丹眺望远处游泳的人，说："敢，我耐寒力很强的。"我说："在海里游泳感觉最好，明天我们去普陀山，一定要游泳。你游泳衣带了没有？"许丹答："当然。（她忽然笑）但是我不怎么会游泳。你呢？"我说："小学二年级时就跟着高年级学生在河里学会了游泳，水平还行。"许丹夸张地说："余老师，你有什么不会的？"我说："有的，说出来你不要见怪。我们学校有一个怪现象，女教师都生儿子，男教师都生女儿，于是女教师讥笑我们男教师不会生儿子。我也不会，生的是女儿。"许丹立刻笑得用手捂住嘴巴，好像怕被人听见。

后来我们听见表兄妹俩在沙滩上喊我们。他们已经从礁石上下来，打算返回。"你们挖的东西呢？"许丹关心地冲他们喊。"没了。"他们这样回答。许丹就笑，说："我们马上就来，这儿很舒服的。"我喊："你们过来吗？感觉不错！"他们说不了，在前面等我们，就先行一步。

他们走后，我们也无心再待着，况且海浪一波比一波更大些，我们放在沙滩上的鞋子，眼看就要被海水吞没了。我先从礁石上下去，然后帮助许丹顺利地下来。到了水里后我们发现情况不妙，海水比我们刚才过来时深了许多。许丹一入水裙子的下摆就像一朵倒喇叭花漂浮在水面上，她不得不一手提着它，一手抓住我。我也把裤腿卷到大腿根。到了沙滩上恰好还有时间抢救我们的鞋子。这时表兄妹俩已经离开我们很远。我们在往回走时发生了一个情况。这回许丹没有再去嬉水，或者一路上忙不迭地去捡沙子里的贝壳，她走在我里侧，和我并肩而行，不再像个小学生，和我就像两个在沙滩上漫步的年轻人。

应该补充说，我们就像两个在沙滩上漫步的浪漫的年轻人，因为途中我们互相握住了手。这个下午我们已有三次握手（你如果有兴趣计算一下的话），只有这一次完全不为帮助和依靠，也没有其他理由——但这也是大海给我们的一个理由：表达它的浪漫。应该说，这也是我给自己的一个理由。我们的浪漫隐藏在我们的身体后面，谁也没有让开身把它展示出来，即使走远了的表兄妹俩回过头来打量我们，他们也一定视而不见。

我们回到姚家宝家天还没黑。我们三人上楼轮流冲过澡后下来吃晚饭。姚家宝的爸爸本来仍要请许丹和我们一起喝啤酒，但是我给两个女生的杯里都倒了可乐，我说："今天别让她喝了。"其实姚厂长酒量也不深，我们每人喝了两瓶啤酒后就歇手。

我们三人上楼。我们在阳台上站了一会儿，凭栏闲话，一边观赏小山村的夜景。我们注意到楼下庭院里姚家父子在用一根连着水龙头的皮管冲澡。许丹忽然提起刚才我没让她喝酒一事，问我为什么。我说："你刚才没喝上酒心有不甘吗？"许丹说："我刚才是想喝的。"我说："你也没说啊。"许丹说："我不好意思在吴伊娜的舅舅舅妈面前讨酒喝。"我说："就是，你还未满十八，一个女孩子想和我们一样一天喝两顿酒吗？你看吴伊娜滴酒不沾。"吴伊娜说："许丹，你以后还是别喝酒啦。"许丹说："我想喝酒。"吴伊娜说："这个人怎么这样。"我说："明天到普陀山，晚上我请你喝酒，一天只能喝一次酒。""一言为定。"许丹脸上又露出了笑容。

我抬腕看了下表，还不晚，我问："你们看一会儿电视，还是去睡觉？"她们问："有电视机吗？"我说："我房间里有。"许丹举手说："我要看电视。"吴伊娜也说："哇，出来还有电视看。"她们由于是住宿生，有机会就特别贪恋看电视。我说："那就一起去看一会儿电视。"我们就去我房间。这是一个有二十五平方米的大房间，有床、方桌、写字台、一口旧橱和一些杂物。电视机和床横着摆，靠那端的墙，距离很远。我开了电视机后，三人上床坐，我们不能不叹服姚家宝的视力。我把遥控器交给吴伊娜，有效的频道不多，但她还是如愿以偿地找到了一个台湾言情剧。不过，吴伊娜喜滋滋的状态并没有保持多久，也许由于那个言情故事没头没脑，让人看不明白，也许由于距离太远，图像模糊，声音不清，不一会儿吴伊娜就打了一个长长的哈欠，闭上了眼睛，她靠在墙上的身体也歪倒在床上。许丹掉头向我示意了一下，指指她另一侧的吴伊娜，"你看。"她微笑地说。"她这么能睡。"我瞧了一眼。许丹说："她老时间到了。我们寝室数她最不能熬夜，她的生物钟很厉害的，老时间一到就不可抗拒。"我说："给她盖点东西，夜里很凉的。"我就把枕边的毛巾毯递过去，让许丹给她盖上。

现在应该交代一下当时房间里的情况，除了吴伊娜已经入睡，房间里还熄着灯，房门也关着。显而易见，我们师生三人的关系在那晚已经变得有点复杂了。应该说，两个女生到我房间来看电视，我陪她们，但实际上我不是陪客。从实际情况来看，如果没有吴伊娜，我在开了电视后肯定不会熄灯，不要说关门。而现在吴伊娜虽然入睡了，她仍然给我和许丹一种相处的形式，在熄灯闭户的房间里这种形式是公开的——它首先对我们自己。

在吴伊娜入睡后，我像下午在沙滩上那样握住了许丹的手。

但有所不同的是，我没有再把它们藏于身后，而是拿出来搁在自己腿上。我们没有像在沙滩上那样握着手边走边谈，但是在沙滩上我们藏于身后的手是不动的（它们好像也在躲避我们自己），而当我们在此默不作声地看电视时，我的手好像脱离了我们眼睛的注意力，以多种方式灵巧充分地和许丹相握，间以轻轻的抚摸。

但我一说话就表明我根本没注意电视。

"你的手长得很好看。"我说。

"为什么？"许丹问。

"这是一目了然的。"

但其实"一目了然"的只是我要表达的印象的一小半，另一大半是属于触觉的，视而不见。许丹的一双小手的确长得很好看，不用说它匀称、纤长、洁白，但是我碰它时得到的触觉，远远超过了这之前在视觉上得到的好感，而我并非是初次和女孩触手的少年。这真让我感到惊奇。触摸许丹"光滑"、"柔软"的手，包括她的手臂，我得到的感觉难用这些词语来表达，故我只说她的手长得很好看。

这是为什么呢？我是指自己握着许丹的手。我确信如果我把这件事告诉别人，那我本人十之八九会被对方揣测为一个精于此道的老手——你看，这事办得环环相扣，无懈可击。

但是，如果像我前面所述，许丹的手具有充分的独立的价值，那么我那晚一味地沉迷于对它的赏玩是完全可能的。当多年后我和许丹重逢时，那时许丹在感情方面已有相当的阅历，当我又一次梦游似地握住她的手时，她的目光意味深长地落在我们的手上，用一种见多识广而深有感触的语气对我说："过了这么多年，我现在发现你对我的手的态度很特别，只有你这么注意我的手。一般人家握住我的手总是要对我说什么，或者做什么，注意力并不集中在手上，但你对我的手可以说是专心致志，给我的感觉你握着我的手是在玩赏它们，兴致勃勃，不厌其烦。"

"以前被你捏过的手，总是有好几天软绵绵的，毫无力气。"

我回答她："我们一起去普陀山那年，我女儿两岁，当时我非常喜欢捏她的小手和小脚。大概就在那个阶段我对女孩的手感觉特别灵敏。当然我并不是把你的手和我女儿的手相提并论，这不可能，但是我在情绪上受到了你和郑老师的关系的影响，我握着你的手，而它又是如此小巧别致，这似乎就和我握着女儿的手有某种相通之处。"

许丹惊怪地说："你还说这种话，不感到羞耻，你只不过比我大十一岁，能有我这样的女儿吗？"

我说："从年龄上说是不能，但是从辈分上说呢？"

"郑老师曾亲口对我承认她这一生很遗憾自己没有一个女儿，内心非常愿意有一个像你这样的女儿，她说她非常喜欢你的长相，欣赏你的聪慧。"

"而我和郑老师的关系也不错啊，虽然我比她小十一岁，也是十一岁，但我这个小弟弟已是她的忘年交，在许多方面还比她更成熟些。长相上你看到了，我比实际年龄明显老点，郑老师比实际年龄年轻得多，这样在外貌上我们也很接近。"

"我说这些话的意思是，在我和你的关系中，郑老师是一个关键性因素。由于我们各自和郑老师的关系，我和你相处时，我对我们的关系也不太能把握了，许多东西交错重叠在一起：师生，男女，朋友。此外我感觉自己也很愿意以郑老师的那种方式拥有你。"

"对你来说这一定是不可思议的。"

"是的。"许丹平静地看着我，她现在不再像学生时代那么轻易爱笑了，尽管当年许丹的生活中所存在的问题和压力很多，而现在的许丹是一个过着富足安逸的生活的年轻漂亮的太太。

其实我的上述解说不可避免地向许丹透露了我和郑老师之间相互关系的某种信息，但许丹对此毫无反应，既像一无所知，又似不以为然。

我说："生活中不可思议的事多了。你还记得我们学校当时有一个姓丁的历史老师吗？他年龄比郑老师还大两岁，没有结婚，也没有女朋友，性格相当孤僻、古怪，学校里谁也不愿意为他的婚事操心，因为那么做只会自讨没趣。但是这个丁老师偏偏和郑老师关系相当融洽，对郑老师十分信任，他不仅愿意接受郑老师为他介绍女朋友，而且还私底下主动向郑老师要求。虽然郑老师多次热心的介绍都没有成功，但是不论是对方不满意丁老师，还是丁老师看不中人家，他对郑老师都毫无意见。一次，郑老师故意对他说，我为你介绍了这么多对象都没有成功，有人在开我们的玩笑，说我为你介绍再多的女朋友也不会成功，因为你其实心里是喜欢像我这样的女人，又不好说出来，是不是？丁老师闻言面孔涨得通红，好像受到了奇耻大辱。他说：'放屁，这些乌鸦嘴！在学校，我为什么只是和你这么接近？我也知道这有所不妥，但是在感情上，我是把你当做母性的象征——这并没有什么奇怪，我母亲去世时，就是像你这样的年龄！'"

许丹张大嘴惊讶地说："郑老师有这样的故事啊？我不了解。"

6

那天夜里吴伊娜入睡后，大概到了深夜十二点钟，她突然醒过来（据许丹说吴伊娜入睡后不太容易醒），睁开眼睛看看我们说："你们还在看电视啊，几点了？"许丹故意揶揄她说："我早就想去睡觉了，但是你睡在这儿，我怎么走啊？"吴伊娜说："对不起，你应该叫醒我。"许丹说："我叫得醒吗？"吴伊娜说："我睡得这么熟啊？对不起。"

第二天早晨，我们吃过早饭后和姚家宝父母告别，离开他们家去普陀山。姚家宝陪我们一块去。我们坐船到了普陀山，找好旅店后，出来吃午饭。那天巧的是，我们在船上遇见了同校的三个女生，因为我们这儿有两位男士，她们兴高采烈地加入了我们的行列，要跟我们一起玩。这样我们原本三人的队伍现在就扩大为七人。但是在吃午饭时，关于下午的活动七个人就产生了分歧：有人说要去登佛顶山，有人一听佛顶山就反对，称佛顶山上除了一座旧庙什么也没有，不如去千步沙游泳。分歧一时不能统一，作为唯一的老师我提出一种折中的解决办法：我和姚家宝两位男士兵分两路，姚家宝熟悉道路，去佛顶山由他带领，千步沙就在我们旅店附近，想去的跟我，晚上五点半在旅店集合，然后一块去吃饭——晚餐要喝酒。三位后来的女生举手去佛顶山，许丹要去千步沙。刚才的矛盾主要就在她们之间展开。许丹小时候跟妈妈去过佛顶山，她称那次累得半死不活，印象不佳。吴伊娜在两者之间摇摆不停，走出饭馆后还在犹豫，在目送她表哥一行远去时才作出最后决定，回头对我们说："我不会游泳，还是跟他们去。"就赶了上去。这之前她表哥在前面走几步回头对她招招手。可以看出吴伊娜本意并不想去登山的，她最后作出的决定还是为他人着想：她表哥随我们来普陀山是陪她来玩，和那三个女生根本不认识，把表哥留给她们显然不妥，而留下我们两个则无碍。

我问许丹："你游泳衣带了没有？"

许丹摇头说："在房间里。"

我说："你说要去游泳，又不带游泳衣。"

许丹说："我又不知道你们去不去。"

我们就先回房间取游泳衣。到了千步沙泳场，我租了一只救生圈，沐浴更衣后带着救生圈出来在外面草坪上等许丹。虽然即将从女子更衣室门口出来的许丹和络绎不绝地从那儿出来的各色女子之间区别不会太大，她的游泳衣的款式和颜色多半和别人相似，而我们在更衣室门前分手也只是几分钟之前的事，但是当我们重逢时，我们之间的变化对我肯定是一个颇为敏感的现象，作为她的老师我不得不怀着拘谨、困惑的心情等待这一时刻。

许丹露面了，她好像感觉阳光太大，眼睛有点回避，人也在门口站住，但同时她眯缝着眼睛向外打量，并很快看见了我。我举起救生圈向她摇摆。许丹微笑地向我跑来，她在跨步的瞬间姿态显得有点忸怩害羞，好像照亮她的身体的不仅是太阳，还有正在注视她的人的眼睛。许丹身着一件红色的、褶皱的、覆盖面很大的游泳衣，这种颜色和款式是很常见的，就身体的裸露程度而言，和换游泳衣前相比，整个大腿裸露了，但胸部遮掩到颈下。在我的感觉上，变化不在身体的裸露，而是在泳装所给予许丹的一种身体姿态和感觉，身着泳装的许丹跑动的身体，裸露的不是更多的胴体，而是一种纯粹的体态和体感，和她换泳装前相比，这甚至给人一种焕然一新的感觉。身体天然的结构，嫩丽、活力和含羞，一件普通的泳装似乎完美地呈现了这些。

许丹快要跑到我面前时，我忽然动作夸张地把救生圈扔给她，然后和她一起向海边跑去。

许丹以前从未下过海，她在游泳池里学会的几下平衡技术在水势浩大的大海里毫无用处，只好完全凭借救生圈漂浮在海面上。

虽然白天气温不低，但刚刚进入七月，海水还很凉。许丹曾说她耐寒力比别人强，现在看她的状态，此言不假，不仅她下水的动作直截了当，不像我畏畏缩缩，而且下水后她由于受到救生圈的限制，动作做得很少，几乎只是抱着救生圈随波漂浮，但是她一点也没有畏寒的表现。我不时地在她周围奋力地游一段，或者推着她的救生圈划水，让自己多活动，就是这样牙齿还有点咯咯打战，嘴唇发紫，但是许丹却像在家门前阳光下取暖，神情泰然自若，嘴唇始终红润，她的身体似乎与海水里涌动的无边无际的寒意绝缘。每次我关切而不可思议地问她："你不冷吗？"她都肯定地摇摇头。有几次，我筋疲力尽地游过去趴在许丹的救生圈上喘息，如果允许我稍微表达得夸张一点的话，我想说许丹浮出海面的肩膀被太阳晒得又白又亮，它好像充分吸收了光热，散发出暖融融的气息。我不知道，是我不由自主地想靠上去取暖，还是许丹体谅我又冷又累的状态，她本能地想用自己耐寒的身体为我驱寒，结果我们在救生圈上伸手援臂互相拥抱起来。此时，我不禁告诉许丹，并向她表示歉意："你的肩膀很暖，我的身体是不是像一块冰？"许丹说："我怎么一点不觉得冷？"我说："我信你了，你的耐寒力超人。"许丹突然凑在我耳边说："你背后有个人在看我们，还在对我笑。"我问："我们认识吗？"许丹说："不认识。"我说："既然我们不认识，这个人却有理由对你笑，我们也可以一起看他，并对他笑。"许丹揶揄地说："人家已经游走了。"

我掉过头，但见海面上远远近近漂浮着许多人和五彩缤纷的救生圈，有男有女，一片闪烁、空茫的景象。

千步沙离开我们住宿的旅店只有二十分钟路，我们准时回到旅店，姚家宝和四个女生已经回来，正在女生住的大房间里说笑着等我们。她们说："你们游到现在啊？"我们答："游了一会儿，在沙滩上坐了一会儿。"她们问："水凉不凉？"我们说："你们去试试就知道了。"

人到齐后就一起下去吃晚饭。我在要啤酒时本想让大家都喝一点，但是吴伊娜和后来加入的三位女生都摇头坚持不喝，只有许丹要喝。我就对许丹说："你的同学都不喝，你就也别喝了吧。"许丹不同意，她就像一个贪杯的酒徒那样抬头用一种不满而热切的目光望着我，好像她这会儿已经有点醉了，她说："我要喝，我们说好的。"我对吴伊娜说："你们俩是好朋友，这次她又是跟你出来的，你同意她喝酒吗？"吴伊娜摇头说："不同意。"我说："那你不劝劝她？"吴伊娜仍摇头说："现在劝她没用。"许丹说："为什么不让我喝？昨天我也喝的。"我说："昨天是在姚家宝家，他爸爸请你喝，我不做主，而今天我要对你们负责。"许丹很不高兴地瞟着我说："余老师，你这样啊？说话不算数？昨天不是说得好好的，今晚我也喝点啤酒。"我说："昨天晚上我不这么说，你还要喝酒。"许丹说："你骗我啊？我不管，你是老师，说出来的话就一定要做到。"旁边三位女生出来打圆场说："她要喝就让她喝吧，出来旅游不必像在学校那样。余老师你也暂时不要做老师。我们几个实在是喝不来酒，要不我们一定也要喝的，我们五个女生都疯起来的话，余老师你想拦也拦不住，就别管我们啦。"我看了她们一会儿，说："这么说是我太一本正经了？那就接受你们的批评。"许丹向那三位女生道谢。

这样就是我、姚家宝、许丹三人喝啤酒，吴伊娜等人喝雪碧。由于四位女生不喝酒，我们几位也喝得不多，总共喝了六瓶啤酒，一小时后晚餐结束。但拿许丹和我们两位比，可说她喝得不少，她也喝了两瓶。这晚我们自己喝自己瓶里的酒，这主意是许丹坚持的，不知道她是怕自己少喝呢，还是想了解自己酒量的深浅。我们本来只让她喝一瓶，她自己去拿了第二瓶。这也是一个我们喝了两瓶后就结束晚餐的原因。当时我们就干脆问她，还喝吗？其他几位女生看她这样发挥也各怀心情地问她，还喝吗？许丹以她水汪汪的眼睛盯着我们，说："你们是不是觉得我现在的样子很可笑？我知道的，我喝了酒嘛，那我不喝了。"

我们一行走出饭馆，我问许丹："现在做什么？回去洗个澡早点休息？"许丹大摇其头："我想去海边走走。"我想她喝了不少酒，去海边走一下，吹吹海风有好处。我和姚家宝也是不想马上回闷热潮湿的旅店的。我就问那三位女生："一起去海边走走吗？"她们犹豫了一下，回答："倒是想去的，就是今天爬山爬累了，脚上起了泡，不敢再走路，你们去吧，我们就不去了。"

这时许丹一个人已经穿过马路走在前面，样子很散漫，无拘无束。吴伊娜紧走几步赶上去想挽住她的手臂，就像她们平时走路那样。但是许丹这会儿不要，"你不要拉住我，让我自己走。"许丹这么说。吴伊娜就也不勉强，仍由许丹自个儿走在前面。我有点瞎起劲地跑上去提醒许丹："你要带我们去哪里？"许丹说："余老师，我发现你对我们说过的话总是忘记——我们现在要去海边散步，你忘了？"我问："你为什么走这条路？"许丹说："这条路好走，我刚才回来时发现的。"我说："许丹，你刚才对吴伊娜态度不太好。"许丹说："没什么的。"说着就停下，回头对吴伊娜说："对不起。"吴伊娜说："我知道你要对我说对不起的。"吴伊娜这种时候脸上温和而含蓄的一笑最好看。

夏天的海边，这时候天还没黑，甚至可以说大海和天空在这个时分都显得亮晶晶的。海滩上还有一些零星的游客。我们沿着海边一直走到被礁石挡着，表兄妹俩又像在朱家尖那样立刻爬上去抠一种寄生在礁石表面的硬壳生物。我跑过去看了一下，不解地问："你们为什么一到海边就来抠这种东西？"吴伊娜抬头看了我一眼，说："余老师，你觉得没意思？"我摇头说："我是看你们一到海边就不约而同地来抠这种东西，觉得有点奇怪。"吴伊娜笑，说："这是我们小时候的爱好。"

说起来很浪漫，这时许丹在海边唱歌。大海是她的听众，沙滩是她的舞台，但是她站的位置太深入，海水漫起来时直浸到她的大腿。她的裙子又像在朱家尖那样被海水浸湿，但是由于时间太久，裙子的喇叭花状昙花一现后，就完全浸入水中。我曾提醒她靠里一点，因为这样不仅危险，容易着凉，而且也不见得有利于她唱歌。但是许丹现在对自己的即兴表演很投入，并不想听我的。只是因为穿着不合适（她把游泳衣放回旅店了），许丹才没有再走下去一点，让海水漫至她的腰际——在视觉上这最合适。虽然许丹没有对我说什么，但是她忘情地唱歌即是在提醒我别打扰她。我这才退回去观察表兄妹俩在做什么，我对他们说："许丹是你们的客人，据我所知她平时很难得像今天这样淋漓尽致地一展歌喉，你们即使不关心她唱歌，也应该注意到她的安全。"吴伊娜微笑地向海边瞟了一眼，说："没问题的——你问他。"她表哥说："是的，余老师，你别看我在这儿埋头干这种细活儿，我一直注意着她的动静，也一直在听她唱歌。"

对表兄妹俩忙里偷闲抬头回答我问题这种情况我并非视而不见，因此我也没太打扰他们就从礁石上下来，回到沙滩上坐下。天色不觉暗下来了，许丹还在海边专注而忘情地施展她的音乐天赋，大海是她的听众，也是她的舞台，同时更是她的乐队，众多星星在天幕上好奇地眨着眼睛。在我和许丹有限的交往中，我完全不了解她有这么深的音乐素质和爱好，就我这个音乐爱好者来判断，许丹的音质虽然算不上上佳，但是她唱了那么多首歌，却很少走调，这就是在正式的歌手中也是难能可贵的。而且，每首歌许丹都唱得有头有尾，吐字清楚。应该说是大海和酒使许丹忽然对唱歌情有独钟，且有这种高水平发挥。但是这种情况在我身上没有发生，甚至那一刻我的反应和许丹差别很大。我也喜欢大海和酒，平时我也喜欢唱歌，但是现在我们一起来到这儿，许丹已经在我前面唱了一曲又一曲，我却一点也没有反应，不仅没有受到她的感染和鼓舞，反而好像许丹的表现越充分，情绪越高涨，歌声越嘹亮，我的内心就越像日落后黑沉沉的大海。

饮酒、歌唱、游戏、观海，这些内容应该让我和他们仨一样热烈和痴迷，但是我却心事重重，手足无措。

在回旅店的路上，姚家宝对他表妹说："你这位同学歌唱得很好。"

吴伊娜说："你很幸运，免费听了场音乐会，作为她的同学我都是第一次。"

"作为她的老师我也是第一次。"我补充说。

许丹回头问："你们在说我什么？"

吴伊娜抿嘴一笑，说："姚家宝表扬你歌唱得好，我和余老师说你发挥得这么好我们也是少见。"

"我以前没见过，不是少见。"我纠正她。

吴伊娜说："还是老师用词准确。"

许丹瞥了我一眼，脸上挂着笑容问吴伊娜："你们在说反话吧，觉得我很可笑啊？"

吴伊娜说："为什么？你不认为自己唱得很好吗？"

许丹说："我不是说唱歌，是说我的表现。"

"你的表现怎么了？"吴伊娜问。

许丹说："我也不知道。我今天喝了几瓶啤酒？"

吴伊娜说："两瓶，不记得了？"

许丹说："是两瓶啊？我记得是两瓶，我和余老师、姚家宝每人两瓶，余老师还喝了一小瓶白酒，我也想来一杯，他不给。但是在我的感觉上，我好像喝了五瓶到六瓶。我心里很清楚，但是我就有这种感觉。我过来时走得很快，因为我不想对你们说什么我喝了五瓶六瓶啤酒。如果没有这种感觉我大概不会要唱歌的。"

我问她："现在还有这种感觉吗？"

许丹看我时脸上那种笑容很难捉摸，我不知道她是在认真看我，还是目光在我脸上一掠而过，而那种笑容本身就像平常那样温和、甜蜜、带点窘迫的。

"现在无所谓了，"她说，"你们看到我刚刚发作过。但我今天不是真的喝多了，我只喝了两瓶。我曾经喝掉过一瓶红葡萄酒，醉了，但不像这次这样，只喝了两瓶啤酒，会感觉喝了五瓶六瓶。我以前没有喝过啤酒。"

我问："那多出来的三瓶到四瓶是什么呢？"

许丹显得有点惊异地看着我，说："不知道。"

我们在普陀山住了两个晚上，第三天下午离开。我们在码头兵分两路，我和许丹直接坐船回上海，其他人回定海。吴伊娜要跟表哥回舅舅家住些日子，三位女生还要从定海坐船去宁波。旅游线路是出发前就定下的，所以我们一上普陀山就托旅店的老板娘预订了两张返回上海的船票。记得我们在码头上买了方便面、火腿肠和茶叶蛋。那是一个四人房间，我们登船时同房的另两位旅客还没到。当时我就征求许丹的意见，如果同房的两位旅客问我们的关系（会有这种人），我们怎么回答？这本来应该不是一个问题，我们的工作证和学生证都带着，绝无伪造，但我却郑重其事地这么一问，这似乎表明我们完全有必要事先统一说法。那么又会有多少不统一的说法呢？果然，许丹回答："就说我们是表兄妹，或者说你是我舅舅？"当然，许丹不会选择"男朋友"这种说法，但同时她也回避了另一层现实关系。是我们不像，还是她是这么理解我的提问的针对性的？是啊，说什么好呢？我们之间的年龄距离除了不该说我是她爸爸，别的都能凑合的，但是眼下我们在别人面前选择什么关系对我们自己而言是最合适的呢？我说："表兄妹不合适，这听上去就有点假。就说我是你的舅舅好啦。"许丹说："好的。"我说："那你待会儿别在人家面前喊错。"许丹笑，说："幸亏你提醒，那我先喊你一声。"我没准备让许丹练习一下的，许丹就张嘴喊了一声"舅舅"。

我们正在房间里谈论这件事，同房的旅客来了，有四人，夫妻俩带一个孩子，和一位老人。那个中年男人进门就说："这间倒是四人的，早知道这样，买票的时候问问清楚。"他老婆说："那问问人家能不能和我们换。"中年男人就打量了我们一下，走过来对我说："不好意思，我们四个人买了两个房间的票，隔壁那间是双人房，你们是两个人，能不能和我们换一下？"我看了许丹一眼，问："你说呢？"许丹说："我不知道。"我对中年男人说："这间房有洗面池，那间有没有？"中年男人说："一样的，就是小一点，少一只床，过去看一下。"我们就跟中年男人过去，我说："很小的。"我还是看许丹，许丹也像我一样犹豫不决地说："很小的。"中年男人说："房间是小了点，不过晚上主要是睡觉。换一下大家都方便。"我作决定说："那就换吧。"中年男人立刻兴高采烈地把他们的行李搬过去，我们回去把我们的行李搬过来。

其实对这个换房建议我从一开始就没意见，这既让我感到新奇，又确实是与人方便的好事。即使于自己有所不便，在那种情况下也不见得应该告诉人家："我们是师生关系，所以，抱歉。"但我的反应却有点像是和中年男人斤斤计较，不管这有什么必要，这种装模作样的架子反而令人觉得更加难堪。如果我当时直截了当地答复中年男人，许丹的态度也不会那么暧昧含糊吧。因此当我们重新坐下后，我侧过脸对许丹一笑，对她坦白地说："还是这儿好，就我们俩，比那儿安静，要是和他们住在一起，不要吵死了。"许丹脸上也挂着笑容，说："是的。"我说："你刚才注意到没有，我有点装样子，好像不愿意换，其实是怕你不同意。"许丹说："你是我舅舅啊，你怕我做什么？"我说："你听刚才那个人说，换一下大家都方便，他是当我是你男朋友的。我想既然要和他换房间，就别告诉他我是你舅舅。"许丹说："毛病，真想当我舅舅？我家就是舅舅多。"

我俩坐下后一小会儿，船就起航了。这个新房间仅约四平方米，除了一只双层床外几乎没有活动余地。船上的广播喇叭在播送一段轻快的音乐后通知旅客，船上的餐厅开始向旅客供应晚餐。我问许丹去不去餐厅吃晚饭，许丹摇头说，餐厅里很乱，饭菜很脏，情愿在这儿吃方便面。在泡方便面前我们先把在普陀山换洗的湿衣服从包里取出，我想办法在房间上空利用床架和通风孔拉了一根纤维绳，把衣服挂上去。我吃了三盒加火腿肠和茶叶蛋的咸菜方便面，许丹也吃了两盒，从我们的胃口和用餐时的愉快情形可见许丹的意见是对的。

吃完方便面我提议到甲板上去走走，许丹倒也乐意。甲板上有不少像我们这样成双结对而可能比我们关系单纯的男女，我们和他们一样靠着船栏看海。黑沉沉的海洋，与其说我们看到，不如说听到了它的辽阔和虚无。我对许丹说起了我第一次坐轮船的经历，那次我单身独行去青岛，在我上大学的第一个暑假。当时我还未满二十岁，没有女朋友，友谊也不稳定，我故意一个人进行这次青岛之行（人生的第一次远行），内心的确有所向往。但是对爱情的渴望还只能表现为一种得不到满足的性幻想。在去青岛的船上，也是在甲板上，我、两个女孩、另一个像我一样的单身男青年偶然相遇交谈起来。虽然我们初次见面，彼此还不知道姓名，但我们交谈得很热烈，持续时间很长，从起初有人旁听，直到整个甲板上人都走光了，我们还在夸夸其谈。那个男青年是工厂技术员，我和两个女孩都是学生，而谈话主要在我和其中一个能言善辩的女生之间进行，所谈内容充满形而上色彩，和我们自身的生活状态无关，这不仅反映了青年人的胸怀和豪情，也有我们之间互不了解的因素。我和那个女生的交谈其实是一场无休止的争论，我扮演了一个极端、叛逆的激进分子，那个女生则每当我抛出一种惊世骇俗的论调就毫不留情地反驳我。其实我想，我没有那么不可调和，那个女生恐怕也没有那么因循守旧，这其中定然有我们刻意要表现的一种性别姿态。那个技术员由于年长我们六七岁，他在我们之间充当了一个宽容而公平的裁判员，一会儿把手举向这边，一会儿举向那边。而那个女生的同伴，她就像一个好奇热心的观众，但她不只是她的女友的支持者，她的水灵灵的眼睛里充满赞许友好的目光同样也不时落在我这边。和她的同学不同的是，这是一个文静、柔和、含蓄的女孩，从头至尾她只说了没几句话，而每当她开口时就在她的表情上显出了和她倾听时的温婉沉静不同的腼腆。在深夜的海风里她显得很冷，但她自始至终对我们的谈话表现出热情和兴趣。这样的邂逅和交谈对我来说也是初次，别后印象很深，但虽然我们三方在甲板上分手时互相留下了通讯地址，暑假结束后我寄出的唯一一封信却是给那个技术员的。我在信中对技术员高谈阔论了一番友谊，可遇不可求的、志同道合的、超越时空距离和社会阻隔的友谊。这封信我至今不知道技术员是否收到。

"那时，"我望着阴沉沉的海面对许丹说，"我站在甲板上，心境和现在有很大不同，我心里好像时刻有一种强烈的内容要向人表达。但那时，我能够向人表达的只有友谊，但是友谊本来是应该在和朋友的交往中自然体现的，专门谈论它只会让人感到矫情，更何况去向一个只有一面之交、彼此很不了解的男人大谈旷古空前的友谊，人家不给我回这种疯狂的信是情理之中的。但是，在当年，经历了那个不眠的海上之夜之后，我除了向那位与此相关的男技术员表达热烈的友谊之外，还能做什么呢？不见得我给和我辩论的女生的文静含蓄的女伴写信，向她作爱情的宣言吧。那时，人生对我还很遥远，我的一些认识非常形而上，经验方面太欠缺。"

"现在呢？"许丹这么问我。

"现在啊，"我考虑继续以海为喻，"如果把我那时的心境比做阳光下的海面，它闪烁、起伏，好像总在不停地倾诉着什么，那么现在我的心境就有点像这夜里的海面，它同样在波动，积蓄着力量，不过它幽暗、混沌，看不清楚。"

"说起来很奇怪，过去我没有人生的经验，但我对一些人生大问题的认识却很明确，并热衷于表达，向人阐述。我在大学二年级时写的第一封情书，写了一万个字。那是写给我初中时代的一个女同学。应该说，我对那个女同学印象不坏，但初中毕业后我们几乎没再见过面，我只知道她小时候是个温和文静的女孩，其实对她的了解很不够。我给她写那封情书是由于两件事，一是我们考上大学的一些小时候的同学搞了一次聚会，操办的同学把她也找到了，大家在一起逛了半天公园，吃了一顿饭，这样我又见到了她，发现她已是一个亭亭玉立的大姑娘。第二件事是当时我正在读郁达夫写给王映霞的情书集，这本书在我的感情生活中是一件大事，郁达夫狂热地追求王映霞时的内心情态，他表达感情的语言方式，使我久久地激动，给我很大的影响。这种情况下我情不自禁地用了一个晚上时间，通宵达旦，给那个意外闯入我生活的女同学写了那封万言长信，信中充满了许多郁达夫式的炽热言辞。"

"这封信寄出后第一个礼拜我等待着回信，但从第二个礼拜起，我内心却渐渐淡忘了它。最终这封信的命运和我写给那个技术员的信还是有所不同，在三个多月后，经过了一个寒假，我忽然收到了她的回信。现在我心里很清楚，当时我写给女同学的信和写给那个技术员的信，虽然内容上都表达得十分明确，但是收到这两封信的对象对我来说都是不明确的，即在我向他们谈论爱情和友谊时，我们之间并没有发生心灵上的感应，就说我是一相情愿都谈不上。所以我写完信后心情很快就恢复了平静，并不十分在意对方的态度，他们只是让我有点尴尬而已——这时真正显出了我们之间的隔膜。"

"而现在，"我往下说，"虽然我有了许多人生的经验，但是我在认识上越来越'暧昧'。过去我总是热衷于在人生的观念上做出一些挑战式的姿态，而现在我在生活中越陷越深，对一些人生大问题却避之唯恐不及。过去我的生活和追求十分单纯，易于把握，现在我却好像迷失了方向，走过的道路似乎已日益成为一种障碍，面对同样的景物心境和过去大相异趣……"

"余老师，我问你个问题，你是不是特别喜欢文静的女孩？"许丹忽然这么问我。

"为什么这么问？"

"你今天说过多次，这是个文静的女孩，这是个文静的女孩……"

我瞟了她一眼，说："你认为自己不是文静的女孩吗？"

"不知道，你说呢？"

我笑笑，没有回答。

这时候在许丹面前的我已不再是那个在去青岛的船上的大学

生，也不仅是有点阅历的男人和道貌岸然的老师，我心里还有一种心血来潮、异想天开的东西，即似乎我和许丹之间有一种亲如父女的关系。这不单单是随心所欲的想象，好像也有身不由己的体会。且慢说我此话变态，其中也有值得一议的合理性。从年龄上说，我当许丹男朋友稍嫌大，当她爸爸则太荒谬。但是如果换个角度，从我们双方和郑老师的关系来看，我有这种乐为人父的感觉也是顺理成章的。何况其中还有两个推波助澜的因素：其一，许丹在幼年时失去了爸爸；其二，我有一个和许丹当年一般大的女儿。这么说，我在和许丹的关系中体会到这层意味，可谓还有点美好。这种感觉在这天夜里表现得最为极致，让人困惑不已。

由于甲板上风太大，我们站了一会儿就进去了。漱洗后，我们准备休息。许丹说她想换睡衣，不愿在床上弄皱漂亮的连衫裙。她看着我好像在向我求助。我也想换睡裤，就说我到上铺去换，她在下铺换。我换好后在上面说："下来啦。"她说你下来吧。她也已换好睡衣。许丹这身睡衣我在姚家宝家见过，棉质的，白底红花，分短衫长裤两件。许丹穿这身睡衣有点像我爱看的跳民族舞的女孩，特别突出了她的柔嫩和娇媚，有焕然一新的感觉。

我们一起在下铺坐了一会儿，许丹先躺下，不多时我也挨着里墙躺下。床铺狭窄，照理不适合两人合用，但从客观上说，上铺已摆满我们的行李杂物和从当地带回的土特产。我们两人合理地安排身位，一人平躺，一人侧卧，也还可以对付。我衬在许丹颈下的手臂也让出了有限的位置，同时又表示一种有意味的关系。

而我对许丹说的是我前面谈到的内容："我有一种感觉，好像我们是父女关系。"

许丹扑哧笑出了声，说："你怎么会真的有这种感觉，你比我大几岁？"我说："我是想到了你和郑老师的关系。"许丹更觉奇怪："你又不是郑老师的老公，郑老师比你大多了，你最多只能做她的小弟弟，我叫你一声舅舅还凑合，你不要得寸进尺。"我辩称："我也知道从年龄上讲是这样，但我还是情不自禁地对你有这种感觉。"许丹顿了一下，说："我不知道。不过我爸爸死时大概也像你这么大。"我说："那我今天就做你爸爸。"许丹又笑，说："我不知道爸爸是什么样的，是像你这样的吗？"

　　我想我当时不可能想象自己抱着一个两三岁的幼儿，那么我是假设自己是仍然活着的许丹的爸爸吗？许丹则不可能这么想，她的父女情结在她的幼儿时代发生了断裂，她很有可能在刚才我们那番交谈之后魂归旧梦。迄今为止我的怀里还没有福气躺着这么大的一个"女儿"，许丹则以青春之躯依恋着幼儿时代的"爸爸"，客观地说，我们双方都没有这方面的经验，面对这一如同从天上掉下来的奇情幻境都不知所措，失去了平常的判断力。

　　首先，由于床位太窄，钢丝床垫又往中间塌陷，我们相互挨得很紧。从主观上说这也推动了我们亲近对方的愿望。其次，事到如今，我该对前面的叙述作一点补记：无论是在姚家宝宝看电视的那个晚上，还是在千步沙游泳的下午，那两次我都主动亲吻了许丹的额头。在千步沙游泳时，许丹提醒我，有人在你背后看我们，那时我正在亲吻她。也许我还想作一个补充交代，我在和许丹的关系里产生乐为人父的幻觉并不初见于回程的船上。而现在，我不仅同样吻了许丹的额头，还亲吻了她红润饱满的面颊。这有什么问题吗？我脑中也闪过这样的念头，但事实上我已不能把握自己。我的亲吻一直移至许丹嘴边——就像怀抱女友似的,我紧紧抱着她,向她侧卧,一只手沿着她的头发、面颊、肩膀、腰窝轻轻抚弄。我如梦似幻地在她耳边称呼她:

"女儿。"

许丹好像愣了一下,然后答应道:"爸、爸。"

我不想再有什么情况留待以后补记了,有一件事,在我们相互重复那两个称谓时,我不仅一直在抚弄许丹的肩膀和腰窝,我的爱抚也包括许丹的胸脯。由于我们想象中的关系和客观存在的部分之间有较大的错位,因此我们的身体好像和我们的故事完全隔离了,我放在许丹胸脯上的手并没有妨碍我们仍那么互相称呼。但这其实也许只是表面现象,更真实的是我们不愿对这一新奇神秘的事件作出敏感的反应,就好像我们守护着一个睡眠中的婴儿,只怕惊醒她。我不是不知道自己在做什么,许丹也不能对此无动于衷。一个男人抚摸女孩发育的胸脯,这女孩还是第一次,这在双方都是很强烈的事,但是我们又都小心翼翼地守护着那个轻睡的婴儿。我不光是说许丹没有作出过激的反应(那样也很正常),我也表现得轻柔温和,若即若离。我这不是指我们在表面上故意假装不知,就好像我们有点年纪的校长经常倚老卖老地在校园里随意拍摸女生的脑袋那样。我的动作并不能掩盖它的有意识,而许丹有时则让我感觉碰到了她的痒处,这也是一种敏感。显然我们装聋作哑的是彼此间的两性意味,而专以游戏的态度对待它。其中女生一方的懵懂(这是可以假设的事实),也为许丹自己有所利用,不用说我会顺水推舟了。而另一面,我继续称许丹为"女儿",许丹由于在幼儿时代就失去了父亲,疏远了这一称呼已久,所以每次回答都不能自已地有点结巴，"爸、爸"。我还解开了她的短衫扣子，露出了她的胸脯，从门玻璃上透进的走廊光晕在那个位置呈一团乳白色，晶莹精致。这样也只是让那个不可捉摸、微闭眼睛的婴儿翻了个身，并未惊醒。许丹戴着一只普通的白胸罩，但它所突出的这个女生的成熟饱满看起来并不寻常。当时对我们来说好像只有两件事具有不可回避的性意味：一是直接嘴对嘴接吻；二是做爱。这并不包括胸罩也是一个禁忌。但我并没有去和许丹谈论它在睡觉时对健康的危害。我要在这段叙述的最后说明的是，那晚我虽然抚摸了许丹，但我们没有做爱，以此为标志，我们的关系没有改变。不过在我亲吻许丹面颊时我们忽然触犯了另一禁忌：嘴对嘴接吻。因此我们的关系在那个不眠之夜事实上一直如履薄冰，岌岌可危。

早晨五点半轮船进港，六点钟我们下船。码头外拉客的出租车虽不少，但问了两辆，都不愿走，原因是许丹家那条街比较偏僻，返回时不容易拉到客人。这当然是出租车行规所不允许的，但我当时也没和他们理论，改叫了一辆残疾车就喊许丹走了。在车厢里，我们俩和几大包行李物品挤作一团，许丹靠在我胸前，我一条手臂环抱着她。对于残疾车正在驶向的别离来说，这样的气氛未免太伤感了点。我们俩互相都没有说话，只是许丹有几次回答驾车男子问路的话。我想起来了，许丹每次答话时都俯身向前撩开一角身前的遮雨布。就像许多电影会表现的那样，那个早晨下着不小的雨。那一刻，似乎也只能以一场扰人的淫雨来表达我们的心情，我们虽然各怀心事，但都难以言传。

就说我吧，在这分别将临之际，我还不知道我对这件事是什么态度。现在我们还在一起，相靠很紧，但是我在做什么呢，以后又会怎样？不管我当时有没有认真想一想，我所最关心的一个问题应该是，我们分手后，对我和许丹之间发生的这些事我会不会产生后悔？好像这种担心比后悔本身更早地盘桓在我心上，而后悔的内容尚不可捉摸，唯能假定它有极端的两层含意：一是对我和许丹关系的暧昧化，对此我应负主要责任；二是对我那晚上优柔寡断的态度、装模作样的表演。这是完全相反的。我知道像在轮船上这种同居一室的巧事以后即使作刻意安排也难周全，如果说我会后悔和许丹接吻，说实话我同样也会对放弃这一天赐良机追悔莫及，比如说我在和许丹接吻时仍装做这只是表示某种姿态的形式，这难道不会让我耿耿于怀吗？我想这种后悔是不可避免的，虽然在残疾车上我脑子里一片混乱，但是不用多久，也许我回家后仍会失眠，而在我冲澡时就会有一种情景醒目地浮现出来，它已经镌刻在脑海里难以抹去。的确，我很难忘记在船上那晚许丹的身姿和容颜，作为老师（且不提别的），我来谈论女生的身体是一件很过分的事，但是我又如何能在那晚之后即将它置之脑后？我感觉，许丹的身体给我留下的印象，甚至比在船上给我的视觉和触觉还要强和深，这也许已有某种悔之莫及的因素。就生理上的反应来说，在船上那个不眠之夜许丹换了睡衣后我就有，后来反复多次，而回家后冲澡时再次产生。这使我不由自主地想起了第一次夜访郑老师的情景，表面上看事情有点不可理喻：对郑老师我准备已久，意图明确，身体却临阵怯场。对许丹我一直怀着不知所措的心情，生理上却毫不犹豫。但作为一个过程来看，可说我在郑老师那儿得到了不可多得的锻炼，这方面郑老师是更合适的人选。

　　关于我俩在颠簸狭窄的残疾车里的状态，再说说许丹，她虽然紧靠在我胸前，但我能感觉她的心情和我一样迷茫、压抑，不过她所关心的问题和我不同——如果确切的话，那正是我不希望她想、更担心她问的，即我为什么这样，我对她的态度。早在朱家尖沙滩上我们并肩散步时我就知道有一个这样的问题。我们心里都明白，这当然不是我们后来在船上虚拟的"父女关系"、更不是师生关系所能解释的。但许丹一直都没问我，而在这最后时刻，她好像更难以启齿，好像自己会说出不合时宜的怪话来。她沉默的依偎，一路上都让我忐忑不安。我知道许丹这个疑问会改变我们的关系，然而结果是更真实、更接近呢，还是相反？我也有理由问许丹同样的问题，但是这只会是许丹向我发问时我的条件反射，我自己从没想要向许丹请教她对我的态度。也许多年的校园生活给我的经验和直觉告诉我，像许丹这样的女生，在和像我这种年龄、阅历的男人在一起时，她现在所能把握的，她必然特别关心的，与其说是自己的态度，不如说是这个男人对她的态度。那么，反过来说，我是否对此产生了某种障碍呢？

残疾车终于把我们送到了目的地，我让司机在路边等一下，我先送许丹回家。在楼下门厅里我们俩道别。分手时我也许应该像我们校长那样慈爱地伸手拍拍她的脑袋，但是我两手都不空着，只是站着对许丹微笑。许丹在上楼时也两次回头向我微笑。然后，无论我想对她做什么，她想对我说什么，这一刻都过去了。我出门回到路边，残疾车还在等我，我再次提着行李物品上车——这回是一个人了，好像，很久没这样了，心里有一种又轻又空的感觉。

8

　　我们在暑假里没再见过面。这似乎不合理，从我家到她家坐公共汽车需要两个小时，这显然没有说服力。这件事让我体会到，除非在出门旅行的那几天里我们彼此不加约束，否则分手后中断的事情定然会涨满我们心房，我们只有耗神费时去消化它了，其结果有可能出现不可恢复的断裂——因为我们进行同步消化的可能微乎其微，而我们的关系里本来就存在两种相互排斥的因素：回避和亲近。这是我们以后难以安排如轮船上那种独处机会的真正困难之处。

　　在我回家后的次日上午，我在床上躺了整整二十四小时后，起身给她打电话。接电话的是她外公吧，他不回答我许丹是否在家，只问我是谁。我下意识地回答我是许丹的同学。对方问，你有什么事？我说，许丹在家吗？对方停了一下，说，许丹去医院挂盐水了。我吃了一惊，问，许丹生病了？她前几天不是还在旅游吗？对方总算把情况讲清楚了："许丹昨天旅游回来就病倒了。"大概过了四五天，我又打电话去，这次是许丹本人接的，她好像身体很虚弱，没力气讲话，声音显得没精打采的。我说："许丹，我给你打过电话，是你外公接的，说你回来后就病倒了。"许丹说："是的。"我说："你外公问我是谁，有什么事。他好像不喜欢有人给你打电话，这两天我就没和你联系。"许丹说："我在医院挂了几天盐水。"我问："现在好点了吗？"许丹说："热度退了。"我说："我本想问你有没有空过来玩，我请你吃顿饭。"电话那端停了一下，然后传来她的声音："谢谢，我不过来了。"我问："是身体原因吗？"许丹说："是，现在虽然热度退了，但医生说还会有反复，是病毒性感冒。另外，这次出去几天，在海边风吹日晒，回来后我姨妈说不认识我了，皮肤晒得乌漆墨黑，手臂上肩膀上还有许多地方在脱皮，所以我想暑假里待在家里养养皮肤。"我说："行，那就等你身体康复、皮肤洁白如初后再请你出来。"许丹又停了一下，说："余老师，你别再说请我吃饭了，这次你已经请我们吃了好几顿饭，一路上还花了不少钱，你的好意我心领了，但说实话我并不需要你这样。"我说："行，那我就等你邀请我。"许丹说："可以，不过现在我还没条件请你吃一顿像样的饭，等我参加工作以后。"

"我记住了，我有耐心的。"我说。

其实我如果只考虑要和许丹见面的话，许丹的回答还是有变通的机会，因为如果说许丹不便出远门，那我可以提出我到她家去，请她在她家附近的小花园见面，我估计对此许丹无法拒绝。但是我的脑子里好像只有一个主意，除非许丹到我家来，别的都没有意义。那我是不是企图安排一场和轮船上的情景相仿的重逢呢？由于许丹强调了她病后的体质和被海风日光损害的皮肤，我就无话可说了。

八月份我又出了一趟远门，和几个朋友去洛阳、西安、成都、重庆等地跑了一圈。这几个月老婆不在（也许读者快忘了，我老婆上美国去了），但无拘无束的日子并不如想象中那么……

我无法表达这种感觉。

新学期开学第一天，我在办公楼下和许丹撞个正着，她从里面出来，我们都"哦哟"了一声，她的额头差点撞在我鼻尖上。我说："是你啊。"许丹拍拍受惊的胸脯说："对不起，吓死我了。"我说："别急，在办公室啊？"许丹说："在郑老师那儿。"我停了一下，说："身体好了？"许丹还没反应过来，旋即脸上露出笑容，答道："早就好了。"我说："皮肤也好了，洁白如初。"许丹拍拍自己的脸颊，笑靥如花，说："好了吗？"我点头说："你后来没再出去过？我八月份又和几个朋友跑了一趟西安、成都。"许丹看着我说："怪不得你比上次还要黑。"我笑说："我本来想喊你一起去的，但又想不要影响你养皮肤。"许丹说："去，我们女孩子的皮肤和你们男人不一样，而我的皮肤又特别不经晒。"我说："我现在也要养皮肤了。"许丹笑，要说什么，这时吴伊娜也从楼里出来，过来喊我一声，挽住许丹的胳膊。她问许丹笑什么，许丹脸红红地指着我，但又说以后再告诉吴伊娜。我和吴伊娜聊了几句，彼此就分手了，她俩穿过草坪去教室，我上办公室。

我回头望了一眼她们离去的背影，对两人亲密无间的状态好像有点忧心忡忡。她俩头凑在一起，一路在说悄悄话，好像还在窃窃地笑。我知道许丹刚才所说以后告诉吴伊娜的事是指我关于要养皮肤的话，但是我的忧虑的目光在想许丹还会对吴伊娜说什么呢？对于开学后和许丹的见面我来学校前想过很多，但是这次相遇比想象中的突然和简单。这次见面的情形好像全无暑假里发生过的事件的影响，它似乎与原来的关系衔接得天衣无缝，还多了一层亲切感。我感到这不是简单的伪装，它是真实的，身不由己。我们之间所发生的断裂情形似乎远在校园关系之外，它成为另一种真实，我们现在不太容易直接面对它。但我们可能会在别处谈到它，例如我在西安、成都之行中曾把这件事对我的一个好朋友讲了，并在讲述的过程中作了一定的修改。那么，我现在想的是，许丹会对吴伊娜讲什么呢？她是怎么对待这件事的？她如果对吴伊娜或其他人（如郑老师，她刚从郑老师办公室出来）讲述这件事会作什么修改？

　　新学期郑老师还是星期四值班，开学的第二天即是星期四，这天晚上我于老时间上楼去郑老师宿舍。果然，门像以往一样轻推即开，郑老师在昏暗的灯光下独坐床上看电视。我把门锁上，来到郑老师面前，和她微笑相望。我没说什么就俯下身去抱她。读者可能会想，这个人已有两个月没和郑老师在一起了，这晚恐怕一心想着和郑老师做爱。的确，是有这种状况，我只是礼节性地抱了一抱郑老师后，立刻就给她脱衣服，进去后才腾出手做别的喜欢之事，如抚摸她的胸脯。但也不能完全说我迫不及待，因自从在南京听郑老师谈她对关翔每次做爱前的"准备活动"的态度后，我老有一种心理要在郑老师面前显示自己的区别，而第一次失利后这种心理只会变本加厉。我那晚状态又格外好，还没走到郑老师面前就跃跃欲试了。

　　我们累了才开始交谈。郑老师先发出一声浅笑，在我耳边说："我知道你今晚要上来的。"我问："为什么？你是说我两个月没见女人吗？"郑老师顿了一下，说："谁知道你，你会这么洁身自好吗？"我在她耳边问："你说的洁身自好是对你吗？"郑老师说："我配吗？是对你老婆。"我有点夸张地叹着气说："郑老师，你讲话有没有问题？我现在和你在做什么？我还能谈对老婆忠贞守节吗？我要说还有多少洁身自好的行为，那也只能说是对你。"郑老师听了不响。

这晚我们做爱的过程延续很长，我们或者边做边在对方耳边说话，或者彼此紧一阵松一阵。关于忠贞守节的话题，我还和郑老师谈到两种情况。一是，我和郑老师的关系，对小青是不忠，但我和小青的关系，就不能视为是对郑老师不忠。当然，郑老师并未这么看。另有一种情况是，假设我意外和"小姐"发生了关系，那也不能视为对郑老师不忠，因为这种行为在伦理道德范畴是个例外情况，在感情上没有内容。郑老师说："这么说你在暑假里有过这种情况？"我要求郑老师在对我的看法作原则表态后，再来谈论具体情况。

郑老师便说："不管怎样，你如果把性病传染给我，你就不是人。"

"你也要对你老婆负责。"郑老师又加上这一句。

我发誓说在这件事情上我绝对会对自己负责。关于"具体情况"，我竟涎着脸给了郑老师一个肯定回答。对此郑老师多半是不信，她认为我是在和她做爱时故意对她说这种离经叛道的话刺激她。郑老师的看法明显有一定的道理，因为在做爱结束后，我好像担心会突然控制不住自己昏睡过去，立刻向郑老师郑重申明：

"我刚才说的话是假的。"

"什么话？"

郑老师这么问是因为前面我们除了谈到上述话题外，还谈到暑假开始时我和两个女生的那次旅游。郑老师说她听许丹告诉她，我们这次玩得很开心。我说："是许丹这么说吗？我这次是你派去当她们两个的陪同和保镖的，她们说玩得开心，我的任务就算圆满完成了。"郑老师说:"你这么理解?这件事为什么和我扯在一起?是人家选中你的。上学期有一次许丹问我,余老师是不是和你关系很好?我说是的。许丹说,她也对你印象很深,暑假里想邀请你一起出去旅游。你们这次回来后,我发现许丹对你的印象更深了。"我说:"是许丹对你说的?"郑老师说:"这用得着说吗?我是做学生思想工作的,一目了然。"

我说:"我记住了。"

随即我用一阵大幅度的动作来填补这段谈话留下的空白和停顿。

忽然,我伏在郑老师汗涔涔的胸间对她说:"我想喊你妈妈。"

郑老师被我吓了一跳,说:"你瞎说什么!"

我停了一下向她解释:"你不要误会,我不是说你老,我是在说我们两人和许丹的关系。你和许丹亲如母女,而你又说许丹对我印象很深,你的潜台词好像要把女儿介绍给我,那你不是也要做我的妈妈吗?"

郑老师说:"胡说八道,我看你是自己迫不及待地想讨这个女婿来做!"

我说:"不对,刚才我是从我们两人和许丹的关系来说的,再从我和你的关系来说,我又不能和你的女儿做男女朋友。"

郑老师说:"你想做也应该选个好时间。"

我回答:"你以后也不要怕我喊你妈妈。"

郑老师认定今晚我在和她做爱时存心乱说话,她认为我根据她所提供的许丹对我有好感的情况就引申出她本人想做我"妈妈",这种推论纯属天方夜谭。

但郑老师真是不了解我不会这么简单吗？她俩在一起时谈论过什么？

"妈妈。"

"住嘴。"

"妈妈。"

"……"

我们加快速度终止了这个涉及"乱伦"范畴的难题。

我多次问过自己，对郑老师和许丹，我内心是否真的有那种"父女"、"母子"的感觉？我发现不能简单地这么说，那种关系更多的是我在逻辑上的推论和想象。这里就出现了两种情况，一是我在她们两人面前并不回避谈论这一话题，而且是主动启发她们，好像还有点为自己这一别出心裁自鸣得意。当然这一情况还有一个因素：她们两人互不了解我和对方的具体关系。第二种情况是，我在和她们谈论这一关系时，我的身体也并不回避对方的身体，丝毫没有受到妨碍，相反积极性始终很高。我和郑老师在一起时，还再三延长了做爱时间，欲罢不能。我和许丹在船上时，身体状态毫无问题，只是由于思想上的顾虑才被制止。我更担心的并不是正在谈论的内容，而是回避真正的现实问题：许丹与我的师生关系及她的年龄（未满享有选举权和被选举权的法定年龄）。

新学期开始后，日子恢复如初，我每星期四晚上留在学校和郑老师幽会。和许丹的关系则回到了课堂上，每周照常两次上课时见到她。所不同的是，许丹现在在课堂上不太抬头看前面，倒是她的同桌吴伊娜上课时抬头托腮的次数多了，时间长了。同时，我和郑老师在幽会中交谈越来越少，在做爱后经常只是沉默地交股而卧。但也不能以此就断言我们的关系越来越苍白空洞。首先，在我和郑老师之间唯性关系是不存在的，其次性关系本身也并不苍白空洞。如果幽会的时间、地点、目的一成不变的话，我们终将因缺少新话题而沉默。但做爱本身不会受到影响，相反它的意味会更加突出、扩大、醒目，内容推陈出新。这一多姿多彩的活动在沉默中也代替了语言交流，不仅对郑老师，对我来说里面的新内容也层出不穷，令人惊喜莫名，可意会而不可言传。我这么说并不敢在郑老师面前自以为是，但一个人的性经历并不和其年龄成正比，年届中年的郑老师对做爱之道的确所知甚少。虽然在这方面女人不便和男人交流，但在郑老师做爱时闭着眼睛的脸上和袒露的身体中，处处都写明了她的惊颤和快乐，这我一目了然。

　　过了一阵子，天气转凉，由秋入冬，我妻子小青即将结束在美国的学习回国。在她回国前一周的星期四晚上，晚饭后，我在学校宿舍伏案工作。这时离我去郑老师宿舍还早，我一般都利用这段时间准备明天早晨的课程。大约七点多钟，忽然有人敲门，我第一反应是许丹。这反应也许来得太快，有点奇怪，但它好像正反映了一种情况，那段日子我有可能一直在潜意识里等待这样的时刻。照理那晚是为和郑老师幽会准备的。我轻轻打开门，真是许丹在外面向我微笑。她进来后对我说："刚才吃晚饭时看见你在学校，我就过来了。下星期我们要去实习了，听说下学期你要去北京进修，我想今晚不过来和你见一面，毕业前就见不到你了。"

　　我点头称是："这是有可能的，我下学期要在北京进修一学期，等我进修结束回来，你们也毕业了。不过现在交通通讯条件很发达，见面机会应该很多的。"

许丹说："那不一样……"

我感觉许丹好像要对我说，"那时我毕业了，情况和现在不一样"；或者要对我说，"这是我在做学生时和你最后一次见面，和将来的见面不一样"；或者要说，"我想我们应该在我做学生时见最后一面，将来我们也许不再见面了，可能由于我们各自的原因，而我现在就感觉到你将来大概不想再和我见面的"；她好像还要对我说，"毕业后我可能就要谈男朋友的，而你也会有新的学生"……当然许丹没有对我说这些，她只是抬起水汪汪的眼睛看了我一眼，在我面前坐下。但是许丹进来后所说的这几句话，和她脸上挂着的神态，幽幽然把我的心境拉回到了我们分手的那个雨雾中的早晨。的确，虽然这几个月我们在校园里经常见面，但是这一刻我有这种分手已久的感觉。我忽然情不自禁地伸过手去把许丹拉过来坐在我旁边。

很久以来，我一直在想这个问题：许丹那天晚上来见我她心里究竟怀着什么想法，有什么要求？从许丹一开始就并不拒绝我对她的身体的亲近来看（那晚我们已无暇继续扮演"舅甥"或"父女"这种变态关系），难道说这是她的初衷吗？对一个像许丹这样成熟而大胆的女孩来说，两性之间的拥抱和抚摸必然会使她产生幻想和冲动，然而对于许丹这样一个有头脑和个性的女孩来说，如果说她仅仅是受身体的欲望所驱动（因被我抚摸过）而主动对我投怀送抱，那我真是异想天开。我有理由怀疑在我拉她坐在一起时，她内心的要求和我相一致，她只是一时被我亲热的举动、突如其来的身体接触（她对此必然很敏感）压抑和迷惑了，她默然无语的样子表现了她内心下意识的兴奋、紧张和等待。我当时一点没有想到，我的行为对于许丹来说可能是极不合适的，不可理解的。当初，我和小青谈朋友时，最初半年我们只是面对面坐着谈话，然后几个月我们只是拥抱接吻，差不多一年后我们才第一次上床。但和许丹在一起，要么几个月像没有关系似的，要么见面后就亲热有加，何况我们之间还没有正常的恋爱关系。但这也许正是问题的症结。对于许丹来说，她可以由于茫然和好奇而沉默地接受和我身体的接触，但她肯定不会对这种关系中暧昧晦涩的内容听之任之。当我在和许丹拥抱中给她宽衣解带后，许丹终于说出了她心里想说的话：

"余老师，我有一个问题想问你，你对我是不是像当初对你老婆那样？"

"我知道我们之间的关系是没有结果的，我也并不要求什么结果，这是我自己愿意的，今后我也不会后悔的，但我很想知道你对我的态度。"

"关于我们的关系你从来没有说过什么，我想知道你爱不爱我？"

许丹在对我说这些话时我们已一起躺在床上，身上盖着我的棉被。在这种情形下我的答复应该是不言而喻的。但是我却迟疑不决地说：

"许丹，你可能不理解，我的态度很难用一个简单的词来表达。"

我没再往下说。

许丹停了一下，问："你不能说爱我吗？"

"不，我可以，我只是感觉我现在不能够用和你一样的方式来谈论感情问题。"

225

"和你相比，我认识你在客观上是在我经历了更多之后。"

"对我来说，有些表达感情的方式是有阶段性的，比如我现在不想对你说爱，并不是说我的感受能力下降了。"

"那你现在怎么来表达对我的态度呢？"许丹问。

"难道，我不用那个词来消除你的好奇和疑问，我们之间就没法交流了吗？"

"我知道了。"许丹好像的确找到了答案，脸掉向一边不吭声，眼睛视若无睹的样子。

有一个现象颇为值得回味：虽然许丹的身体没有明确地和她的神态一起回避我，但是它好像本能地作出了这种呼应。

我不知道，与我如许丹所愿的那样回答她相比，我上述"真诚的玄谈"是否更为堕落？

这时门外又响起了敲门声。我一下子记起今晚和郑老师的幽会，虽然郑老师从不以这种方式来提醒我。但也许时间已经很晚了。我看了一下表，九点半。许丹也吐了吐舌头，贴在我耳边说："寝室楼快锁门了，可能是吴伊娜来找我。"我也贴在她耳边问："她知道你在这儿吗？"许丹说："不知道。"我们不再说话，等着。敲门声又响了两下，不再继续，然后一阵轻微的脚步声从门前离去。我也想坐起来，许丹说："你别起来了，还不睡觉？"我说："我还要备课，明天一早要给你们上课。"这时许丹脸上仍然露出一片明媚烂漫的笑容，她说：

"这么认真，还要备课。"

我说："老师怎能不备课。"

许丹走后，我估计她已远去，我也离开宿舍去郑老师处。我脑子里闪过今晚不上去的念头。对于自己在同一个晚上轻而易举地"移形换位"，或者直白地说，对于把起于许丹的事几乎不间断地继续于郑老师，我并非不觉得不合适，但是我的身心好像已然被某种密码启动的程序，控制不了了。

郑老师说："我以为你不来了。"

"为什么？"我问。

"你老婆要回来了。"

"你认为我是没有女人才找你吗？"

"不知道。你为什么找我呢？就想和我做爱吗？"

"是的，"我说，"不做爱做什么？"

"你这种人！你现在和我在一起说话越来越少了。"

"你想说什么？"

"算了，不和你说了。"

9

下星期小青从美国回来了。当天晚上发生了一件意想不到的事。虽然在小青不在的半年里我的性生活还不算压抑，但人非动物，长期以来我对小青的身体怀有一种特殊的迷恋，分别半年，那晚重逢，我的情形明显有点迫不及待，就好比久旱的禾苗喜遇甘霖。到了晚上，送走了亲戚朋友，哄着女儿入睡后，我们终于可以在一起了。我先洗完澡赤身裸体躺在床上等小青，小青洗澡后也没穿衣服就跑来了。当时我已感觉有点不对，我没有勃起。应该说这是不正常的，要说上一次性生活也有一星期了，何况这是和小青久别重逢。在一阵爱抚拥吻后，我发现仍没有勃起，而且我已感觉到这种不可逆转的征兆，它曾在郑老师身边出现过一次。小青也注意到了，手伸下去摸着问："你怎么了？"我说："不知道。"小青说："不对，我不在家你做过什么了？"我说："你别自以为是，即使我今天早晨刚刚做过这种事，难道到现在还没有恢复吗？"小青说："不对，你肯定有问题。"我让自己镇定一下，说："小青，你别搞错，是你离开我半年，这些日子我在生理上精神上真可谓备受折磨和压抑，现在看来好像有点病了，而你还要来讥笑我啊！"小青"哼"了一声，说："你这个人会吗？我不知道你？"

小青说得也对，也不对。我所说"备受折磨和压抑"当然是夸大之词。但是另一方面，我的确不能勃起，对此小青由疑惑、惊诧到不得不面对事实。小青浴后暖融融的身体在作着最后无望的努力，我加以阻止了，说："不要了，看来它受的压抑太深，这样只会使它更难受，好比雪上加霜。让我一个人躺一会儿。"

我起身下床，小青对我忽然离去的背影心事重重地追问了一句："你到底怎么了？"她的潜台词好像是："这是真的吗？"疑问很大。我说我是有病了，要去隔壁躺一会儿。

也许小青以为我的态度有点不正经，但我心里多半是真的。我在书房的小床上躺下，两手盘放在头顶，要求自己放松，放松，不要多想，不要碰到自己身体——别像和郑老师第一晚分手后我曾心有不甘的那样……

小青在隔壁听到什么动静问我做啥，这时我已从床上跳下，穿上衣服。我说饿了，去永和豆浆店吃碗馄饨。

我出去当然不是去永和豆浆店吃馄饨。有理由假设我愿意立刻找到郑老师，但这不可能。我也希望马上见到许丹，这也不可能。她们俩一个远在学校，想来此时宿舍里早已熄灯；另一个则早回家了，估计这会儿正在老公身边做梦。我的确怀着这样的心情，因为在这种状态下我一刻也不能怀疑她们俩这会儿能否给我以我非常需要的证明。我在这方面如此性急，以至于身不由己，迫不及待。我在忽明忽暗的幽长的街道上行走，离家越来越远，这时心里忽然产生一种怪诞之感：当初，我从郑老师身边六神无主地离开，回家向小青寻找这种证明，而现在我从家里失魂落魄地出来，又要去哪儿寻找证明啊？

　　走着走着，我的脚步跨进了城里的一条"不夜街"。事实上我要出门时脑子里就闪过这样的念头，不能说我无意识来到这儿。此时"不夜街"的确名不虚传。这是横贯本城的三黄河北岸的一条娱乐街，酒吧、茶坊、歌厅一家连着一家，灯红酒绿，流光溢彩，一派不夜盛景。我从街的这头穿行至那头，然后折返，半道上上了三黄河上的一座石拱桥。对岸是老城区的一片民宅，桥堍下有两间装修精良、玲珑晶莹的发屋，在老城区幽暗庞杂的民宅间就像两只不眠之眼。我并非这晚才发现这两间引人瞩目的发屋，但此番是第一次登门。我犹豫不决地推开了其中一间镶有彩色玻璃的柚木门，很高兴看到里面没有顾客。一位中等身材的小姐站了起来，另一位盘着头发、结着紫色丝巾、打扮得像名媛淑女的小姐坐在圈椅里没动，只是抬眼微含笑意地看着我。

　　中等身材的小姐问我："先生洗头？"

　　我点头回答："洗头。"

这是现在流行的洗头服务之一种，称为"干洗"。在洗头时，洗头小姐直接将适量的洗发液倒在顾客头发上进行揉搓，待产生大量泡沫后，小姐将手指插在顾客充满泡沫的头发里，对顾客的头皮和前额的穴位进行揉捏、按摩。在这过程中，小姐还要分几次除去被充分揉搓过的泡沫，添加新的洗发液，以保持泡沫的新鲜和丰富。之后，洗头小姐的手指逐渐移至顾客的两耳，对顾客的耳根、耳轮、耳垂作多种指法的揉捏和按摩。最后，小姐引顾客去水池冲头。整个过程大约需要三十分钟，收费二十元。

　　中等身材的小姐给我洗过头后，又为我进行了一阵颈部按摩，然后她问："先生要不要敲敲背？"我在面前的大镜子里看了她一眼，问："在这儿？"小姐答："不是在这儿。"我没响。这时坐在我身后的那个结着紫色丝巾的小姐也从镜子里瞅着我，好像抱歉地对我一笑，说："这儿不好敲背的。"如果说我的疑惑让小姐感到我没理解她们，那么小姐的解释也显然误会了我，我告诉她："我不是说要在这儿敲背。"丝巾小姐说："那先生就跟她走吧，就在后面，我们这位小姐敲背是专业水平。"我问："后面什么地方？"中等身材的小姐说："先生去了就知道了，我们敲背都在那儿，走过去几分钟。"丝巾小姐可能看我拿不定主意，就说："先生不肯让小姐赚点小钱吗？你看人家给你洗头多用心。"明显是店主的丝巾小姐的意思是，洗头小姐光给顾客洗头是拿不到钱的，这是她给店里的义务服务，只有揽到给顾客"敲背"的工作才能来钱。于是我起身对中等身材的小姐说："我就跟你去敲背。"我向丝巾小姐付了洗头的钱和敲背的台费，就随中等身材的小姐从后门出去了。

　　如前所言，三黄河的南岸是本城老城区的民宅，一大片都是陈旧低矮的青砖瓦房。中等身材的小姐带着我在阴暗的小巷子里转了十来分钟，到了一处老房子前。小姐打开门引我进去，拉亮了灯。

我就不费笔墨描绘屋里的情形了，本城老城区的民宅有近一半都由本地人出租给了外来打工族。我们进的那间是老式房子的客堂，随后小姐又引我进入左边一间屋子。

这是一间布置简陋的卧室，里面有一张深颜色的醒目的大床。我在昏暗的灯光下站住打量了一下，"到了？"我问。小姐回答："是。"我过去在床上躺下。小姐关上门后，过来在我面前脱衣服。我看着她这么做，未加阻止，但是在小姐要上床时我却对她说："给我敲背。"小姐脸上挂着笑容，说："我待会儿再给你敲背，现在我这样子不要冻死啊！"我坚持说："先敲背。"小姐盯着我看了一会儿，表情好像蒙受了委屈，咬了咬嘴唇，闭上眼睛，但末了只好重新套上毛衣毛裤给我敲背。

我现在要告诉你的是，在小姐脱衣服时我勃起了。本来我一直在等待，我毫不怀疑只要勃起就和小姐交欢，所以对小姐脱衣并无异议。然而这一时刻到来后，我忽然发现等待勃起和与小姐交欢是两件事。我不能说后一件事不重要（这么说意味着我多此一举），但在这个不寻常的夜晚这件事的确有点"来者不善"，我最好躲开它。我在对小姐说"先敲背"时已决定改变主意了。这当然很难，要不我为什么还留下敲背呢，显得欲罢不能。在敲背的过程中我一直充分勃起着，坚举不疲，对此小姐一目了然，而且她还故意碰着它说："做什么？"敲背结束后，小姐站在床边看我反应，我只消拉一下她的衣角，小姐马上就会再次脱衣上床。但是，小姐不知道我今晚已不可行此可行之事，无论对谁都一样，不同的是一方面是自我折磨，另一方面则是无能为力。敲背的费用我已付给店主，没别的事的话小姐的收入又将落空。我在小姐的目光里看到了她的愠怒，好像她面对着一个骗子，受到不公平的对待：我随小姐到这儿来的目的是什么呢？结果我目睹了小姐脱衣服，又让小姐为我费神费力地按摩了一阵，然后拍拍屁股就想一走了之。小姐还不知道我此行的收获不在于窥私和揩油。别看现在夜深人静，这幢老屋里幽寂无声，如果我不守信用，很可能会有不可知的麻烦。

我立刻付了费，顺利地离开。

我在回家的路上勃起状态没再持续下去（这当然不奇怪），但我已不关心它。我走得很快，同时脑子也在快速转着想一件事：当初，我在郑老师面前不能勃起，今天同样的事情出乎意料地发生在小青面前，我如此心焦，迫不及待，是因为我对性功能始终怀有一种形而上的恐惧，害怕某一刻成为不幸的开始。我希望自己犯这种认识上的错误，在对性功能的影响方面过分偏重心理因素，而对一个简单浅显的事实认识不足，即人有和动物同样的本能。从这方面来讲，今晚发生的事大概只是昙花一现，持续不了多久，更别提永远，明天，后天，甚至现在回去再和小青亲热时就会复原如初了。这种情况在郑老师那儿就曾发生过。

我忽然想起我一个朋友的故事。当初他在大学当老师时，他谈了一年的女朋友忽然提出和他分手，在他不得不面对这个事实后，他顺理成章地接受了一个暗恋他的女大学生的感情。一天，他和那个来自北方的女大学生在宿舍里包饺子过家家，忽然他的前女友大驾光临来看他。前女友见他屋里有人就撤退，但他在女大学生的支持下又把前女友追回来。三人一起吃过饺子后前女友告辞，女大学生留下过夜。出乎意料的事发生了：一向性功能健全的我的朋友这晚始终没有勃起。这是他们的第一次，对女大学生来说，她男朋友的前女友这一不速之客是她留下过夜的一个刺激性因素，但同样的情况却抑制了她男朋友的发挥。女大学生为此用了口交的方式也终未见效。

但是，他们俩不久（在女大学生毕业后）就顺利地结为夫妻。

我在讲这件事时发现用这个事例来说明人的动物本能显然不够恰当，因为我的朋友和女大学生的关系是无可指责的，非我可比。但是我可以用这一事例来指出，虽然我们的身体出现违背意志的情况只是昙花一现（但愿如此），但是这一瞬间却显示了我们自身超越意志的更真实的生存内容。这同样也是人的本能和下意识之一，不过不是动物所有。

从这方面来讲，如果这一刻仅是昙花一现，我现在回家就在小青面前勃起如常，这是值得欣慰的事吗？这是对爱情的验证，还是更深的堕落？

回家的路已不远，有另一个声音在对我说——

别想这么多了，要不你真是有病了，不可救药。

良家女子

　　赵玮青在私生活方面有点意外是从她的一个生日之夜开始。其时她结婚四年多，儿子两岁。对方和她同姓，叫赵中华，宝山区人氏。那晚，赵玮青邀请幼儿园的几位年轻同事一起去她们常去的文化宫舞厅跳舞，在那儿碰到了赵中华。那个人一次又一次地请她跳舞。类似情况以前也有过，但是赵中华不同的是，他就请赵玮青一个，如果赵玮青先被别人请走了，赵中华就退回去放弃这个舞，不另请任何人，包括赵玮青的同事。再者赵中华请赵玮青跳舞，一直动作规范，态度庄重，就是在跳慢四步舞时也这样。这时，灯光闭了，音乐绵绵袅袅，许多男子都在这会儿要求和女伴（不论认识与否）跳贴面舞。赵玮青虽然也是舞厅常客，但她不能接受这一"舞厅惯例"，她要么拒绝接受邀请，要么作好抵制对方的准备。通常对方的第一步是背后的手用力，把她的身体勾过去，第二步是俯下脸。赵玮青的对策也很绝，坚定地用手肘抵住对方肩膀，头扭向一边，半边脸让头发覆盖。对赵玮青的态度曾有人不满地讥讽她：小姐，你臂力很大，是不是当运动员的？的确，那些人在跳舞时还经常要和她说话，问她年龄、工作、何时再来，有的人还自说自话、喋喋不休、含糊不清地对她吹嘘自己，装模作样地对她说"洋泾浜"普通话。但是那晚赵中华却始终保持有点拘谨的端庄的态度，而且从头至尾只主动对她说了一句话，那是在舞会快结束时，他礼貌地和她道别："和你跳舞感觉很好，今天很幸运。"

　　要在以前赵玮青是不会回答的，但是这次她犹豫一下后，说："是你带得好。你大概不常到这儿来吧，我好像没看到过你。"

　　他们就在这段时间里简单交谈了几句。果然，对方是第一次到这儿来玩，家住宝山区，今天过来看朋友。没想到，这两个人刚才还很矜持，这会儿一开口就显得近乎起来。对方还告诉了赵玮青自己的姓名和呼机号码，意思是：如果赵玮青也和他有同感，愿意和他跳舞，以后可以呼他。赵玮青又犹豫了一下，也报了自己的姓名和单位电话。

　　赵玮青就这样第一次和一个婚外男人有了一层暧昧关系。不过，这层关系进展缓慢，在他们相处的两年里几乎一直在原地踏步。主要由于赵玮青的原因，在第一年里他们见面不多。有时通电话，也不很方便。每次赵中华过来，赵玮青都仍约她的好朋友林玉红和她一块去舞厅，最早几次她们还不和赵中华坐在一起，后来赵中华自己主动坐过来。他们在舞厅见面也不方便交谈。后来有一次，赵中华对她说，今天他给她写了一封信。星期一赵玮青果然在传达室收到了他的信。以后他们有时就互相写信，不过也不频繁，而且，好像由于通信，他们见面的次数有减无增。他们写信语气认真，谈工作，谈日常生活，谈对一些问题、事件的看法等。他们还在信中讲一些身边的人的故事。但是他们从不谈两人间的关系。赵中华后来在信中谈到过一个女孩，他的女朋友，赵玮青对此以过来人的态度自居，反应有点像老大姐。赵玮青有时也向对方谈自己的家庭，不过她只用陈述语气，不要对方回答的，如说她最近生了一场病，害得她先生天天为她端茶送饭，不过现已康复云云；又如说她先生最近到广州出差，给她买了一条很漂亮的裙子，令她要嫌今年夏天姗姗来迟。的确，赵玮青从未在信中向对方诉说过什么不快，似乎自己是一个对生活有充分把握力的白信满足的女人。

赵玮青也到宝山去过，不过，她仍请林玉红和她同行。赵中华带她们去宝山舞厅跳舞，他已准备对方不会一个人来，也带了一个同学。那个同学大概有所误会，比三人都兴奋，对林玉红既殷勤又鲁莽，进舞厅后就一马当先坐在她旁边，好像最好还要带她换个包厢。他又话多，动作又多，跳舞时几乎使她不能动，下来后手还不松开。林玉红不得不拉赵玮青上洗手间向她抱怨，后者对赵中华说她朋友要走，原因请他去问他同学。也不知道赵中华是否提醒了他同学，林玉红后来表示不再跳舞。赵玮青陪她说话，两个女的肩挨肩头碰头好像久别重逢。赵中华和他同学就坐在旁边抽烟。

一天，赵玮青的先生去杭州出差，赵玮青主动呼赵中华。在舞厅，赵中华第一次只见到赵玮青一个人。舞会结束后，赵中华要回去了，这时赵玮青问他，你有事吗？赵中华不解地问，我现在还有什么事？赵玮青说，没事的话请陪我走走，我今晚可以晚点回去。赵中华疑惑地问，你老公没意见？赵玮青就一笑，说，没意见，他现在在杭州。

两人沿着人行道慢慢往前走。道上落着枯叶，光影斑驳。这会儿他们都没想到今夜他们从这儿出发会一直走到天亮。他们在次日清晨的车站分手，坐上相反方向的头班车各自回家。

虽然他们通宵散步有点荒唐，后半夜也有点冷，但他们之间并没有出现彼此都很容易想到的一幕：赵玮青没有邀请赵中华到她家去坐坐，赵中华也没有主动提出这个要求。他们好像随时要分手的（赵玮青只是说她可以晚点回去），但他们又小心翼翼地回避和分手有关的话题，如时间、气温、疲倦等。这样，他们越走越远，尽量交谈，却没有目标，心不在焉。到天快亮时，他们好像如释重负。赵中华首先提到有点饿了。他们就去点心店吃东西。然后在车站分手，各奔东西。

赵玮青这时心情很复杂。在空荡荡的早班车上，她望着窗外恍若隔世的晨景，街道和行人，不知该对自己说什么。她是否庆幸自己度过了这个不眠之夜？她还是责怪自己一夜不归的疯狂行为？这真是没有想到，放在昨天也不相信，结果是这样，有什么还是没什么？……这时，快六点了，赵玮青到了家门口。她虽已疲惫得很，头昏脑涨，但还是在开门时被一个意外激灵了一下：应该反转两圈的防盗锁一转就开了。

她脑袋轰一下涨大。

是她先生回来了，正躺在床上，这会儿支起脑袋看她，问："你昨晚上哪儿去了？"

赵玮青站在门边呆呆地看了她先生一眼，她应该有机会解释，如说自己回娘家去了，但她却问："你什么时候回来的？"她先生答："十二点多。"赵玮青顿了一下，说："我现在想睡觉，待会儿和你说。"就径自去隔壁儿子小房间躺下。

赵玮青在隔壁待了十几分钟，就回来了。她先生已靠在床上看报，赵玮青过去坐在他旁边，说，我有一件事情要告诉你。她先生没反应，只抬眼瞥了她一下。赵玮青这时有点像自说自话，但她眼睛一直看着她先生。

"我昨天晚上在文化宫舞厅跳舞。"她这么说，"最近我有一个舞伴，宝山的，上次过生日碰到的。那次他对我说，他感觉和我跳舞不错，希望以后还能碰到我。他跳舞很正规，我也有同感。我是这么想的，我平时最伤脑筋的是没有一个合适的舞伴，经常还要做林玉红的男伴，而舞厅里的那些男的，大都是游手好闲之徒，不是来跳舞的，像他这样真正喜欢跳舞的不多，能和他做舞伴倒也不错。"

"不过，话虽这么说，我后来并没有主动给他打过电话，他也很少联系我，一般就是问我什么时候去跳舞。自从和他有了这样的舞伴关系，你知道，我一个月也最多出去一晚，而且每次仍和林玉红一块去。"

"昨天，我第一次主动约他来跳舞，而且也没有请林玉红陪我。我可以说这是礼尚往来，以前每次都是他请我；我也可以说我不好意思老让林玉红来陪我。舞会结束后，我们也没有像以前那样在舞厅门口分手，我对他说，去散一会儿步。好像我有什么打算。我的确想到，你不在家，我可以放松点。结果我们却越走越远，不知不觉天就亮了。"

"我现在感到这件事有点荒唐。虽然没有什么事，我保证我一点没想过带他到家里来，但我承认自己的做法不好。我想这件事不应该瞒你，我也对自己说了，以后不再和他来往。"

她先生已闭上眼睛，放下书，好像干脆表示不要听。但赵玮青说完后，他忽然睁开眼睛，对赵玮青一笑说，你昨天晚上没有带他到家里来是对的。赵玮青说，不会的。她先生接着说，要不你们就要碰到我了，对吗？那你们会认为我是故意半夜回来的。但不是。

赵玮青的先生说话不紧不慢，声音不高不低，脸上挂着一丝隐晦古怪的笑容。

赵玮青的先生叫韩大庆，是一个文质彬彬、性格内向的人，平时除了工作上偶尔出差外，就是单位家庭两点一线，基本没有业余生活。他除了喜静怕闹，还特别爱干净，有洁癖。但用赵玮青对"闺蜜"林玉红的话说，她的先生"有病"，且有严重的失眠症，因此在家里只充当两种角色：一是门房（看门和接电话）；二是"家里的另一个男孩"（需要她照顾服侍）。赵玮青平时表现出来的要强和能干，其实不只是性格如此，也是环境使然。不过，在她和韩大庆谈朋友时，韩大庆的性格曾颇得她的好感："白面书生"，有教养，脾气好，不计较小节。共同生活后，她慢慢注意到，韩大庆笃悠悠的说话腔调，就是在火烧眉毛的关头也不温不火，不慌不忙，含而不露，有一种令人不安的暧昧和"冷幽默"。

这一次，韩大庆的一番"原谅"和"庆幸"，也使赵玮青心慌意乱。她的"句句实话"韩大庆是否信？韩大庆所言"你昨天晚上没有带他到家里来是对的，要不你们就要碰到我了"云云，岂不是话里有话？的确，她所谓和一个绅士一夜散步的故事是很令人感到蹊跷的，韩大庆也许正在提醒她，她不必强调自己没想到带那个人到家里来，这不是一定的。赵玮青似乎这时心里才浮起一团很大的疑云，对啊，赵中华昨晚做了什么，他在想什么？

诚如赵玮青答应韩大庆的，那是她和赵中华的最后一次见面。以后赵中华还给赵玮青写过信，打过电话。赵玮青的回信很简单，也没什么可写。赵中华在信中没提那晚散步的事，赵玮青也不谈。对于赵中华继续约她跳舞，赵玮青一一婉拒。赵玮青做得非常有信用、负责任，"闻过则改"。他们之间这样维持了一段时间。

在这段时间里，赵玮青也许正由于不再和赵中华来往，她心安理得地继续去舞厅。有点变化的是，她现在基本只和林玉红一块去。似乎有点意外，不久，她的身边不知不觉又有了一个舞伴。这时，赵中华和她已基本不再联络。为什么说"不知不觉"，因为那个舞伴是本地人，文化宫舞厅的常客，她们早就认得他，既和他跳过舞，也谢绝过他的邀请，说不清楚他怎么在这一段就成了赵玮青的舞伴。这人名叫余志，最早是文化宫舞厅聘请的乐队的小提琴手，那时他每晚来舞厅演奏，中间放迪斯科舞曲乐队休息时他就下舞池跳舞。后来乐队散了，他每晚仍来。舞厅里有许多人，在外面彼此是生人，互不了解，但在里面是熟人。据说余志已经没有工作（工厂倒闭），靠老婆生活。不过，从余志每晚来舞厅看，他的生活质量还蛮高。余志的老婆在上海大众汽车公司上班，收入颇丰，看来她不仅养着老公，还放他自由。

说余志成了赵玮青的舞伴，开始时并非指一种互相有约的关系，那时赵玮青和林玉红每次到舞厅去都会碰到他，而不知不觉地，只要赵玮青来了，余志就基本只和她跳舞。他们的第一次约会是在发生这种变化后，却和跳舞无关。这是他俩关系的特别之处，跳舞是不需要预约的。那次，余志邀请赵玮青双休日去郊游。余志告诉赵玮青，在他们居住的这个城镇外，东北方向三十里处，有一个叫"蓝岛"的地方。赵玮青没有听说过这个地方，对"岛"这个名称感到惊讶。余志向她解释，这个"岛"的意思，是世外桃源，远离城市，绿野环抱。他们就约定了日子同去。

赵玮青本没想到自己会接受这一邀请。余志的方式和赵中华有很大区别，后者一直只约她跳舞，余志从一开始就另辟蹊径，不受舞伴关系束缚。其实，赵玮青现在接受的，比刚被她终止的和赵中华的关系更突出，但对此她好像并未计较。而且，她事先也没有告诉林玉红。

"蓝岛"基本上还只是一个概念，和周围的田野环境界线不明，只是有更多的树木和草坡。突出的是一片树林，高大，有异香，长在一块隆起的土坡上。树林里有足可以供人休憩散步的空地。余志不是第一次来，他驾着摩托，轻车熟路。他们借了一副吊床在树林里挂上，余志怂恿赵玮青爬上去，他自己站在吊床边摇它。"蓝岛"还没有商店和餐馆，不过他们已作了准备，带着食物和饮料，在树林里席地野餐。比这一幕更浪漫，余志带了他的小提琴，在野餐中为赵玮青拉了几曲。树林里的鸟儿似乎都被吸引盘桓在他们头上。余志还拉了多年前他每晚在舞厅里拉的圆舞曲。他们的交谈，也可说是余志一人的独语，绵绵不绝，特别富有感染力，和赵玮青以前经历的不同。余志不仅十分健谈，而且态度坦诚、恳切，他初次约赵玮青单独见面就一五一十向她叙述了自己的经历，其中并不回避失败（高考落榜）和困境（失业），他"厚颜无耻"地在这个他正试图接近的女子面前说："我现在不着急，我老婆赚得很多，养得起我。"他平时本来就是表现如此，每晚泡舞厅，不急于找工作。他这么表白似乎并不担心自己的形象。不知道赵玮青对此怎么看？一个男人的作为和责任，在他们共处的这种状态里是无足轻重的吗？

他们的第二次单独见面是余志请赵玮青吃饭。为了赴这个约，赵玮青把情况告诉了林玉红。在韩大庆在家时，林玉红打电话给赵玮青，邀她那天去南京路步行街逛街。余志坐了出租车在她家对面路口等她，然后带她去城外吃饭。那天赵玮青也喝了一小杯玫瑰色的红葡萄酒，余志几乎喝了一瓶。余志的酒量很大，但令赵玮青意外的是余志脸红耳热地告诉她，他小时候爱好文艺，除了音乐，还喜欢诗歌，现在还会写诗。然后他满脸严肃地看着赵玮青说，上次我们到"蓝岛"去玩，回来后我就写了一首诗。赵玮青不禁笑嘻嘻地看着他说，是吗？什么时候给我拜读一下。余志说，今天没带来，以后请你指教。

　　几天后，赵玮青在单位收到余志一封信，这是他写给她的第一封信。她很意外，不是对对方给她写信，而是对信的内容。现在余志的每一个行动都有令她吃惊的新内容。在那封信里，余志的字写得很漂亮，句子脉脉含情，并且果然郑重其事地提到写诗的事，他说，请赵玮青在她方便的"中午"到他家做客。为什么说是中午，因为赵玮青一星期有两个中午有空，两点钟上班。赵玮青收到此信后第二天，还没有答复余志，就又接到了余志的电话，询问她信收到没有，可否接受他的邀请，他已把诗整理出来，恭候光临云云。

　　那天，赵玮青把一个漂亮的本子放进包里。她还没有告诉余志，她也从小喜欢诗，现在有时也还写诗。自从学校毕业后，平时早已想不到谈这些，但不料碰到自称喜欢写诗的余志。赵玮青把写诗的本子带上，作好和余志交流的准备，但她心里明白，这恐怕只是一种姿态（自己不会拿出来）。到了余志家，他们没有马上谈诗，客厅的矮几上摆着余志为这次见面准备的水果，紫色的美国提子金黄的香蕉和泛着玫瑰红的饱满的荔枝。余志的家是一套宽敞的新房，他们在客厅的沙发上坐下后，余志向她介绍说，这是他老婆买的大众公司的福利房。赵玮青那时也想买房，对房型和室内布置比较感兴趣，就起身要求参观一下。转了一圈，回到客厅，余志说，吃水果。赵玮青一笑。这时两人的目光都落在水果盆旁一个灰色的本子上。余志也笑，说，这就是我的诗，你不要笑，这几首是我自认为写得最好的，这几天专门选出来抄在这里准备向你请教。

赵玮青就有点脸红，拿起余志的诗集。她先是正襟危坐捧着本子默读。但读了一会儿，好像没有读进去——那些字好像太花。赵玮青就集中注意力盯着它们，一个一个看。为了提高效率又干脆朗读（不放过每一个字）。赵玮青读了二十多首，包括那首《蓝岛印象》。虽说是非正式朗读，但是赵玮青基本功很好，音色悦耳，普通话标准，语调有感染力。不仅余志抬头目不转睛地看着她，她本人也有点忘情。但是，赵玮青虽然读得很流畅，她的脑子还是没有跟上去，她眼前的那些诗句好像彼此孤立，赵玮青凭自己对语音和文字质感的直觉反应朗读它们，心里很茫然。余志却感觉自己的诗在赵玮青的声音里似乎格外意味深长，在赵玮青朗读时情不自禁伸手放在她脑后，碰到了她柔长润滑的头发。他早就想这么做。

赵玮青没有勇气把自己的诗拿出来，当她接受余志拥抱时，和她的身体相比，她的诗好像更是她不可示人的"私处"。她犹豫不决地问自己，要不要给他看？她却藏着这个"私处"，轻而易举地和余志亲近了。

当时电视台正在播放连续剧《还珠格格》，剧中有所谓"山无棱，天地合，乃敢与君绝"的铮铮爱情誓言。那个中午，余志在抚摸赵玮青时，她忽然抓住他的手，睁大眼睛说，我问你个问题，《还珠格格》你看吗？余志摇头，不看。因为每天晚上他都在舞厅。赵玮青说，《还珠格格》里有一句话给我印象很深，"山无棱，天地合，乃敢与君绝"，你知道是什么意思吗？你会对我这么说吗？余志笑，就说，"山无棱，天地合，乃敢与君绝"。赵玮青竖起一根手指碰了碰余志的嘴唇，要求余志和她一块说。余志点头看着她，跟着她说，"山无棱，天地合，乃敢与君绝"。赵玮青松开余志的手，闭上眼睛。这时，赵玮青已经被余志除下衣服，赤身裸体，她是否准备余志不愿说呢？

这以后，赵玮青和余志见面增加了，但方式还和以前一样：如果赵玮青想见余志，她就约林玉红晚上到舞厅去，可以在那儿见到他；如果余志想见她，就给她写信或者打电话。余志现在仍然每晚去舞厅，这一保持十多年的夜生活没有因为和赵玮青的新关系而改变，而赵玮青也没有因为这个不能接受余志的生活习性，她到舞厅去见他正是一种默认的姿态，这也不妨碍他们在另一种场合，继续学说《还珠格格》里的爱情誓言。当然，赵玮青的处境是有点微妙，她一星期最多能去舞厅一次，其他待在家里的晚上，她不可能停止自己关于舞厅的想象，她缺席的舞厅，现在总令她魂系梦回。而当她出现在舞厅时，她又总能在余志身边见到其他女子。这种情况即使事先有约也不可避免。赵玮青能够得到的是，余志在她出现后就离开其他女子到她这边。不过还要有所准备余志随时会走开一下，也有女的主动跑过来和他说话。

赵玮青仍每次都约林玉红和她一起去舞厅，始终保持和余志见面时的跳舞主题。而余志给她打电话或者写信，约她见面都在另外的时间和地点。有时，余志向她发出约会邀请（他已熟悉她的上班规律），而赵玮青正打算这天晚上去舞厅见他，就说，中午我不来了，晚上我去舞厅。这样，他们之间就会发生以下一段对话：

"我想邀请你中午过来坐一会儿，和你晚上去舞厅不矛盾。"

"晚上就要见面的，中午我想不过去了。"

"这不矛盾的，两回事。"

"两回事啊？都是和你见面。"

"那你中午过来，晚上不要去舞厅了。"

"我喜欢跳舞。"

"还是在家里见面好，舞厅里太闹，没法安安静静坐一会儿。"

"我明白你的意思，舞厅里有人陪你跳舞。"

"我不是这个意思，你可以天天到舞厅来。"

赵玮青中午还是过去的。每次，余志都郑重其事地准备好水果和饮料，但是，这些东西每次都几乎只是一种仪式和摆设，他们只是在客厅的沙发上坐一下，还没有享用什么，这一仪式就已告结束了，然后余志俯下身把她抱起来（赵玮青不否认自己心里喜欢这种感觉——瞬间的颤抖，似比做爱的反应还令人难忘）。余志把她抱起来，他身高 1.78 米，体重 80 公斤，轻而易举地抱着她到卧室去。余志做这件事毫不犹豫，驾轻就熟，完全不需要赵玮青帮助，赵玮青完全可以由着余志，摆出自己喜欢的女人的被动姿态，闭上眼睛，身体不动，就像处于睡眠状态。赵玮青一任余志按部就班摆布自己，在余志和她做爱时，她始终闭眼侧脸，身体的反应如水波不兴。

在赵玮青的性经历中，有一个秘密必须要在此公开：她还没有过性高潮。她一直感到，自己实际的性生活不如文学读物和电影中描绘和展示的那么激动人心，而正是这些炫目神秘的文字和场面，在她的少女时代即已刺激了她的性幻想。这个秘密也是关于她的先生的，似乎由于体质和性格的原因，韩大庆在性生活中也习惯于依赖女性。赵玮青有一种感觉，韩大庆简直把这件事如同其他家庭事务一样交给了她。而在做爱方式上，韩大庆也无师自通地占据了她的位置，似乎担心自己体力不济，呼吸不畅，会发生不测。当然赵玮青从来没有将自己缺乏性高潮体验归咎于韩大庆，其实她已不太相信"性高潮"的说法，而宁可相信自己的经验。这一经验告诉她，性是必要的，但没有那么唯一和刻骨铭心。她对性的期待和幻想，弥漫着性的氛围和情调（当然这和少女时代不同），也可以说，性和做爱对她来说有了区别（这却和少女时代相似）。现在，赵玮青发现，和自己的先生比较，余志的欲望很强，且不像赵中华那么没有主张。她现在有时还想：那天晚上赵中华在等什么？他为什么不走？难道自己会带他回家吗？但是这并不是说，由于余志的出现，赵玮青现在已经改变了个人对性的根本性态度，她仍没有得到过性高潮。赵玮青在性生活中已经忘记了这方面的想象、努力和要求，和韩大庆做爱时，她在心理上讨厌自己的主动姿态，这一味满足老公的口味（在这方面她也对他照顾备至），自己显得恬不知耻。和余志在一起，赵玮青回到了自己愿意的位置，甚至可以做出被迫无奈的样子，这简直不可拒绝，就好像这次是她把自己交给了对方。她首先体验到这种相互关系的变化，喜欢自己被摆弄的感觉。但做爱本身对她还缺少奇迹感，自己对此的态度和余志有距离。对余志的欲望，她还感到有点可笑，曾在和林玉红说悄悄话时毫不避讳地告诉她，余志现在经常给她打电话，每次都是请她中午到他家去。"我说晚上去跳舞吧，他说什么跳舞没意思——这话竟然出自他这个跳舞积极分子之口，我不太相信！"赵玮青就好像在可笑地揭余志之短。但是她每次还都是去的，只是对余志有点不知所措。他们每个星期就这样一次在舞厅跳舞，一次在余志家幽会。余志每次约她都专门给她打电话，从不在舞厅和她预约。这一复杂的模式似乎是在第一次邀请赵玮青来"看诗"时就确定的，但是自那以后这一约会显得越来越露骨，他们没有再在余志家看过诗，赵玮青到底也没有把自己的诗拿出来，每次约会的时间也只有一个半小时，以致这一天如果赵玮青身体不方便，她一定会找借口不去。

这种状态充满了不安定因素，终究会有赵玮青不堪忍受的东西。偶尔，赵玮青在舞厅没有见到余志，打他呼机，他答应马上过来，但结果还是没有等到他，事后他解释说老婆那晚不许他出门。据他说，平时晚上老婆也经常不在家，相互不限制，但老婆认为，夫妻之间总要有一点时间待在一起，否则也不能忍受。老婆的兴趣爱好比余志丰富，安排和老公待一个晚上，似乎也是她的业余生活的一道节目。有时，赵玮青到舞厅后，余志没有坐过来，而要求她坐到他那边去，原来他那里走不开。赵玮青就不睬他，后来余志还是过来了，但身后还跟着一个人（说服了那边？），余志就和那个人，和赵玮青、林玉红坐在一起。余志如果认为自己尽了力了，那么那个女的看来比赵玮青理解他，除了跟他过来，还继续和他说话、跳舞。赵玮青一直不和他说话，并对他摆摆手表示不想跳舞，最后和林玉红提前走了。事后余志打电话向她解释，那个女的是他过去在乐队时的同事，他拉小提琴，那个女的是鼓手，有好久不见，这天碰到，特地约了到舞厅玩一次。赵玮青说，奇怪，你每天晚上去舞厅玩，我一个星期最多去一次，难道你每天晚上在舞厅碰到谁，和谁一起玩，都要向我解释吗？

余志早就对赵玮青说千禧夜要陪她玩，和她一块迎接新世纪。但那天晚上赵玮青在舞厅没见到余志。为这个晚上赵玮青早就开始作准备，包括服饰、头发、香水，还要对家里编个理由。她打呼机给余志，回电倒是很快，但告诉她自己在外面看焰火，可能要晚点过来。赵玮青就把电话挂了，没有再多说，因为她知道今晚余志不会过来了。赵玮青本来就有一点奇怪，余志平时大多数时候显得潇洒自由，但有时却像被可怜地捆绑了手脚。现在她发现，余志并非无拘无束，他老婆掌握着和他的关系。那么对他的私生活，他老婆难道真的一无所知吗？这真令人……唉！

这两个单身女人，赵玮青和林玉红，千禧之夜结果在狂欢的舞厅里接受了两个单身的中年男人的邀请。那晚这对女友还是一起去的舞厅。在上述赵玮青的故事里，我们看到林玉红始终"忠诚不渝"地陪着她。现在有必要对她们俩的关系作一点交代。首先她们两个年龄相仿，一样喜欢跳舞，做姑娘时就一直结伴上舞厅，这种情形在喜欢跳舞的女孩中很常见；其次，当她们意外有了自己感到相配的舞伴时，晚上出门可以互作掩护。在这个故事里，我们还没有提到林玉红的私生活，其实在她陪伴赵玮青时，她自己也有一个舞伴。不过，那个舞伴行动不太自由，晚上不太好出来，据他自己称老婆管得太严，每次都要拐弯抹角寻找别的机会上舞厅，一个月可能还摊不上一次。而且他的安排常常是突然性的，白天打电话给她，当天晚上就要见面。林玉红平时晚上也不能随意出门，她还和婆婆住在一起，只能让赵玮青给她打电话。林玉红的故事在这篇小说里就不再展开，只说明一下她和赵玮青的关系。在千禧夜，林玉红当然也希望那个人能请自己出来，共度良宵，尤其是得知余志要请赵玮青后，但是那个人竟连这件事提都没提。那天晚上，林玉红陪赵玮青上舞厅时心里闷闷不乐，余志没来，说实话她的第一反应是有点高兴的。然后她们就碰到了那两个今晚和她们一样单身的中年男士。

　　那两个人说一口卷舌音很重的普通话，个子高高的，西装革履，自我介绍一个姓沈，一个姓胡，北京人，来沪出差。仿佛是上天的安排，在这个难得的夜晚，让他们碰巧坐在两个各怀心事、郁郁寡欢的年轻女子旁边。他们试着邀请她们跳舞，被她们接受了，有点勉强。然后他们再次邀请她们，现在，令两个女的感到有点满意的是，他们表现出了一点"专一"，那个胖一点的（后来知道姓沈）仍然邀请赵玮青，瘦一点的（姓胡）仍然邀请林玉红。碰巧林玉红喜欢男人瘦一点，赵玮青则愿意男人胖一点（她先生是瘦子）。两位男士好像摸透她们心思似的，每次都固定地、专一地邀请她们，仿佛和她们之间有了默契。然后就有了一点交谈。当她们告诉对方自己的姓氏时，赵玮青脱口而出姓刘，给自己改了姓，好像自己在和对方玩一个游戏或做秘密工作。林玉红就也跟着她给自己改姓马。由此推想，两位男士的姓氏也不一定可靠。关于工作，赵玮青和林玉红称自己是国家干部，两位男士自我介绍是推销员。这晚的舞厅特意布置了环境，通宵营业，除了跳舞，还有模特儿表演、抽奖活动等，半夜前还向客人提供一份点心。在分发那份点心时，两个男人向她们提建议说，一块出去吃夜宵。这个建议除了那份点心不好吃外还有一个理由：零点快到了，迎接新千年在舞厅里显得空间太狭小了，应该到外面去。她们相互笑笑，问去什么地方？他们说随便，他们不熟悉这儿，由她们指路。她们又相互一笑，没有回答。可能心里有点犹豫吧，因为在这个明若白昼的夜晚，她们的行动不太方便。对方似乎揣摩到她们的心理，就说，我们住在城南酒店，那儿环境比较幽静，要不我们就请你们两位到那儿去吃夜宵？她们两个都知道城南酒店，当地一家新盖的星级宾馆，位置离闹市有一段距离，像她们这样普通的本地人一般不去那儿，她俩也没去过。两人交头接耳交换了一下意见，还是林玉红明确主张去，意思今晚不要考虑太多（在千年之交）。当然有一点由不得她们不考虑，即今晚她俩的景况。

两个男人就打的带她们过去。差五分零点。这时，爆竹声响成一片，天空一片绚烂，是第二次放焰火时间。他们站在门口看了一会儿，新千年就到了。他们进了酒店，两个男人去订包间吃夜宵，不料所有的包间都满了。就是大堂，这一刻也没有空座位。两个男人就和餐厅吧台商量，要求把夜宵送到他们房间去。两个女的笑笑，说，这么热闹啊。在她们眼前，摆了三十来张桌子的餐厅大堂座无虚席。

他们就乘电梯上了五楼。两个女的开了电视。不一会儿夜宵送上来了，先是几个冷盘和两瓶红酒，然后是热菜。两个男人搬动了一下桌椅，请她们入座。用餐时发生了一点意外，两位女客经不住主人殷勤相劝，也喝了几杯红酒，不料林玉红不胜酒力，很快就不行了，把一只杯子打翻后趴在电视柜上不动了。这时胡先生起身对赵玮青说，我们扶她到隔壁躺一会儿，她现在最好躺下。赵玮青好像没有听明白，只是笑笑，说，她怎么了？胡先生又说，我看马小姐醉得蛮厉害，可能要吐的，我想她不好意思躺在这儿的。赵玮青惊讶地说，她会不会有事啊？胡先生答，不会，躺一会儿就好了，她能吐出来更好。赵玮青说，怎么这样，我也没有和她喝过酒。说着就要起身去帮胡先生扶她的朋友，但这时沈先生伸手拦了她一下，说，你坐着，我来。沈先生似乎看到赵玮青自己这时也有点摇晃。赵玮青俯过身去凑在林玉红的耳边轻声问，你要紧吗？过了一会儿，林玉红嘴里才咕哝了一声，不要紧。赵玮青又问，扶你到隔壁去躺一会儿好吗？林玉红好像不能马上听到女友的话，又过了一会儿，才答，好。

沈先生回来时，赵玮青也趴在椅背上。沈先生看着她问，你也不行了？赵玮青说，感觉有点头晕，我朋友怎样？沈先生说，她躺下了，没事儿，我朋友守着，我们真不知道南方女孩这么不能喝酒，你要是头晕，也躺下来，那个床（指他不用的那只）是干净的，我给你泡杯茶。赵玮青说，不用，我坐一下就去喊她走。沈先生起身去给赵玮青泡茶，一边说，你朋友还不能走，她刚才在吐，这会儿大概睡着了，估计还得吐一两次才好。你放心，我朋友很会做事的。赵玮青答，不好意思，我们平时不喝酒的。沈先生关心地问，你们家里要紧不要紧？赵玮青这时一笑，答，千年一次，没关系。沈先生也乐，说，估计你朋友有一会儿要睡，你也躺一会儿吧。赵玮青这回回答，好。

赵玮青站起来时沈先生伸手扶了她一下。当然赵玮青没这么糟糕，这是沈先生的殷勤和细心。她躺下后，沈先生把茶端到她旁边的床头柜上。有一会儿，他们没说话，电视机也关了，头朝里的赵玮青甚至感到沈先生不在房里了。忽然,一个声音喊她,刘小姐。原来沈先生一直坐在她身后,在另一张床上。赵玮青掉过头去,沈先生在对她微笑,说,你睡着了?赵玮青摇摇头,没说什么。沈先生说,我有几句话要对你说。赵玮青好像没反应。是这样,沈先生说,我想告诉你今天碰到你们两位小姐真是非常幸运,千年一遇。在这告别之际,我想送你一件礼物,留作纪念。说话时沈先生显得很感动,一只手伸过去握住了赵玮青的手。这时,他递给了赵玮青一件礼物。赵玮青想坐起来,沈先生阻止她,说,别,你躺着,是一块丝巾,我昨天给我老婆买的——我来不及为你准备礼物。赵玮青说,谢谢,你带回去给你老婆。沈先生说,她另外还有,拜托你不要拒绝。赵玮青又想坐起来,沈先生干脆坐过去,张开两臂抱住了她,俯在她耳边说,今天分别后,我以后一定不会忘了你。

赵玮青因为人家要送礼物给她,躺着不礼貌,一再要坐起来,但是沈先生突然抱住了她,礼物的事被撇在了一边。现在赵玮青要对沈先生的怀抱作出反应,但是她却不知所措,的确她也惊异于沈先生(北方大汉)的体格和力量。本来,赵玮青对这天晚上早就作好准备,出门前她还曾沐浴更衣,换上了专为千禧夜准备的新内衣。赵玮青和余志已有两星期不见,原因之一就是想着有千禧夜的大活动,余志曾对她说,那天晚上要玩通宵,下半夜他们去宾馆订间"钟点房"。"我们,"余志描绘说,"一起迎接新千年的第一片曙光。"为此赵玮青对她先生编了个堂而皇之的理由(其实很容易穿帮)。但余志竟没来,可怕地爽约。当余志回电说自己在看焰火,可能不能过来(原话是"可能晚点过来")时,赵玮青忽然有一种感觉,仿佛自己的身体被新内衣勒紧了,有一点痉挛和刺痛。她不了解自己的身体在下意识中所作的准备。现在她更没有想到，她闭上眼睛（做了一梦），又睁开眼睛（蒙眬醒来），结果还是出现了余志曾向她描绘的一幕，就好像他并没有走开。不论赵玮青想怎么做，她的身体已经放弃了选择。刚才还要坐起来，被沈先生一按就像失去了知觉，有十分钟。忽然，她挡了一下沈先生。沈先生已经给她宽衣解带。她也没有想到吧，整个晚上一直表现温文尔雅的沈先生（跳舞时也始终对她彬彬有礼，还可以说舞姿轻盈），这会儿就好像拉下了自己的伪装，毛手毛脚，为所欲为。沈先生比余志还要人高马大，而且，余志有点虚胖，沈先生却体格健壮，一身肌肉，俯身一抱就有可能令她窒息。沈先生只抱了她一会儿，立刻就给她除衣，仿佛真的确定了她的昏厥。虽然赵玮青手脚在抵挡他，但她在心里对自己说，我只是不愿让自己今晚的希望落空。沈先生在脱去她的衣服后，并没有注意她一丝不挂的身体，对她引为自豪的乳房也视若无睹。赵玮青很惊愕，沈先生的身体这一刻似乎变得更为庞大（他还只是跪着，似为照顾她），动作极快而没有停顿。

赵玮青和林玉红从酒店出来时，新世纪的曙光已照亮酒店门前的草地，也照在她俩苍白、空洞的脸上。两人不禁在门口台阶上停了一下，好像迷了路。这种感觉，刚才她们在五楼走廊里碰面时也曾有过。当时，两人互相看了一眼，想说什么而没有说出来。赵玮青愣了一下才想起什么，说，你好点了？林玉红答，睡一觉好多了，我昨晚是不是很可笑？赵玮青笑，说，没有，其实你醉后，我也不行了。林玉红说，我们平时不喝酒的。她们都已注意到对方手里提了一只式样相同的马甲袋。本来她们去舞厅玩，都只带一只放少量的钱和钥匙的小手袋，这两只马甲袋很是醒目。赵玮青笑笑，问，他送你什么礼物？一条丝巾？林玉红也看了一眼对方的马甲袋，说，那个人也送你一条丝巾吗？他们大概买了很多丝巾！赵玮青说，这怪不怪，我们要他们一条丝巾！两人已乘电梯下到底层，这下又回上去把马甲袋放在两个男人的房间门口。

现在，赵玮青和那个人没有关系了。她在晨曦下回头望了一眼酒店，刚刚过去的一幕历历在目：她从卫生间冲澡后出来时，那个人已穿戴整齐。他又温文尔雅，衣冠楚楚，闭口不谈刚发生的事。他问她，你头还晕吗？她回答，好点了。好像她刚才呼呼睡了一觉。他又说，不知道你朋友现在怎样。她说，我给她打个电话，我们要走了。那个人要送她，赵玮青请他留步。那个人说，请留个电话，我们下次来再请你们。赵玮青表示不太方便。他说，那我们下次还到舞厅去找你们，能找到。他已把丝巾装在马甲袋里，赵玮青不拿，他说，我帮你拎下去。

赵玮青回到家她先生韩大庆还在睡觉，好像听见动静醒了，在房间里问她："现在什么时候？"

赵玮青答："我昨天对你说过有可能要玩通宵的。"

韩大庆好像不知道，说："天已亮了？"

赵玮青说："我不和你烦。"

她刚在酒店洗过澡，但她又说："我去洗个澡。"

赵玮青换了一身睡衣出来，韩大庆说："你一身酒气。"

赵玮青先是一愣，然后脸上露出笑容，说："是，我喝过酒，你闻得出？"

韩大庆说："回家倒没走错路。"

赵玮青又说："我不和你烦了，累死了，一夜没睡。"

韩大庆说："那你睡，我起来。"

赵玮青在床上坐下，看着他说："我还没告诉你是谁请我们喝酒的。"

韩大庆已经坐起来，赵玮青说："是这样，昨晚舞厅里人特别多，我们也不知道为什么，有两个外地人老是过来请我们，一个老是请林玉红，一个老是请我，就好像认识我们。过了半夜，舞厅里发了一份很难吃的点心，我们肚子很饿，但吃不下。那两个人也不吃，说要请我们出去吃夜宵。我们俩考虑到今天日子特殊，就接受了他们的邀请。他们请我们到城南酒店，我们都喝了一点红葡萄酒。本来，他们还要请我们再玩一会儿，说一夜不睡，再连一个白天。我们说要回去了。林玉红因为喝酒后有点反应，休息了一会儿，又耽误了一点时间。那两个人很客气，还要送我们礼物，说千年一遇，荣幸之至什么什么。好笑死了，他们俩都要把白天给老婆买的丝巾送给我们，我们没拿。他们是北京人，说话卷舌音很重，因为我们没把电话号码给他们，他们就说（学卷舌说普通话）：下次来出差还到舞厅去找你们，能找到。"

赵玮青那以后没再和余志有联系。有一个晚上，林玉红带儿子从外婆家回来，路过"园缘圆"红茶坊，碰到余志和一个女的正要进去。林玉红骑车已经过去，余志在她身后叫了她一声。林玉红把这件事告诉了赵玮青，她说明自己的理由：本来我可能不告诉你，不过余志对我一点也不回避，我眼睛不好，没注意他，是他主动叫我。当时赵玮青已经和余志不来往，她似乎故意用一种暧昧的腔调回答，我宁愿你不告诉我。

赵玮青还去文化宫舞厅，只是不再和余志说话并拒绝和他跳舞。余志打电话也没有结果。给她写信，主动提到那晚碰到林玉红的事，检讨说，自己一时三刻还不能和过去的生活告别，现在不敢奢求她原谅，只指望她能看到一点，他对自己的行为不隐瞒，他有诚意要改过的。余志不知道这件事对赵玮青已并非至关重要。

小时候，赵玮青是一个老师和父母喜欢的诚实、听话的女孩，后来她上了幼儿师范学校，毕业后担任幼儿园老师，她对幼儿园的小朋友和自己的孩子也是以"诚实、听话"的道理教导他们。赵玮青天性率真，一直生活在学校，刚成年又回到了儿童环境中，和社会缺乏接触，为人处世的方式和常人必有很大异处，这也不太会因年龄增长（已年近三十）而有所改变。在和余志相处时，赵玮青曾多次自言自语地对他说，自己小时候是大人眼里的好孩子，过去不可想象现在这种情况。赵玮青对余志说这种话显然不合时宜，她好像要"自圆其说"（这对她一定很重要），她又多次主动地对余志谈及她和她先生韩大庆的关系，其中明确流露了对韩大庆的不满。赵玮青第一次到余志家，两人除了谈诗，赵玮青就谈到了韩大庆。像余志这种男人也许想象不到，赵玮青是第一次独自到异性家去，这对她很不寻常，也许由此她谈到了她的家庭生活，仓促而深入。不过，那天，当赵玮青由夫妻在家庭中的角色，谈到她的先生韩大庆，不仅在家庭生活中事事依赖于她，而且毫不懂得体贴她，赵玮青的眼睛红红时，余志也明显受到了感染。赵玮青的意思是，她自己本来就是个柔弱女子，从小在父母兄长的宠爱呵护下长大，她找的丈夫也比自己大六岁，但何曾想她丈夫现在和她阴阳颠倒，她丈夫好像是女的，是病人，她是男人，是护士，她的丈夫还是一个性情冷淡的病人和不知好歹的"女人"，她是儿子的保姆和丈夫的仆人。

说来有点匪夷所思，赵玮青不仅对余志如此谈论她的丈夫，而且从那天（第一次去余志家）起她就停止了和丈夫的夫妻生活。赵玮青和丈夫韩大庆在这方面本来就不频繁，而且，由于"体质原因"，韩大庆从一开始就被动，在这件事上也依赖于赵玮青的主动行为（过程中也如此），这在他们夫妻之间成了共识和约定俗成的方式。这一点"角色互换"赵玮青当然还羞于告诉余志。一般，他们之间两星期过一次夫妻生活，当第一次逾期后赵玮青没有发出"信号"，韩大庆也许还不以为然。后来时间久了，第二个两星期过去了，第三个两星期过去了，赵玮青的态度明显有问题，但对韩大庆来说，他仍有许多理由解释赵玮青的态度——赵玮青曾多次因对夫妻生活不满而愤愤然说，"以后不要了"；赵玮青也说过自己不愿意再这样（做爱也不像个女人，羞于启齿），而有可能要和他赌气；他这一段身体状况欠佳，赵玮青也看到了。当时间太久后，韩大庆也主动发出过信号。他们俩自从有了孩子后一直分床睡，儿子跟妈妈，韩大庆转移到小房间。一天晚上，赵玮青洗过澡想睡觉时发现韩大庆仰卧在卧室大床上，赵玮青说，做什么？想陪儿子睡？要我和你换床？赵玮青离开到小房间后韩大庆跟了过来，她问，你到底睡哪儿？韩大庆回答，我睡这儿。赵玮青又让给他，说，你今天烦死了。不论韩大庆心里想什么，他的姿态就好像给对方面子。赵玮青不领他的情，韩大庆就好像自己已仁至义尽，到此为止。

　　不论你信不信，在赵玮青和余志相好的大半年日子里，她一次没有和韩大庆同过床。她每星期一次接受余志做爱的要求，她不仅对余志如此这般描述她的夫妻关系，而且在行为上也一丝不苟，身体力行。这当然不是因为和余志的性生活达到了她的欲望的极限，也不是因为她现在对韩大庆厌恶至极，赵玮青只是实践了自己信奉的一个行事原则，即不能在同一时期和两个男人"做爱"。坚守这一原则，即使对方不是自己合法的丈夫，也问心无愧。

在赵玮青从城南酒店回来的那个清晨，她主动恢复了和丈夫的夫妻生活。那天早晨，作为一种变化，赵玮青好像无意识地洗了两遍澡。余志既不了解这些情况，也不理解赵玮青的态度转变——并非不能原谅他什么，余志的确不知道那天早晨（打从回家的路上开始）赵玮青已对自己作了不可避免的忏悔和反省，她和丈夫的夫妻生活亦恢复如常。在此后一段时间里，余志还一心想要对赵玮青补过，以求重新得到她的信任。虽然余志平常交往的女朋友不少，聚散离合是常事，但他非常不愿意和赵玮青分手。赵玮青也许不是最年轻、最漂亮的，但她性格淳朴，气质优雅，言谈举止富有教养，这和余志平常接触的众多女子有天壤之别。令他没有想到的是，这么一个温柔可亲、令人销魂的女孩，一旦不再理他，却是那么态度坚决，高不可攀。

大约在赵玮青和余志分手后半年，她和林玉红在舞厅意外地遇见了赵中华。这时，他们已有两年不见。还是赵中华先发现她们，冲她而来。赵玮青只凭感觉即知道站在面前的暗影是谁。她没有表示什么。两人开头都没有说话，没有打招呼，后来赵中华说，很久不见。赵玮青没有装聋作哑，回答，你今天有空到这儿来玩。赵中华顿了一下，问，你还在原单位上班？赵玮青说，是，还能到哪儿去？你现在很好吧？赵中华好像听到赵玮青话中的误解，向她解释，我也还在原单位，我是想给你写一封信。赵玮青似乎意外地一笑，要对赵中华说什么，但又没响。

他又过来几次，有一次，他因坐在舞厅另一边而动作慢了一拍。在他和赵玮青跳第二支舞时，两人从头至尾没有说话。这有点出乎意料，但对方不开口，赵玮青也无话可讲。而赵中华却好像故意三缄其口，因为他已表示要给赵玮青写一封信。

这封信过了一星期真的出现在赵玮青面前。赵玮青更觉意外的是信的内容。这封寥寥数语的短信，开门见山就谈他们之间的关系，而以前他的信总是长而空洞，东拉西扯，不着边际。

小赵，他在信中写道，这次在舞厅里又遇到你，我非常高兴。因在当时不便表达我的心情，所以我告诉你要给你写一封信。我要告诉你，我那天不是偶然到那儿去，我是专门去那个舞厅，不仅如此，近一年多来，我已去过十多次，平均每个月一次，我就是在心里期待和你再次相遇。我对自己说，别的先别讲，就看能不能再遇见你。有了这样的幸运后，我又对自己说，别的先别讲，就像以前那样约你见一次面吧！

不过赵中华并没有在那封信里马上和赵玮青约会，只是发出了这个信息。赵玮青当时的第一反应可能就是不能接受他的邀请（好像确有理由），但信中并没有对她的具体邀请。然后，赵玮青有时间（这当然不是赵中华安排的）认真想一想这件事，她终于问自己，她和赵中华之间有过什么不快？她发现，自己已讲不明白当初和赵中华停止来往的原因。到赵中华给她写第二封信时，她已经能够友好地对待他的邀请了。

赵中华约她见面的内容也变了，在第二封信中提出下星期五中午请她吃饭。下星期学校开始放暑假，星期四，赵玮青第一次用家里的电话打赵中华呼机，赵中华回电过来，听到是谁后，不由得神经过敏地问，你不会是要告诉我你要拒绝我的邀请吧？赵中华在信中曾表示，不论你接受与否，请不必回信，让我在这个时间到舞厅门口去等你。赵玮青顿时愣了一下，说，我是想对你说我们去跳舞，不要吃饭。赵中华笑了，说，谢谢你接受我的邀请，我们先吃饭，再去跳舞。赵玮青不响，赵中华说，就这样了，明天中午我过去接你。

那天中午赵中华坐出租车过来接赵玮青，赵中华对司机说，到城南酒店。赵玮青忽然转头看他，语气有点惊诧地问，你怎么知道城南酒店？赵中华一笑反问，你去过？赵玮青顿了片刻，点头说，是。赵中华说，今年元旦，我朋友带我去过。

他们在酒店三楼餐厅大堂一个靠窗的座位坐下。这个大堂高敞气派，上方四周是上面两层的回廊，从五楼的天花板上悬挂下来几只华丽的枝形大吊灯。他俩坐的位置面临酒店正面的大草坪，夏季的中午，窗外阳光酷烈，地上白晃晃一片，天空蔚蓝澄清。

赵中华显然打算请赵玮青吃一顿像样的午餐。在点菜时，他问赵玮青爱吃什么。赵玮青说随便。他又问："是地上的？水里的？空中的？"赵玮青觉得好笑，随口说水里的。赵中华就点了海鲜，三文鱼、海蟹、海虾、贝类等，要了一瓶当地合资酒厂出品的法国红葡萄酒。这餐饭他们用了近一个半小时，离席时两人脸上都红扑扑的。赵中华似乎也不胜酒力。他建议去二楼保龄球馆活动一下，赵玮青赞成。他们下去到保龄球馆，赵中华要了每人两局，后来又加了一局。赵玮青以前玩过一两次，水平很业余，第一局打了四十多分，第二局五十分，第三局六十多分。赵中华虽然也自称很少玩，但又说最高打过一百八十分，不过那三局他都没有超过百分，而且越打越差，第三局只有八十分。因此虽然三局他都赢了赵玮青，但赵玮青有理由作出预见：如果照这个势头再打下去，胜负难料。

　　三局保龄球后，赵中华人似乎恢复了些，精神很好。他提议到一楼酒吧去喝咖啡。他们又下到一楼酒吧。这个酒吧有点特殊情况，由于附近有两所大学及一些外资企业，光顾这儿的老外不少，他们几乎都坐在高脚椅上喝大杯的啤酒。除此之外，还有一景也颇引人注目：有一些中国姑娘，她们打扮得很前卫，并且不像一般的女孩那样成双结对，她们一个一个的，散坐在酒吧各处，只要一杯加柠檬的冰水，抽着烟。注意她们的眼神和表情，可以看出她们始终在观察那些老外。果然，她们中的一个起身走到一个老外桌边，不知和他说了点什么，就在老外身边坐下。接着这个中国姑娘和老外交谈起来，她的脸和对方靠得很近，一只手放在老外手臂上，或者搭在对方肩上，甚至摸摸对方的脑袋。这样过了十来分钟，中国姑娘或者退回自己座位，或者挽着老外的手臂离开酒吧。光顾这儿的中国男人明显少于外国男人，正如在这儿很少看到外国女人一样。很容易得出的结论是，那些会说外国话的中国姑娘一定是附近两所大学的学生。也许多此一问：她们是到这儿来找老外操练口语吗？有时，中国姑娘的人数比老外还多。

　　不过，这会儿酒吧里人不多，赵中华和赵玮青也没太注意这些。他们找了离吧台较远的一张靠墙的小圆桌。此时已三点多，他们在那儿一直待到五点钟。

　　他俩这天的活动到此时，和以前有过的两年相比，虽然还只有短短几小时，但是已有相当不同的内容。这不是指他们以前没有过在一起吃饭、打保龄球和泡吧（的确没有过），而是指他们今天的感觉不比寻常。赵中华甚至让赵玮青感到有点判若两人，而以前他一直是比较拘谨的，和赵玮青在一起不太说话，给她写信也不着边际。但是这天他表现得落落大方，殷勤周到，在和赵玮青共进午餐和一起泡吧时，他还多次坦然地、凝神专注地近距离注视赵玮青，并和赵玮青有了"坦诚相见"的谈话，他好像顿时能说会道起来，口若悬河，嘴里流出许多以前从未有过的"甜言蜜语"。他对赵玮青反复重提过去的事，深有感触地说，好像过去许多年了（恍若隔世）！那时自己年龄不小，但还很幼稚，心里的感觉不会表达，每次和你见面只会请你跳舞。而这次我就对自己说，首先不和你跳舞，而一定要和你安静地谈谈话。他告诉赵玮青，他对过去的事想过很多，过去，自己在她面前总是有点紧张，除了自己性格和经验方面的原因外，还有一个因素是她已是有夫之妇，而他还是单身，这让他感到自己的行为有点不负责任。他的意思不是指对她的看法，而是说他对自己感到有点可笑，也认为自己无权对她表示什么。所以他和她的交往就更依赖于舞厅。不久后，他和一个平时关系比较接近的姑娘确定了恋爱关系，并和她成了家，这下，也许他心里有一种"如释重负"的感觉，好像找到了自己的位置。但后来却不知为什么互相不来往了。

他向她表达自己对她的好感。以前一直没有机会对她说，好像很复杂。他提到第一次见到她时，以为她是一个女生，最大刚从学校毕业，不可能看出她已经结婚，而且还有一个几岁的儿子。他后来心理上的压抑与此有关。他不是说女孩不应该嫁人生子，他的意思是说他当时的心情，就好像被她排斥，一个单纯的女孩顷刻变得深不可测起来。他并由此感到她很神秘、丰富和幸福，不可接近。

他认为她的丈夫也一定是个不寻常的人。他们最后一次见面，那个凉飕飕的秋夜，他甚至没有能够和她靠近些，但也许身边的她毫无感觉，他的表现就像一个心事重重、不知所措的少年。后来，他们几年不来往，但他没有忘记她，后来又去舞厅找她，就好像要和她重新开始。

他们离开酒吧前，他说，昨天你打电话给我，说不要吃饭，去跳舞，我说先吃饭再去跳舞。现在我们一起去吃晚饭，晚上请你跳舞。她笑了一下，问，你不回去了？他答，可以不回去，这儿是宾馆，这次不会和你在街上流浪了。

他们从酒吧出来，回到三楼餐厅用晚餐。赵中华又要了一瓶红酒。这次他们喝酒的速度比中午快，赵中华频频举杯向赵玮青敬酒。酒喝到一半，赵中华说，好久不和你跳舞了，我今晚就住在这里，明天一早回去。又问，你晚点回去要紧吗？赵玮青顿了一下，一笑说，现在还问我。

饭后他们又回到底楼大堂，赵中华去服务台订房间。一眨眼，他手里拿着钥匙牌，过来对赵玮青说，516房间。然后他们一块坐电梯上五楼。赵中华过去开了门，赵玮青进去站住说，很闷的，开开窗通通空气。她立刻就到窗前把窗帘拉开，开了窗户。她掉头对赵中华一笑，去卫生间洗手。出来时，窗前的小圆桌上已摆着两杯茶，电视机开了，赵中华站在过道边，手里拿着遥控器在换频道。她经过他身边去窗前时，他拥抱了她，她也没有抵制，两手抬起放在他背后。因是夏天吧，他没费多少周折就脱下了她的上衣。但他要得寸进尺又不容易，她似乎很不愿意。这时，赵玮青还穿着裙子，一边窗户大敞。赵中华想到了就下床去拉窗帘，动作很快，身体好像弹出去忽又弹回来，生怕在他松手的片刻节外生枝似的。这时，赵玮青身体侧卧蜷缩，两手抱在胸前，下身除了黑裙子外，鞋子也还没脱。她的身体好像无处躲藏，但是眼睛睁大直直地盯着他。赵中华再次上床后先脱她的鞋，然后是裙子。他几乎没有别的动作或变换姿势，没有和她说话，没有抬起头来，没有停顿——当然没有太费时间。过去后，他显得不知所措，虽然继续紧抱赵玮青，但怀抱已经明显空洞。

赵玮青在他耳边咕哝了一句，我去洗洗。

赵玮青洗罢出来，赵中华靠在床上，对着电视。赵玮青上床盖上毯子。起初，赵中华搂着她，后者的手也在他背后摩挲。赵中华自进这个房间后还没有说过一句话。过了一会儿，他在赵玮青身上的手不动了，埋在她颈窝里的脸热乎乎。赵玮青看了他一眼，眼睛闭着，鼻息均匀，睡着了。赵玮青看着这个男人，他的一只手还放在她胸上，自己也搂着他，两人都一丝不挂。赵玮青这时忽然想到自己，现在该做什么，和这个人一起睡觉，还是留下他回家？赵玮青当然是睡不着的。她今天出来时倒是和家里说过，同学过生日，可能晚些回家。但是她刚才是以什么理由留下准备晚回家的？是他告诉她，一起吃晚饭，晚上请她跳舞。刚才还好像只是跟他上来看一下房间。赵玮青这时忽然有点烦躁，真的，这次和这个人重逢，她好像反应特别迟钝，这一切似乎只是他的一个预谋。他对她说，要和她重新开始，这会儿，他像一个无辜的孩子，在她怀里沉沉酣睡，他醒来后会对她说什么？赵玮青这么想，一只手忽然在他小腹下摸了摸（他躺下后将它置于那儿），好像要在那儿测试他的睡眠程度。她待了一会儿，推了推他。赵中华没有动静。又推了推他，后者睁开了眼睛。赵玮青看着他说：

"你睡着了，我想对你说一声，我要回去了。"

赵中华看了她一会儿，问："现在几点？"

赵玮青答："八点。"

赵中华又闭上眼睛，片刻后睁开，坐起来，说："那，我和你一块走，我也回去吧。"

赵玮青愣了一下，她下床拿衣服，背对着赵中华说："好的。"

赵中华笑笑，说："我睡着了，你叫我时，感觉上好像已睡了很长时间，天亮了。那我就回去吧。"

赵玮青没再说什么，不响。也许，她应该留张字条给赵中华，但是她叫醒了他。他的回答令她惊诧而难受。他不仅忘了自己的承诺（其实时间还不晚），而且毫无留恋地改变了计划。

赵玮青很快穿戴整齐，到卫生间去梳洗。她出来后对已穿上衣服、坐在椅子上等她的赵中华说，我回去了。她这么说好像还不确定赵中华的话，或者说她不打算和赵中华一块走。

这时赵中华站了起来，走到她面前，就好像要在此和她作临别拥抱，伸手摸了摸她的头发，然后就抱住了她。赵玮青立刻要推开他，但同样也是条件反射，她又没这么做。赵中华抱了她一会儿，没有松开，还抱得更紧。赵玮青感到了一件突出的事，这已经不是临别的拥抱。赵中华开始热吻她，动作有所求，一只手伸向她的裙扣。赵玮青抓住他的手，但并没起什么作用。她要抵制他的，但她眼看着事情发生，好像她的确反应迟钝，为他控制。与此同时，赵中华这次显得更着急（急着要回家？），彼此上衣都没脱。但说来有点奇怪，赵中华把她摆平后，本来要抵制他的赵玮青这时反而自己脱下了上衣。那么，她现在是认为穿着上衣做这种事是她更不能接受的，还是想到完事后要去卫生间洗个澡？

这次是赵玮青坐在椅子上等赵中华。她再次冲了热水澡，重新穿戴整齐，此时脸上泛着红晕，头发梢湿湿地披在肩上，似乎还在冒热气。刚穿上的衣服又脱下，刚冲过澡的身体又重洗，刚梳过的头发又弄乱了（这恰似她的心境），她此时心里在想什么？是不是很后悔？

这时，赵中华洗完澡从卫生间出来了，对她笑笑，赤身裸体又上床钻进毯子，没有穿衣服。他对赵玮青说：

"算了，我不回去了，明天一早走。"

赵玮青又一愣，起身说："那我走了，你休息。"

赵中华从床头看着她，又看了下床头柜上的手表，说："好的，现在回去还不算太晚。"

赵玮青就说："再见。"

赵玮青就要走了，对赵中华点点头。但是虽然这样，如果此时她被挽留，即使只邀请她再坐一会儿，她难道不可能留下吗？如果赵中华说，我们出去活动活动（本地夜间有许多有趣的活动），那么，她不可能留下来继续消磨这个夜晚，乐而忘返吗？

赵玮青说了再见，提着她的手袋，就出去了。

到家时近十点，韩大庆还在看电视。由于赵玮青今天有事出门，儿子已被送到外婆家。赵玮青在房间门口对韩大庆笑笑，说，不好意思，回来晚了。韩大庆看了她一眼，说，还好，比我想象的早点。赵玮青本来就要离开去洗澡（夏天回家的第一件事），听韩大庆这么说，不由得站住，脸上露着笑容问他，你想象什么？韩大庆已回头继续看电视，这下又掉转头来说，想象什么？生日 party，你告诉我的。赵玮青看着他，对他一笑，好像不必回答似的，然后转身离开了。

赵玮青洗澡后回卧室睡觉，韩大庆仍在看电视。忽然，她感觉韩大庆靠过来拉了下她。这是韩大庆要和她过夫妻生活的信号。此事难免要作个交代。一般来说，韩大庆在夫妻生活中处于被动姿态，如果是他主动要求，他也只是在赵玮青身边拉扯她，目的是要拉赵玮青坐起来。以前，赵玮青若拒绝他的要求，就坚持不坐起来。韩大庆好像太依赖于这种方式，除了反复拉扯她别无他法，他对自己动手好像有太大困难，不可行。每次，赵玮青坐起来后，就由她抚摸，宽衣解带，他仰天八叉地躺着，她"坐在他身上"。在赵玮青和余志相好期间，有的晚上韩大庆几乎一夜不停地执著地拉扯赵玮青，两人都睡过去了他的一只手还在下意识地作着要求。赵玮青能够保持自己的"纯洁"（也许用词不当），和韩大庆的状态有关。今天，赵玮青不免有点恶作剧地对自己说，如果他也像那些男人（她脑子里飞快地闪过余志、沈先生、赵中华等）那样来弄我，他也是一个男人，我是没有办法拒绝他的！

赵玮青正这么想，韩大庆忽然一条腿跨到她身上。

为什么，韩大庆说，你对我这么反复无常？我对你一直十分谦让，每次都任凭你的意愿。

他不愿说下去似的，忽然停住，只是自己动起手来解脱赵玮青的衣服。好在赵玮青浴后的衣服十分简单，只披了一件睡衣。对赵玮青来说，她意外的不只是韩大庆的举止变化，而且，这次，韩大庆状态很好，说话口气也很冲。无怪乎不需要她为他宽衣解带和抚摸。当韩大庆的身体沉重地压着她时，的确，她没有办法拒绝他。从心理上说，她此时也许应该感到紧张，因为这毋庸置疑违背她的"原则"，但是，这一刻她好像已经忘了别的（赵中华等）——事先她不会想到这很容易！

求爱者

1

今年八月间，姚丹学校毕业后来我们单位工作，由于我们专业相同，她就坐在我对面。姚丹二十出头，我呢，已经三十挂零了。姚丹刚来我们单位时，我对她注意很少，也许因为姚丹是个不惹人注意的女孩，每时每刻都在伏案工作，从不抬头东张西望，更不主动和别人搭讪。所以，当两星期后，我们单位的年轻人去南京搞活动时，我才刚开始对姚丹有所了解，在"侵华日军南京大屠杀遇难同胞纪念馆"后面的一片骷髅似的鹅卵石场地上，我惊奇地发现，这个女孩在我面前端坐两个星期，我不仅忽略了她的俊秀隽永的容貌，而且连对她修长苗条的模特儿似的身材也视而不见。那天，在凝重苍凉的纪念馆建筑背景前，身着一袭蓝布长裙和紧身上衣的她，显得典雅而又轻盈。她走到我面前，脸上挂着拘谨端庄的笑容，要求我给她和她的女伴照一张合影。我感到意外的是，她好像是这一刻忽然从我对面的办公桌后抬头起身：原来她有这么一张标致的脸，而且个子很高。我给她们照了相，把相机还给她时如愿以

271

偿地对她说：

"我现在才发现你个子很高。"

她显得很惊讶，说："怎么会呢？我坐在你对面的。"

我有个习惯，在和生人说话前都要打个腹稿，我刚才在给姚丹和她的同伴照相时已经在心里预习过，这时我脸上浮起微笑，说："是啊，每天早晨我走进办公室时你已经坐在那里，傍晚我下班离开办公室时你还在那里坐着，我没有看见你站起来过。"

姚丹笑了（对我的幽默我当然毫无把握），说："怎么会呢？我经常站起来的。"

我本想对她说："我刚才是第一次看见你站着的形象。"她也许会问："什么时候？"我回答："你走过来时。"但我已经把相机递给她，就停止了。

在南京的两天，我和姚丹之间说了这几句话。在回沪的火车上，由于别人和我换位置打牌，有一个小时我和姚丹面对面坐在窗边。这一刻来之偶然，我不禁有些惊喜和发窘，好像是我故意要和姚丹同座。我对她笑了一下，问，你不打牌？姚丹摇头回答，在火车上我不喜欢打牌。我说，是，我觉得打牌应该在冬天的晚上，外面白雪皑皑，房间里生一只炉子，大家热气腾腾而又安安静静地玩，结束后一起围着炉子吃夜宵。姚丹笑，说，南方没有这种情景啊。我说，我觉得任何一种活动，都有与之相适合的环境和气氛，在火车上，打牌是完全不对的，打瞌睡也完全不对（我们的目光落在旁座一位娇声吁吁的年轻女士身上）。最好的活动是坐在窗边，一只手托着腮帮，眼睛望着窗外的风景，心里想着心事。姚丹笑着回答，我是无聊才看窗外，不是欣赏风景，眼睛里没看见什么，心里也没想什么，你要是不过来和我说话，我也要打瞌睡了。

姚丹的笑容有一种和她矜持端庄的沉默相反的意味，当她露齿一笑时，充满孩子气的顽皮和狡黠就像一个泄露的秘密展现在她脸上。和有些女孩不同，姚丹的容貌耐看，而且近观效果更佳，她的五官，就连她的牙齿和耳朵都长得精巧完美。我从三十岁起和女性接触有一个怪癖，就是和她们面对面时总是不由自主地非常注意她们的鼻孔和口腔，这样的心理偏差好像已经不可矫正，而经得起如此（审美）观照的女子可谓凤毛麟角，它们有碍观瞻的部分总是被我夸张得目不忍睹。由于这样的怪癖，我宁可闭上眼睛听我所喜欢的女歌手在电视屏幕上演唱。倘若睁开眼睛，即使在唱我钟爱的歌，其暴露的鼻孔和口腔——如肥大的舌头、粗糙的舌苔、龋牙、黏液、硬翘翘的鼻毛等——也会使歌词和旋律受到玷污。然而姚丹的鼻孔和口腔似乎没有这些问题。姚丹的鼻子长得挺拔端正，我坐在她对面很难看清其内部。姚丹的口腔也像孩童那样娇嫩清新。姚丹的耳朵，我要再次提及它，这个从审美的角度来讲，人的脸上不太醒目的器官，时隐时现地藏在姚丹的秀发后面，和姚丹的口鼻一样，是姚丹脸上可能有的最完美的耳朵。而姚丹的声音，在窗外移动的风景前，十分适合时断时续的交谈和回忆。

时间如窗外的物体那样晃过，但把车窗上的影像保留了下来。姚丹几乎一直用胳膊肘支在铺着白布的小桌上，托着腮帮，眼睛时而望着窗外异乡的黄昏，时而看着我微笑。姚丹的神情和语调清纯而透明，就像她谈到的话题。那个话题简单而富有感染力：关于她的家庭——它就像姚丹嘴边隐约温情的微笑似的不经意地浮现出来。据姚丹称，她的家庭虽然平凡无奇，爸爸妈妈都是普通职员，没有社会地位和经济条件，但她仍然要比她的大多数同伴幸运，因为她有一对相亲相爱的父母，还有一个上大学的健康漂亮的双胞胎弟弟。她的比她晚出生几分钟的弟弟从小就像她的哥哥，对她处处关怀和谦让。她的爸爸和妈妈在她的记忆里一直相敬如宾，彼此从未红过脸。她小时候觉得这些很平常，但成年后随着社会阅历的丰富，人生经验的增加，现在越来越感到她的家庭所拥有的这份宁静是和睦与温馨、健康与幸福的标志，弥足珍贵……姚丹对我谈到这些时，火车正在异乡的黄昏里乘风破雾驶向她的留恋和牵挂，把她的叙述烘托得格外传神感人。

我不禁回答，你小时候是身在福中不知福，但其实这种幸福每时每刻都在你的眼睛里洋溢着，在你的神情和举止中洋溢着，给你的成长以丰富的营养。我现在坐在你面前，和你第一次交谈，但我已经能够感觉到你是一个心地纯净、志趣优雅、富有情调的女孩，而这肯定和你的家庭有关。

姚丹回答，我在生活中也欣赏这样的女孩。

我慨叹，你自己不是这样的女孩吗？

姚丹回答，只有你对我这么说。

我恳切地表示，像你这样的女孩，都不认为自己引人注目。你从不主动要引起别人注意，却会给别人留下不一般的印象。你到我们单位两个星期，我们到今天上午才互相认识，这一点我个人体会很深。

姚丹不同意，说，我早就认识你了，不是到今天上午才和你互相认识。你这么说，我感到很奇怪，我没想到我坐在你对面你没看见。

我表示，不是我没看见，是我没有机会。这也说明我在女性面前恭敬持重的品行。

从南京回来后，我在办公室再和姚丹对面而坐时，我以前对姚丹的感觉显得空洞而古怪。姚丹仍然比我早到办公室，我进去时，她都和我微笑点头。我们有时也抬头交谈。不过，在相当长一段日子里，我和姚丹没再像在火车上那样交谈过，我们的关系和那次交谈相比倒退了许多。这有以下几方面的原因：一，办公室人多事杂，环境混乱无序；二，姚丹对待工作认真勤奋的态度和以前毫无变化，就是她抬头和我说话时手里也仍然握着笔，面对这样一位富有充沛工作热情的年轻人，作为比她年长的同事，我清楚自己的责任；三，自从在"南京大屠杀纪念馆"和返回的火车上和姚丹接触后，姚丹焕然一新的形象使我多少有些自惭形秽，我原先无意于和她接触，而现在我为此感到羞耻。现在，姚丹仍像以前那样整天伏案工作，面孔隐匿于披覆下来的头发后面，但我要和她说上一句话却很困难。况且，姚丹境界高远，上进心很强，从南京回来后我即获悉年轻的她已是中共党员。从十年前上大学时起，我已打过多次入党申请报告，但至今尚未通过组织考验。和姚丹相比，我的心情难以平静。这种鲜明的反差使我在姚丹面前由以前的漠然而变得现在自惭形秽的心理日益严重。甚至，我不敢奢望南京之行的情景重演，我还为我在"大屠杀纪念馆"和旅游列车上的表现忐忑不安，面对姚丹端庄的坐姿和平静悠远的表情，我不能不感到自己行为的冒失和卖弄早已受到了她的耻笑。无怪乎南京回来后她对我的态度若即若离，这是她对我客气而有分寸的回避。我还自以为是地想要对她表示一个年长的同事和绅士的关怀。唉，我没有想到，所谓"以前的疏忽"，是否是我现在的一相情愿呢？男人三十而未婚，是相当容易在二十岁的女孩面前显得可笑的。我得赶紧采取补救措施，至少不要让新同事由于我的缘故而对我们这个老牌单位产生误解吧。

我不回避我是个大龄青年，我心里也确实为自己的婚姻和恋爱担忧，而并非奉行独身主义。我也认真检讨过自己独身至今的原因，不缺乏自知之明。我既看到自己身上的优点：文化程度比较高，品行端正，性格温和，趣味高雅，富有人道情怀等，也并没有忽略一些显而易见的不足，譬如身高（离理想的高度尚有距离），体质（不够健美和健康），容貌（五官缺点较多），等等。至于我的家庭，它不是名门望族，我小时候，爸爸妈妈都在饭店工作，爸爸是厨师，妈妈是服务员，社会地位没有，但口福要比别人多些。后来我父母承包了一家饭店，社会地位还是没有，但经济效益颇丰。如今，二老承包的饭店气派亮堂，生意蒸蒸日上。我的父母没有文化，举止粗俗不雅，我过去一直回避他们的职业和身世，而现在他们认为他们很为我挣面子。确实，我父母已经出钱为我买了房子。可我至今依然独守空房。唉，就算我给二老丢脸，我也不能在像姚丹这样的女孩面前言行过分。我不是那种孤僻乖戾的单身男子，我也不是不能风度翩翩地和身边的女士调情，我也不是没有能力如鱼得水地在女人的世界里回旋嬉戏；是姚丹这样的女孩使我变得拘谨敏感。

我每天早晨走进办公室时不再主动把第一束目光投向姚丹，待她抬起头来和我打招呼；上班时我不和她说话；下班时间到了，我自顾自就走。我试图恢复以前心不在焉的态度，尽管现在是做出来的。姚丹对待工作一如既往地投入，脸上是没有感觉到什么的沉默。虽说姚丹对我的表演不置可否，令我感到苦恼，但它还是有必要的。

转眼南京回来两三个月了。一天午饭后，我回到办公室，在桌上一份我正使用的材料里看到夹着一张字条，上面有两行清丽娟秀的小字，虽然没有署名，但一目了然是姚丹的笔迹。"今天下班后我想和你谈一件事情，你如果有空，并且同意，请你把窗台上那盆圣诞花摆在办公桌上，下班后我们在'春芳茅屋'见面。"这件事完全出乎我的意料，不仅是姚丹传递纸条的方式，而且是姚丹要求我答复的方式。我下意识地想把纸条藏进口袋，过一会儿再细看；但同时我又下意识地感觉到姚丹好像正在周围的某个角落窥视我。于是我的手在半道停住，纠正了脸上的表情，好像被纸条上的奇想和顽皮逗乐似的摇摇头，露出绅士的微笑，把它放回桌上。我没事似的伏案阅读材料。

姚丹进来了，在我对面坐下。一会儿，我读完了材料，抬起头来，见姚丹正目不转睛抄写什么。我起身到窗前眺望远方的风景：从对面楼顶上伸展出来的一片灰蒙蒙的天空。然后我收回视线，把那盆叶绿花红的圣诞花端到桌上。我埋头做着这些，但感觉到姚丹已经停下抄写，抬起眸子，我的脸颊在她的目光注视下产生了一缕暖意……我坐下，隔着圣诞花，和她相视一笑。

"春芳茅屋"是一间有意模仿茅草棚建筑风格的茶室，隔我们单位两条弄堂。那天下午我独自前往，在里面选了一个合适的位置，向"村姑"打扮的服务员要了一壶铁观音。一会儿我看见姚丹掀开门帘进来，在门口站住，以适应里面昏黄的光线。姚丹发现了我，朝我过来。

我礼貌地起身对她说，你也来了啊，我能请你在这儿坐吗？

姚丹脸上露出那种天真而又狡黠的笑容，回答，谢谢你的邀请。

我看了尾随而来、站在姚丹身后的村姑一眼，问姚丹，你喝什么？

姚丹扭头吩咐村姑，我就要杯柠檬红茶。

村姑语调悠扬地回答，好的。扭摆腰肢，仪态万方地离去。

我和姚丹彼此相望。姚丹停了一下，似在想着什么，然后说，我们还是在南京回来的火车上这么对面而坐，已是很久以前的事。

我回答，我们每天对面而坐。

姚丹含笑不答。

丰腴妖娆的村姑送茶过来。我说，我们还要些茶食。村姑抬了一下水汪汪的大眼睛，说，好的，请等一下，马上拿来。

村姑托着一个香喷喷的食盘回来，轻轻放在桌上。

姚丹和我正在互相检讨：

"有件事我早就想对你说。"

"我最近太忙，一直没时间听你说。"

"是我不好意思对你说。我犹豫很久了，觉得你不愿意听我谈这种事情。有时办公室人少，我想和你聊聊，但我看你很忙，没兴趣和人家聊天。"

"是，作为比你年长的同事，和你又是同一专业，我对你关心不够。但我心里是怎么想的？我认为你很能干，过去讲是'又红又专'，我关心不上。其实关心不上是我的能力问题，而有没有对你表示关心是态度问题。我态度不好。"

　　"原来你认为我很能干。"

　　"我对能干的女孩天生景仰，在她们面前举止拘谨。"

　　"我来对你讲一个故事，你听完后告诉我，我是不是一个能干的女孩……"

　　"你讲。"

　　"恐怕你听完后要笑话我……"

2

　　自从上次在南京有幸和你谈过话后，我感到和你谈话很有意思。那是这样一种感觉：有许多自己平时没有想到的，或者心里表达不出的，仿佛在不知不觉中被你引导出来了。这种感觉很特别，轻松而又丰富，自己好像变得更聪明了。我希望能有机会和你多谈谈，但又生怕自己瞎起劲。我现在要对你讲的这件事，虽然对我自己很重要，但在你听来我猜也是很平常的。

　　事情发生在我们从南京回来以后，在一次朋友的 party 上，我认识了一个男的。我现在就叫他张华，不提他的真名实姓。那天这个张华一直坐在我旁边，我怀疑是朋友特意安排的。我第一印象他人长得还可以，一米八几的个子，运动员身材，眉清目秀，说话举止也都挺文雅的。party 结束后，我对他的总体印象也还可以，但也就是一般的印象。这件事就算过去了。我万万没有料到第二天下午下班后这个张华会在我们单位对面等我。当时我没看见他，他也不喊我，在后面跟着我，等我过了十字路口，在影剧院那儿，他忽然站在我面前，笑嘻嘻地打量我，对我说，你好，不认识我了？我吓了一跳，睁大眼睛看了他好一会儿，才说，是你啊，你怎么在这儿？他回答，我来找你。我心里至少有十个疑问，就先问第一个：你怎么知道我走这条路？他说，我在你单位门口看你过来的。

我这才知道他跟在我后面。如果他那天给我打电话，我也会很吃惊，但我还能接受。我和他从来不搭界，只是在朋友那儿见了一面，连名字也没有记住，他第二天就跑到单位来找我，还跟在我后面，这太奇怪了。我说话口气就不太好听，问他，你找我有什么事？他看了看车水马龙的大街，说，在这儿说话不方便，我们找个地方坐下来说。我马上否定，问，你到底有什么事？就在这儿说。他怎么回答的？他说，也没有要紧的事。是这样，我昨天晚上在朋友家认识你，感到非常荣幸和意外。遗憾的是，在那样的环境里我没有机会和你多聊聊。所以我今天特意来找你，我的愿望是，请你接受我的邀请，我们一起去吃饭。

我很吃惊，对他的好意表示谢绝，我说，对不起，我和你互相还不了解，只是在朋友家见过一面，你的诚意我可以接受，但我不能接受你的邀请。我这么说，意思很明确，但他听而不闻，反而起劲地说，谢谢你接受我的诚意，这是我们互相了解的开始，我今天请你吃饭，就是为了增进了解。我说，什么，这是你的想法，而我不喜欢单独和不了解的人吃饭和聊天。他一本正经地喊我"姚小姐"，说，你这句话不合逻辑，听你的意思，你只和了解的人吃饭、聊天，但你从不和不了解的人接触，你不会了解别人啊。他自说自话在马路上拦住我，倒像比我还有道理。我说，第一，你不要叫我姚小姐，请叫我名字；第二，我至今还没有单独和别人吃过饭，包括了解的和不了解的。我指的是男性。他摇头，好像不相信，或者不可思议，问，这是正常的吗？我说，没有什么不正常，至今为止是正常的。他歪曲我的意思，说，就到今天为止，给我一个机会，让我诚心诚意地邀请你吃饭。他说"共进晚餐"。

现在你也许会觉得奇怪，既然我不愿意接受他的邀请，为什么还有这份闲心陪他噜苏呢？这是因为那时我对他还不了解，对我来说，他是我在朋友那儿认识的，我不领他的情，也该给他一点面子吧。再说他眉清目秀的外貌和运动员的身材，给人第一印象很好。他态度和气，说话文雅，对待女孩非常有耐心，让你感觉到他的行为虽然有些过分，但他是诚心诚意的，对人对事很执著，而不像一般男人那样，在这种情况下受到女孩拒绝就轻易放弃了。女孩其实都喜欢男人执著一点，尤其是我第一次碰到这种事，虽然心里有些惊怪和害怕，但也有一份满足和好奇。我现在回忆这件事时的心情，和我当时的心情不完全相同，因为我当时无法预见以后的事。我当时只是觉得他的行为太出乎我的意料，接受他的邀请不合适。

当时我们站在路边，下班的人流从我们身边经过。我感到比较难受，对他说，今天真的不能接受你的邀请。后来我才明白，拒绝他这个人最好的方式是什么话也别说。但这是不可能的，做人要有礼貌，要把道理讲清楚。他和你接触也是从讲道理开始，而且他始终对你彬彬有礼，摆出一副讲道理的架势，就怕你不讲道理。

他不急不忙地回答，请你认真考虑我的邀请，千万不要轻易拒绝。我是第一次像今天这么郑重其事地邀请一个女孩吃饭，请你理解我的心情和诚意。如果你需要回家说一声，或有别的事情要处理，我等你；如果你胃口不好，不想吃饭，没关系，哪怕你坐下来喝一口汤我也满意；如果你不愿意和像我这样的你还不了解的人交谈，那也没关系，你就不要说话，眼睛看着别处也行，掉过头去也行。总之我请求你认真对待一个内心充满善意和友情的人的邀请，屈尊给我一次机会，如果证明我确实使你感到不愉快，以后我就再也不来打扰你。如果你今天已有约会，不可能改变，如果是这样，话说到这个份上，我也不会勉强你。大家住在一个城里，来日方长，我们可以另外约个日子。

我无可奈何地说，这也不至于。他的脸上马上喜形于色，不过语气依然温文尔雅，打量着我，说，如果你今晚没有约会，请接受我的邀请。我说，我不会为了谢绝你的邀请就说今晚有约会。好的，我可以接受你的邀请，但你必须答应一个条件，不要请我吃饭。你别问为什么。你如果答应，我们就去喝杯咖啡；如果不答应，说什么也没用。他犹豫了一会儿，看看手表，说，现在已是吃晚饭的时候，一个有教养的男人怎么能光请女孩喝咖啡，不请她吃饭？我说，就是这样。他不情愿地说，这次就听你，以后再请你吃饭。我说，还有一个条件，你不要谈以后；如果你觉得光请我喝咖啡没意思，我不勉强你。他抬起两手好像受不了我的话似的，感叹地说，姚丹，你这么说叫我无地自容。

那天我就和他去喝咖啡。他说要和我多聊聊，他在喧哗嘈杂的马路上请我时话很多，但在幽雅安静的咖啡馆喝咖啡时却话很少。

他坐在我对面，时不时沉默着看我，一会儿眼睛睁大，一会儿眯着，表情丰富，仿佛变换了一种交谈方式；有时又好像没看我，若有所思的样子，忘情地打量他眼前的一幅油画作品。我被他这样的目光看得既有些感动，又不舒服，就对他说，你别这么看我，好像我是一幅画，没有感觉。你说有话要对我说。他听到我的声音，好像从遥远的地方收回视线，脸上浮起一点笑容，慢吞吞地对我说，对不起，自从昨天认识了你，再次和你见面成为我最大的愿望。我现在如愿以偿坐在你面前，原来我以为有许多话对你说，但我现在心情很激动，不能静下心来和你交谈；而且我发现，眼前的情景有许多值得品味之处，我刚才不声不响地看你，就是不由自主地被其中的某种意味吸引了，沉浸在里面。而我原来要对你说的话，忽然感到空无一词。

我睁大眼睛瞪着他，惊讶大于感动，因为一方面他什么话都说得出，另一方面他说话文绉绉，书生气很浓，这些我以前都没有碰到过。

我们就这样喝完了咖啡。分手在即，他又老调重弹：既来之，则安之，吃了饭再走。我说，你不守信用。他说什么？他说，只要能够请到你吃饭，我的人格蒙上一些污点在所不惜。女孩都是喜欢听这种话的，我也觉得他回答得很妥，心里不禁笑了一下，但表面上不以为然，站起身说，谢谢你的恭维，不过我不能为了一顿饭让你的人格蒙上污点。我准备走。他仍然端坐不动，抬起脸看我。我问他走不走。他脸上显出一种无奈、忧伤而又调侃的表情，说，姚丹，请你吃一顿饭真是很难啊。

我心一软差点坐下来，说，张华，你不要这么说，听上去好像

283

我是一个不近情理的人。你觉得一定要多花掉点钱才能表示你的诚意吗？他叹一口气，说，你这么理解，我收回请你吃饭的话。我和他道别，说，对不起，我走了。他说，别，请让我对你说对不起。我很愚蠢，今天请你吃饭本是出于友好的动机，但由于我不会办事，反而让你不愉快。

我当时面对他苦恼的脸和恳切的态度，差点又坐下来。他默不作声地看着我，等待我走。在一般的情况下，他是一个引人瞩目的男子，身材高大，面目清秀，这样的男子如果在女孩面前表现得孤独、软弱、多情，那是非常令人感动的情景。

但我还是对他说，谢谢你的咖啡。离开了那种情景。

到了外面我并没能松一口气。我感到他在我背后也站起身。我心慌意乱地回到家，一直没有摆脱这样的幻觉和臆想。从那天起我的心理和情绪上就有了一种压迫感，在街上行走不再像过去那么从容随意了。

只过了两天，我下班回家又在老地方碰见他。当他像上次那样突然从天而降站在我面前时，我比第一次完全意外地遇见他更受惊吓。我想假装没看见他，低头从他身边绕过去，但他大模大样拦在跟前，旁若无人、声音很大地喊我名字。我脸涨得通红，语气生硬地对他打个招呼，说，是你，再见。他却仍然伸开手臂挡住我，不让我过去，说，你别急着走，我话还没有对你说。我很怕成为大街上供人观赏的一景，就站住脚，耐着性子对他说，你有话可以用别的方式，为什么又在大街上拦住我？这样好不好？我请他让开，我要回家。他不慌不忙地说，请你听我把话说完。我说，你有事明天给我打电话，现在我要回家。他说，就几句话。我问，几句？他说，两句。我待了一会儿，说，两句，你说。

他摇摇头，举起两手好像怕我逃走，还是和声细气地说，上次我和你见面，由于种种原因，我没能和你好好聊聊，有许多话没对你说；今天我想再和你见一次面——请别误会，我不请你吃饭，只请你喝咖啡。

我睁大眼睛看他，不明白，问，说完了？他回答，说完了。我说，请让我过去。他回答，请接受我的邀请。照理我应掉头就走，从别的道路回家，光天化日之下他奈何不了我，不见得把我抢走。但也许因为我当时觉得他太荒唐了，不可思议，以至于我失去了正常的反应能力，竟没有那么做。我和他抬杠，说，我已经听完你两句话，现在我要走了。他回答，请你考虑两句话的内容。我说，不可能，没必要。他说，我有话要对你说。我说，我两天前接受过你的邀请，你没有忘记吧！他说，请再给我一个机会。我摇头。他老调重弹，说，如果你今天实在不方便，或者已经有了不可改期的约会，我也不勉强你，我和你预约明天见面，或者今天晚些时候也行。我回答，不，我今天没有不方便，没有约会，但这不是我应该接受你的邀请的理由，我也不至于为了谢绝你的邀请，就无中生有地说今晚有约会。

我这么和他抬杠，他也只是稍微显得有些尴尬，马上又说，你今晚没有不方便，我肯定不能放弃邀请，否则显得我诚意不深。我不理解，问，你认为今天你一定能请到我？他回答，我努力争取。他态度诚恳，煞有介事。我忍不住说，你不让我走这条路，我走别的路回家，你还能在后面追我不成？这还是和他抬杠。他说，知道，你以前是运动员，百米跑 12.5 秒，但是没关系，我过去也是短跑运动员，多年不跑了，也许还能跟你练练。

我做学生时确实是短跑运动员，谈到这个话题，又言不由衷地和他抬杠：你以前百米跑几秒？他说，14 秒左右。我问，你什么时候是短跑运动员？他回答，上小学时。我不响。他还是神情恳切地说，我努力争取。我看了他一会儿，太不理解，提高了一点声音问他，你究竟有什么话要对我说？他说，我们去喝咖啡，坐下谈。我问，这是最后一次吗？他说，不一定，等我把话说完后，由你决定。我简直被他逗笑了，但其实他并没有逗我，脸上一直挂着端庄凝重的表情，带一点腼腆——这一点腼腆就像女孩子脸上的苹果红，渲染和丰富了他的表达，而没有使他变得拘谨。我问，你认为还有下一次吗？他脸上尴尬的微笑表示被我的话刺了一下，但这也没有妨碍他的表达，他回答，等我把话说完后，我要问你的。

这样我们就到"老地方"（那家咖啡馆的名字）去喝咖啡。那天有一个水平不低的乐队在咖啡馆里演奏古典音乐，我坐下后欣赏了一会儿，人倒也安定下来。咖啡馆里环境幽雅，音乐美好，我可以发自内心地托腮出神，做出对他心不在焉的样子。我明白，这表示我对他将要对我说的话有些神经紧张。

他突然开口，语气平静地说，姚丹，请原谅我打断你欣赏音乐，我想利用这个难得的机会和你讨论一个问题；不过，如果你此刻太想欣赏音乐，也没关系，请允许我们稍微延长一些这次会面的时间。我就像从梦中被唤醒似的睁开眼睛看他，回答，不必，你谈话不影响我欣赏音乐。他瞥了一眼我面前已经喝掉一半的咖啡杯，问，咖啡喝完是不是还要一杯饮料？我答，不要。他说，你慢点喝，我话还没有开始说。我说，你话还没开始说啊？他脸上又浮起那种好像被我的回答刺了一下的尴尬的浅笑，说，我不善辞令，请原谅；另一方面也是因为我和你说话心情激动。我不明白地说，你不善辞令啊？他说，是，我从小性格内向，不会聊天，我在你面前这么说话，而且感到要说的还没说，这种情况以前没有过。你也许听我说话觉得古怪，我说话文绉绉，书面语多，这不仅是因为我读过许多书，也说明我平时不太和别人交谈，有事总是在心里和自己交流。我今天想和你讨论的问题，我前天晚上和自己讨论到天亮，我昨天晚上和自己讨论到天亮。照理我自己可以解决碰到的一些问题，但是这个问题不行。这两天我寝食不安，对这种情况我毫无经验。我现在坐在你面前，心情迫切而紧张。

我说，你别夸大其词，吓我。

我很不理解这个人。既然他能平心静气地和我谈论那样的问题，何必绕弯子；如果他难以启齿，怎么又会采用"讨论"的方式，态度镇定自若？

我现在告诉你他要和我讨论的问题。他问：

"在什么情况下你可能和我相爱？"

不是相爱，是爱他，因为其中一方没有问题。

我委婉地否定这种可能性，说，我没有考虑过这样的问题。他说，这个问题折磨了他好几个晚上，没有找到满意的答案，他认为我可以把谜底告诉他。我回答，一，考虑这样的问题需要想象力，我这方面天赋很低。二，他对这种可能性的存在有几分把握？如果他成竹在胸，不必和我讨论；如果把握不大，和我讨论到天亮，从天亮讨论到天黑，周而复始也徒劳。

　　他说，我知道你会这么回答。我没有把我的意思对你解释清楚。你有所误会，我不是把这个问题当做一个现实的问题提出来。我是基于这样的考虑：在生活中，爱情和婚姻往往阴差阳错，没有相爱条件的人常有婚姻的缘分，终身为伴，而相爱的人却咫尺天涯，互不了解，甚至天各一方，一辈子都不知道对方的存在。举例来说，我们在生活中常能听到这样的故事：某男某女恋爱数年，婚姻在即，其中一方却突然变心他恋。这种情形只发生在男女关系里。我们养一条狗，会在感情上排斥别人家的狗，但在男女关系里，见异思迁却是定律。我们希望奇迹也能发生在自己身上，但它好像可遇而不可求。我们认识的异性朋友有限，可叹彼此不能畅所欲言。有的互有好感，但都不肯主动表白；有的落花有意，流水无情，但也许只是缺少某个条件；有的彼此虽然泛泛而交，但其实只是相互缺少注意和变化。有些变化，自己能够办到，只是没有想到；有些变化，由于受到客观条件的限制，心有余而力不足，但如果主观上能够了解它，对自己也是一种精神补偿。我对你说这些话，听上去好像我在背诵课文，夸夸其谈，因为这些话不是我现在即兴想出来的，也不仅仅是我这两个晚上和自己交谈的结果，是很久很久以来我所考虑的内容，经过我的深思熟虑。我今天第一次把这些话对你说，以前我也没有和别人谈过——是的，姚丹，我要告诉你一个秘密，我并不是前几天在朋友家第一次见到你，而是老早就认识你了。在我们这个嘈杂拥挤的城市的大街小巷，我有幸成为一个默默观望你的陌生人，也许是之一。虽然你以前不知道我的存在，你的目光从未关注过我的身影，但是你的影响早就伴随着它。

我现在面对你也不讳言我对你的好感，也不讳言我心目中你的骄傲和冷漠。你可能觉得我言行古怪，但我自己心里明白我的态度并非来自现实。现实只有一个，它过去离我很远，现在离我更远。但我可以在现实之外如影随形，思考和行动，仿佛我们从睡梦里回到白天。你如果认为我的这种生活态度也是可以理解的，值得尊重的，你如果能够不顾你的骄傲和光荣和我倾心一谈，那我就不只是荣幸之至，而且感到万分幸福……

　　这些话不仅内容听起来古怪，而且用一种念台词的语调说出来，带有表演的夸张，给我心理和情绪上的压迫感很大。
　　我慢条斯理地回答他，我不是已经坐下来和你交谈吗？
　　他说，你没有回答我的问题。
　　我好像没有马上反应过来，愣了一会儿，才说，其实你何必要我回答。
　　他说，我也可以对你说，你何必不回答？
　　我叹了一口气，唉，不响。
　　他说，我让你看些东西，也许能够给你一点启发。
　　这时我才注意到他带在身边的一只黑色皮包。
　　他把皮包摆在我面前，做手势让我打开。
　　我奇怪而警惕地问他，什么东西？
　　他说，你别介意，里面的东西我来打开没意思，所以我请你动手。我离开一会儿，过二十分钟后回来。
　　我马上阻止他，说，你别离开；或者你把皮包带走，别留在这儿。

他已经站起身，又坐下，说，我愿意把皮包留下。

我面对他不可思议的举止和态度，由于神经紧张面孔又红又热，同时又觉得可笑。我说，你不要把炸药包留给我。

他反而不动声色地说，你现在想走为时晚矣。

我们面面相觑，好像……在那个奇怪的黄昏，那只皮包里装有炸弹是可能的。我把手放在皮包上显得很冒险。

他的手也伸过来好像要挡住我，说，慢，请允许我离开。

我的手指已经捏住皮包拉链。

他站起身要走，手脚不慎在幽静的咖啡馆里弄出了一些声音，说，对不起，我不想看见你打开皮包时脸上的表情。

我已经不知道怎么和他说话，不去管他。他离开了。

我本来打算打开皮包，但我不会在他离开后独自这么做。我将手放回腿上，茫然而坐。那是一只和一本16开杂志大小相仿的黑色文件皮包，半新，常见的普通式样。我除了猜想它会爆炸外，还担心一旦我把拉链拉开后，从里面冒出一个吐着芯子的蛇头，或者还有别的什么丑恶可怕的事物。蛇头这种东西是我平生所最害怕和最憎恶的。我那时应该毫不犹豫地离开，皮包是他自己留下的，和我无关。但我那种忐忑不安的心情似乎和好奇求知的心情互相抵消了，令人行为反常。

也就是过了他所说的二十分钟吧，他果然回来了。我起身等他过来，对他说，皮包我原封不动地交给你，你检查一下，我要走了。他好像对我话里表达的三个意思（"原封不动"、"检查"、"要走"）都很诧异，愣愣地看了我片刻，才说，你再坐一会儿。

我说，不了，已经晚了，我要回家，请你检查。

他说，不用检查。

我说，要检查。

他又停了片刻，说，你坐下，我检查。

我表示不要看他检查。

他自己坐下，态度无所谓地低头把皮包里的东西一件一件取出来摆在桌上。

我只是问，我可以走了吗？

他说，你别这样心不在焉。也不是心不在焉，是清高和冷漠。请你转过你的高贵明亮的眼睛来看一眼。这里虽然没有值得你一睹的无价之宝，但也没有玷污你珍贵目光的可鄙之物。这些东西也许你不屑一顾，但我平时每天都带在身边，这只皮包每天都和我形影不离，今天还是第一次在人面前打开。这些东西是我全部的精神财富和物质财富，还可以说是我这个普通的人心灵和人生的一点点看得见、摸得着的东西，你难道赏我一眼也不愿意吗？

我在他面前坐下，问：

"什么是你的精神财富？"

"什么是你的物质财富？"

他面目含笑，默不作声地将几样物品摆在我面前，依次是：户口簿，房产证，毕业文凭（学士），成绩单，身份证，装订成册的奖状，各个时期的代表照，一本存折和一本诗集。那本诗集署名张华。

我从小热爱诗歌，虽然那本诗集的出现和那个人的诗人面目完全出乎我的理解和想象，但我还是对它表示了一定的好感，伸手触摸并想掀开它。好像由于那本诗集太古怪，我只是停留在掀开它的愿望上。而封面上的蓝色书名，它们又大又淡，有些晃动，可能由于我情绪不稳，它们好像映在玻璃后面，我不能确定它们是哪两个字。"春潮"还是"潮骚"？

至于那本存折，我故意不看它。

他这时不说话，只是在桌子对面默望我，好像等我开口。我认为事情已经了结，起身要走。这时发生了一件奇怪的事。

他爽快地说，可以，时间不早了，既然你不愿意赏光和我一起吃饭，我不便留你太久。以后我也不打算再以谈话为由来打扰你。我现在和你告别，请你接受我的一点礼物，作为纪念。

我以为他要把那本诗集送给我，我已作好了接受的准备，但嘴上说，不敢当。

他说，请你别这么说。

我说，我没有礼物回赠你。

他说，你接受它是我最大的光荣和愿望。

他好像怕我突然走掉，起身站在我面前。

知道他递过来的是什么吗？

我不知道他怎么了：是拿错了？故意戏弄我？还是脑梗？

我说，你这是做什么？

他说，请你接受我的礼物。

我说，你什么意思？

他说，我懂，我现在只是向你表达一点点诚意，远不足以表达我的诚意的全部，而且你可能还不屑于接受。能够向你表达更多一点的诚意，我做什么都心甘情愿，但不知你怎么才肯接受？

他还要说下去，我打断了他，说，张华，请你别说了，你又老调重弹！你还要我接受什么？

我一一看着还留在桌上的物品：户口簿、房产证、毕业文凭、成绩单、奖状、照片、证件和诗集，讥嘲道，你不会还要我接受一幢别墅，而且已经装修好了？

他目不转睛地瞅着我，肯定地说，是，已经装修好了，不过不是别墅。

我真被他的态度迷惑了，睁大了眼睛，不过仍故作镇定地说，是吗？你还要带我去参观？

他说，不是参观，是验收。

我说，还要验收？你太客气了。

他脸上浮起腼腆、闪烁不定的笑容，说，这只能向你表达我的诚意，而不足以表达别的。

我说，可我对你的一点点诚意也无以回报啊。

他口气断然地说，不用。

我撑不住了，便说，什么呀，你别像真的一样。

他没在意我说什么，眼睛有些出神和激动，脸颊好像喝了点酒那样潮红，自顾自说下去：我刚才告诉你，我平时沉默寡言，今天和你说话很多。我现在还要告诉你一点，我今天虽然说了许多话，但实际上我只表达了我的内心的十分之一、百分之一。不是我有话不说，而是因为人的内心世界不能一言以蔽之，尤其是一些个别的、特殊的内容。在那些内容被表达之前，我自己也不能认识它们，虽然我的内心世界十分充实。我自己往往是在难以预料的时刻通过一些非语言的因素感觉到它们，而那样的表达才真实有力，铭心刻骨，令人感动。在你面前，我内心十分之九、百分之九十九的内容找不到表达它们的办法，这种情况使我十分苦恼，如果我因此而言行莽撞冒犯了你，我要请你宽容和谅解。

……

3

姚丹在给我讲述这件她所谓的"真人真事"时，我注意到对面墙上的时钟已到晚餐时间，而姚丹的故事还望不到头，我就考虑周到地邀请姚丹换个地方共进晚餐。我们撩起"春芳茅屋"的门帘，发现外面天色已晚，华灯初上。在同一条街上的一家整洁安静的小餐馆用过晚餐后，我们又换了家咖啡馆喝咖啡。这期间，姚丹的故事一直在进行中。也许由于环境的改换和故事多次中断，我的倾听和领会受到一定的影响，似乎有些不太明白；或者是姚丹的回忆和表达发生了不可知的变化，她的故事仿佛随风飘浮的风筝，越升越高，最后看不见它了，也不知道是否断了线。

姚丹好像要去找回那根线，苦苦思索而又茫然地看着天花板说："那天晚上，我回家很晚……"

我打断她："你刚才提到那个男人要带你去看新房子，还要送你礼物……"

姚丹脸上露出一点诧异和迷惑的浅笑，若即若离地回答："我漏掉了吗？也许我在心里对自己说得太多了……（她侧脸打量咖啡馆）我还没有告诉你，那天我们就是在这个咖啡馆，我坐在这儿，你坐的是他的位子。我可以说，他的言行举止始终显得彬彬有礼，还有些腼腆含羞；但他又几乎是用一种强迫的方式要求我接受他的礼物，并要带我去看他的新房子。这种情况使我非常难对付。一方面，所发生的事情我做梦也不会想到，但另一方面，他的态度却完全像是真的。一方面，我一遍一遍告诉他不行，而另一方面，我却身不由己地受到他的控制……你想，我本不应该在马路上站下听他讲话，更不应该一次又一次跟他到这儿来喝咖啡！我当然更不应该跟他去看新房子，何况当时时间已经很晚，我爸爸妈妈还不知道我在哪儿呢！但事情的发生就好像神差鬼使，并不是说我有多么好奇，而是不知所措，身不由己。

"我跟他到了他的新房子，还跟在他身后一间一间看。那套房子很大，有好几间。我记不清有几间。房子确实刚装修过，还有油漆味儿。他带我看，一面给我作介绍。他还介绍得很仔细，在我印象中房子里的东西，大到家具，小到一灯一纸，桌上的摆设，都有名堂。我记得有一只白色的、拳头大小的造型玲珑的烛台，他讲给我听是进口的。印象最深的是客厅和卧室。客厅非常宽敞，准有四十平方米，装修得富丽堂皇。有个餐厅和厨房相连，引人注目的是一只两面使用的吧台，把餐厅和厨房隔开，他说是法国货。酒柜里摆满了洋酒。客厅里的一只古铜色的吊灯和沙发他又说是西班牙进口的。空调是立柜式的日本三菱。至于那间卧室，则布置得温馨华丽。我本来不应该进去，但是他在门口弯下腰对我深深地做了一个邀请的手势，并像雕像和橱窗模特那样不动，直到我进去才收势。然后他又在我耳边嘀嘀咕咕地介绍这样，介绍那样。我感到局促不安，想转身出去，他忽然走到我面前问：

"'怎么样？'

"我故作镇定地回答:'很好。'

"他做出舒了一口气的样子,脸上露出笑容,双手合在胸口,慨叹地说:'这里的设计和布置只是根据我的猜测和想象,没有任何直接的资料作参考。今天你本人大驾光临,我的心情可想而知。现在我心里的石头落地。请允许我告诉你在这套房子里我最喜欢的是什么:不是某一样东西,虽说它们都是我精心挑选和设计的结果。我最喜欢的是房间里的气氛,每一件东西都和这种气氛协调一致。举例来说,卧室的主题是床,其面积也最大,怎么样才能像创作一件艺术品那样,给主题一点含蓄和回避呢?我在床的位置和床罩的选择上动了一点脑筋。当然,这只是我的一相情愿,其具体效果还要得到你的评定。我原来是在这儿闭门造车,现在你亲自来了,并表达了你的态度。我也感到你的气质和这间卧室的格调相得益彰。此刻你身穿制服,如果你浴后换上睡衣,全身放松地斜靠在床上,手里捧读一本小说——我可以想象这一幕,这间卧室会焕发出勃勃的生气和迷人的情调,光线、色彩,安静而又华丽的布置,你的姿态和气息,这些构成了一幅完美无缺的图画……'

"我打断了他,回答:'什么完美无缺,多了一个我。'

"这么说着,我就要离开卧室,回家去。

"他态度十分恳切地跟上来,说:'你要到哪儿去?你晚饭还没吃,这儿有现成的。我建议你洗个澡,休息一下,我来为我们做一顿美餐。'

"我说:'谢谢你的好意,我回家去吃。'

"我不顾他的挽留,坚持要走。他最后满脸失望和苦恼地看着我离开……"

她说到这儿言犹未尽地停下。我看了她一会儿,含糊其辞地说:"你就这么离开了啊?"

她回答:"是,照理我有可能走不掉,但好像是本能引导我离开了那儿。我一直不太明白,我没有道理和他纠缠太深,是什么麻痹了我的心灵,改变了我的行为,使我言不由衷,身不由己。他说话一直文绉绉的,举止古怪但彬彬有礼,对我秋毫无犯,不过事实上他却比任何男人对我说的都多,对我做的都多。你看,他还要为我做饭,还对我说,去洗个澡,休息一下。这是什么话!当然,他说这话时神态坦然,语调里带着一种平常无奇的客套和关照。但是,我和他既不是同事、朋友,连相识也谈不上,不要说有什么暧昧关系了,他用这样的态度和语气对我说,'去洗个澡,休息一下,我来为我们做一顿美餐',岂不是最奇怪的吗?"

我说:"可能你想得太多了,他是一个不求实际的人吧。"

她问:"你认为我应该留下洗个澡,和他共进晚餐?"

我说:"怎么说呢?"

她不太有把握地看着我:"我回家去了。"

我还是含糊其辞:"怎么说呢……我们不知道故事的结尾。你留下洗个澡,和他共进晚餐,听起来这样的情节也不是故事的结尾。就像我不明白你为什么跟他去新房子一样,我也不甚明白你匆匆离去的理由。"

她说:"是这样啊?"

我说:"他说不知怎么向你表达更多一点的诚意。你不肯接受?"

她沉默地看了我一会儿,说:"你这么认为吗?"

她不想谈这个话题,我就用结束的口气拐个弯对她说:"这就是你要告诉我的故事？能问还会有下文吗？我想你后来肯定经常回忆它？从你今天谈它的情况来看，我认为这是因为这个故事还缺少高潮的缘故。"

她不承认，但又表示"故事还没有结束"，然后轻轻地叹一声，说下去："那天我从新房子里出来，外面已是黑夜。回到家，爸爸妈妈早就吃过晚饭，两人都在厅里正襟危坐等我，爸爸不看报，妈妈不看电视。我坐下后埋头吃饭。其实这时我已经不觉得饿，也无心吃饭，但我还是装做很饿的样子。妈妈问我，你这么晚回来，没有什么要对我们说的吗？我随口回答，今天在单位里加班。妈妈从对面椅子上站起身。我知道妈妈要做什么，但我还是猝不及防，妈妈已经过来打了我一记耳光，把我嘴里的饭打得喷出来。我捂着脸问，你为什么打我？妈妈简单地回答，我们打电话到你单位去问过，今天没有人加班。我哑口无言。妈妈又用坚硬的手指掐我的手臂，说，你现在翅膀硬了，想做什么就做什么？你去哪儿了？……我怎么回答？说不出来。"

我听她说到"妈妈过来打我一记耳光"时，心里咯噔一下；听她说到"妈妈用手指掐我手臂"时，心里又咯噔一下。不是我缺乏想象，这类事也不算离奇，但当时她姿态优雅地坐在我对面，宛如几个月前在南京回沪的火车上的情形，她说的话令我感到匪夷所思。我不禁问：

"妈妈要打你？"

我的意思是：你已经长大了，而且，你是一个美丽出众的女孩，可能任何一个男人都会被你的容貌和气质所征服，你冰清玉洁的肌肤可以使任何一个男人倾倒，你在家里遭受老娘的皮肉之苦真

298

是匪夷所思！

　　她沉默了片刻，回答："我妈妈对我的态度和一般的妈妈不一样，小时候妈妈不打我，我长大了，妈妈开始打我。我十六岁生日，妈妈第一次打我。那天我约了几个好朋友到家里吃饭，然后去一个同学家唱歌。妈妈叫我早点回来，结果那天我玩到夜里十二点多才回家。我们到外面歌厅去唱歌了，还跳舞了。那天晚上很疯。我回到家，以为爸爸妈妈早睡了，没想到推开小房间门，他们俩都坐在里面等我。妈妈问我，你到哪儿去了？我说在同学家玩。妈妈说，我们给同学家打过电话。然后妈妈站起身对我讲了许多道理，这些道理后来妈妈经常对我讲。妈妈说，今天你十六岁了，长大了，到了一个非常危险的年龄；今天是你十六岁的第一天，你就这么晚回来，你不是在学校上课，不是在同学家温习功课，不是在老奶奶家做好人好事，你跑到什么地方去了？你以为那种地方很好玩？等你碰到事情就来不及了，等你后悔已经晚了；我告诉你，你就是将来长到二十几岁，参加工作了，那种地方你也不应该去！一个女孩长到十六岁，特别要自重自爱起来，不能再像小时候那样疯疯癫癫，要懂得男女有别，和男孩子保持一定的距离，要有自我保护意识；一个十六岁的女孩，学好不容易，要坏不用学，陷阱和暗箭时刻围绕着她，一失足成千古恨，前车之鉴比比皆是，所以要特别小心谨慎；像我们这样的普通人家，一无钱财，二无权势，只求太太平平过日子，只求你和弟弟太太平平长大成人，而我们最不放心的是你，因为你是女孩子，十六岁了，有人说这是'花季'，最美丽的季节，但不知花开是美，也是危险；爸爸和妈妈都是与世无争的老实人，这一生吃了很多苦，十多岁离乡背井，四十多岁两手空空回到城里，我们唯一的安慰是生了你们这一双儿女，最害怕的事情是我们保护不了你们，你们现在长大了，更要体谅爸爸妈妈的心情……

"由这个话题，妈妈给我讲了两个故事。其一，据妈妈单位的同事讲，她家邻居的一个女孩和同学走夜路遭人袭击，被杀死后分尸抛河。其二，晚报上说，上海某地有个男青年和女孩恋爱不成，提了一桶汽油到女孩家去，把汽油浇在女孩的爸爸妈妈身上，掏出打火机，问女孩，你和我好吗？女孩被迫说，和你好。她爸爸说，不。那人问女孩的爸爸，你说不还是好？回答是，不。那人就点燃了汽油，女孩的爸爸和妈妈顿时成了火人，那人自己身上也烧了起来。女孩逃了出去，但衣服都烧掉了，鞋子也烧掉了，脚底的皮粘在楼梯上，身上的皮掉下来挂在扶手上。女孩的爸爸妈妈和一个三岁的侄子都烧死了，那个人也烧死了。妈妈说，你不要以为这样的故事离我们很远，它们远在天边，近在眼前，每天都在我们身边发生，我们不是在听别人的故事，而是在听我们自己的故事，我们的幸运随时都会失去。妈妈说，我们听完这样的故事应该从中吸取教训：一，女孩子晚上不要到外面瞎跑；二，女孩子不要随便和男青年交往，做学生时要把精力花在学习上，将来参加工作了，在恋爱和婚姻问题上也要千万慎重，多一点理智，少一点冲动，多听听长辈的意见，不轻信人家的花言巧语，不给人家的表面功夫所迷惑，而给自己留下隐患。妈妈说，你不要忘了，几年前那个漂亮的女孩潘红因为提出和男朋友分手，被男朋友用硫酸毁容，这件事曾在上海沸沸扬扬，而现在一些失恋的男青年还要灭女朋友的家人，这样的事却不引起轰动了，女孩子要小心啊……

"妈妈在对我讲这些道理时，一边讲，一边用手掌、拳头、指甲、手背作用于我，用脚给我以强调，忍无可忍地把扫帚柄和鸡毛掸子使断了，苦口婆心，拳脚并用。我惊呆了，也吓坏了，说不出话，光哭。虽然我毫不反抗，妈妈说什么我心里都答应，妈妈的态度让我感到自己犯了弥天大错，但是妈妈还是愈演愈烈，对我的反应置若罔闻。我倒在地板上，蜷起身体，抱住脑袋，直至两个小时左右妈妈才让我躺到床上。第二天早晨我起床时发现浑身酸痛，手臂上、大腿上、胸前背后都留下了妈妈给我讲道理时所给予的强调。这就是我过的十六岁生日……"

她说到这儿停下，意味深长地看着我。

我问她："你爸爸呢？他没有打你？"

她回答："没有。"

我问："你爸爸说什么？"

她回答："我爸爸没有说什么。我爸爸没有动口，没有动手，没有动脚，坐在旁边看。"

我不太清楚，问："你妈妈还打你啊？"

她好像怪我问了一个多余的问题似的，对我撇嘴一笑，说："我刚才不是对你说了，我妈妈是在我长大后开始打我的。我越长大，妈妈越打我。我小时候个子很矮，其貌不扬，后来长得漂亮一点了，人也长高了，但是妈妈反而不喜欢。你看我平常不化妆，不戴首饰，妈妈还要说我打扮得花枝招展。人家妈妈在儿女小时候关怀多点，我感觉我小时候妈妈对我比较放任，十六岁生日以后妈妈对我越来越提心吊胆。你看，那天晚上妈妈是怎么和我讲道理的。妈妈讲道理总是用一种苦口婆心的态度，她拳脚并用的行为好像和那种态度相反，但后来我感到是对那种态度的强调。妈妈不管手里拿着什么，动作的幅度和力量有多大，都不影响她对我讲道理的逻辑性，不影响她使用和声细气而又感人肺腑的语调。妈妈平常说话声音不大，而她情绪越激动，音量反而越低，音调平和而恳切。如果是夜间，妈妈的声音受到灯光和幻影的影响，还要更低。就是妈妈被自己的语调和道理感动得哭了，她的声音也不会变得尖厉和嘶哑。妈妈那天晚上打了我两记耳光后就哭了，但是她的强烈的情绪在她的声音里仍然含而不露，而是通过她的动作表现出来。我嘴里的饭喷出来后，就放下饭碗不吃了。我平常说话声音也不大，我和妈妈还不一样，我越激动，还不只是音量降低，而是不说话，连哭也没有声音。妈妈说，你聋了？你哑了？你死了？妈妈说我聋了，她不提高音量，把嘴巴凑在我耳边；妈妈说我哑了，她对我讲道理用一串串疑问短句，让我可以点头或摇头；妈妈说我死了，她用手背和手掌作用于我脸颊，用指甲掐我手臂和大腿，用手指揪我头发，用钢丝衣架敲我脑袋，把我从椅子上拉到地板上。爸爸呢，坐在旁边不响。虽然深更半夜我们家发生这样的事件，但左邻右舍也不一定能听到动静。我也分析过爸爸的态度，可能他不止是对这样的场面无动于衷，他还有点欣赏妈妈和我的'对手戏'；我也怀疑爸爸是在监视我的反应，时刻准备援助妈妈。不，多半是爸爸认为我该打，又担心我和妈妈发生意外，待在现场守护我们，以防不测；或者是爸爸也想对我说妈妈那样的话，做妈妈那样的动作，但爸爸跟不上妈妈的节奏，被眼前的情景震住了……

"当时天气还热，我衣服穿得单薄，手臂上和大腿上很容易出现一块一块淤血。我给你看一下，你反对吗？"

我礼貌地回答："不，请你做你想做的事。"

　　她原先已脱下外套，两手搁在白桌布上，这时她突然挽起袖子，露出两段白晃晃的手臂。

　　我问："你刚才讲的故事发生在什么时候？"

　　她想了一下回答："九月份。"

　　我说："如此鲜艳，在你雪白的手臂上它们像几朵秋天的菊花。"

　　她回答："我有保鲜的方法。"

　　我称赞："你皮肤优质，你妈妈手很巧。"

　　她告诉我："我腿上还有一些。"

　　我表示不知道她能不能保鲜到明年夏天。

　　她说："你看我夏天穿过短裙没有？我夏天穿长裤，冬天穿裙子；夏天有时穿一下长裙，冬天穿皮短裙。我是冬天过夏天穿裙子的瘾。"

　　我说："明白了。你冬天穿皮短裙冷吗？"

　　她说："冷的噢。我穿了两条加厚连裤袜，腿粗难看。"

　　我由衷地表示不同意："你腿粗啊？"

　　她说："没有办法，我冬天不顾冷，不顾难看，要穿裙；夏天我不顾热，不顾古怪，放弃了女孩子喜欢的短裙，改穿长裤。"

　　我说："你身材苗条，穿长裤也好看。"

　　她说："我夏天没有穿过短裙。"

　　我说："是，我记得今年夏天你穿过一条蓝布长裙。你腿长匀称，皮肤白，穿短裙也好看。"

　　她说："我冬天穿短裙，穿两条加厚连裤袜。"

我说："你穿两条加厚连裤袜，也不影响你穿短裙的效果。冬天你一身黑装，穿皮短裙，凝重、寒冷中显得孤傲而富有激情。我可以想象夏天你穿花短裙轻盈艳丽、千娇百媚的姿态。"

她眼波含笑，沉默地看我……

咖啡馆里人多了起来。这不是说明时间还早，而是相反。她看了一眼手表，表示她该回去了。她的神态和语气平静如常。

我不禁问："现在回去要紧吗？"

她嫣然一笑，回答："今天我请过假……"

她眼睛看着我，没有起身的样子。

我问："有问题吗？"

她说："我告诉我妈今晚和同事谈话，我妈表面上说，早点回来。我知道我妈心里不信。就算我妈相信，我回去她也要问我。她问了第一个问题就要问第二个问题的，然后问第三个问题。最后我妈一句话，把你同事的电话号码告诉我。"

我说："你不要把我的电话号码告诉你妈啊。"

她回答："没用。"

我和她相视片刻，表示体谅地说："你有权利不把同事的电话号码告诉你妈，不过如果你感到没有办法，我的电话号码不保密，我乐意在家恭候你妈的电话。"

她微笑，回答："你以为我妈会和你谈些什么？如果你真的愿意在电话里和我妈交谈，你还不如陪我回家，我也不必和我妈多说什么。"

我不信地问："你要我陪你回家？"

她说："是。"

我说："你不能把同事的电话号码告诉你妈，但是你要把同事带回家？"

她回答："是，你肯吗？"

我心里迷惑和思索了一阵，说："你应该问我敢不敢。"

……

我跟在姚丹身后进了一幢大楼。从外表看那幢大楼已经有些年代了，是十多年前建造的那种，走廊敞阳，一个层面有六户人家。楼道里没有灯，我不小心碰翻了一辆自行车，又一脚踢在一只纸盒子上。姚丹轻车熟路地走在我前面，末了在一段楼梯的尽头停下等我。她的身体背对走廊外灰蒙蒙的天空，仿佛映在夜晚窗户上的一个俏丽的剪影。我抬起头有些发呆，但是她却一目了然地对我说，你走好，到了。然后姚丹带我到了一扇门前，掏钥匙开门，在我前面拉亮了灯，仿佛怕被人听见似的小声说，这就是我的家。我们进了一个小间——司空见惯的五六平方米的小客厅，地上铺着灰蓝的马赛克，墙上抹着奶黄的涂料，天花板上垂下一只体积显得过于庞大的枝形吊灯——仿佛怕它掉下来，灯下有一张老式而结实的方桌接应。小间四周有五扇门，除了总门，正面并列两扇，左右各有一扇，左为厨房，右为厕所。

此时所有的门都关着。

姚丹回头对我莞尔一笑，说："今天我弟弟不在家。你坐，我就来。"

姚丹站在正面一扇门前，手放在门把上。那天我对黑暗敏感，注意到姚丹手下显出一条黑漆漆的门缝时，不禁神经紧张地吃了一惊。

还没等我说什么，姚丹进去了。

一会儿姚丹出来。我打量她的脸，同时也注意着门缝。

姚丹把门合上，我问她："你爸爸妈妈不在？"

姚丹眯着眼睛回答："在里面。"

我不由自主地做出要离开的样子，说："那么，我走了，以后再来拜访他们。"

姚丹伸手要我别动，说："你坐，他们刚躺下，还没睡着。"

可能因为我站在门边，而且我的手快要碰到门锁吧，姚丹像是要过来拉我。我没有主意地坐下。姚丹说，我给你倒杯茶。

姚丹倒了两杯茶过来，我们喝茶。过了十来分钟，我问姚丹，卫生间在哪儿？姚丹告诉我在右门。我起身上卫生间。我在卫生间小便时不由自主地做了一次深呼吸，好像这算找到了那段时间的内容。我在里面磨蹭了一会儿，出去时姚丹的爸爸妈妈也出来了，站在一块。姚丹向她爸爸妈妈介绍，这是我的同事小刘；向我介绍，这是我的爸爸妈妈。姚丹的爸爸向我伸过手来，妈妈对我点头致意。我和姚丹爸爸掏烟相敬，头凑在一块点烟。姚丹爸爸说，坐，我们不知道你来，失礼了。我回答，我这么晚来打扰，请原谅。姚丹在一边说，小刘来拿一份材料，明天要用。姚丹爸爸说，小刘客气，请坐。我说，不麻烦了，我来得太晚，就走。姚丹爸爸说，什么话，来了就走。我说，我本来不想打扰你们，但又想第一次登门，应该向你们问候一声。给你们添麻烦了。姚丹爸爸说，问候谈不上，是我们失礼。平时我们也没有这么早睡觉，你问姚丹。现在时间还早，小刘你请坐。我对姚丹说，太打扰了。姚丹说，你坐一会儿吧。姚丹爸爸碰了碰我的胳膊，要我和他面对面坐下。

姚丹妈妈说："我去做点夜宵。"

我应该礼貌地起身拦住姚丹妈妈吧，但我不知是被姚丹妈妈轻柔悦耳的声音吸引了，还是坐在姚丹爸爸对面感到手足无措，我好像没有听懂姚丹妈妈的话，表情呆滞地盯着姚丹看。

姚丹爸爸对她说："你去帮一下忙。"

我说："你别忙，我要走了。"

姚丹爸爸说："我们别去管她们，随她们去。"

姚丹对我一笑，掉头走了。

我埋下脸喝水。

姚丹爸爸说："这杯水是姚丹的？"

我没明白，问："哪杯水？"

姚丹爸爸笑嘻嘻的，慢条斯理地说："小刘第一次到我们家来？"

我回答以前没来过。

姚丹爸爸问："工作几年了？"

我说："六年。"

姚丹爸爸问："小刘今年二十几？"

我说："虚岁三十，周岁二十九。"

姚丹爸爸点点头："年轻有为。"

我回答："姚丹年轻有为。"

"小刘住在什么地方？"

"梅园路十六弄二坊八号四零二室。"

"兄弟姐妹几个？"

"兄弟姐妹没有。"

"小刘爸爸在什么单位工作？"

"在商业部门。"

"爸爸是本地人？"

"江苏镇江人。"

"小刘爸爸妈妈身体都好？"

"都好。"

"爷爷奶奶健在？"

"健在。"

……

姚丹妈妈准备好夜宵，还取来一瓶黄酒，对我说："小刘慢用。"

我欠身想站起来，说："对不起，给你们添麻烦了。"

姚丹爸爸说："喝酒，吃菜。"

我对姚丹说："我今晚已经喝过酒了，吃得很饱。"

姚丹看着我笑。

姚丹爸爸说："小刘你知道什么叫'给你们添麻烦'？你这就是给我们添麻烦。小刘你不要客气，不要怪我们招待不周。我和你第一次碰杯，彼此不知深浅，随意。"

姚丹爸爸给两只酒杯斟了酒，举起一杯。

姚丹妈妈再次说："慢用，我们进去了。"

我欠起身不知说什么。

姚丹爸爸说："不管她们。"

我随姚丹爸爸端起酒杯。

仿佛隔雾观花，姚丹妈妈牵着姚丹的手，又恍若姚丹挽着妈妈的手臂，两人回头望了我们一眼，消失在房间里。

姚丹爸爸喝了一口酒，抿起嘴角看我也喝一口，满意地说："我们姚丹在单位里表现怎么样？"

我说："很好。"

姚丹爸爸摇摇脑袋说："你替姚丹说话，姚丹不懂事，你要多帮助她。"

我说："什么，我要向姚丹学习。"

姚丹爸爸放下酒杯，正襟危坐说："姚丹从小争强好胜，从小学到大学一直是班长和学生会干部。她爸爸和妈妈都还没有入党，她年纪轻轻已是党员。别人都羡慕我们，但我告诉你实话，她爸爸和妈妈从来也没有因此沾沾自喜。也许我们是杞人忧天吧，做父母的总是觉得自己的孩子没有长大。孩子长大了父母更担心。做父母的总是觉得自己最了解孩子……"

我回答："子女需要父母的关怀。"

姚丹爸爸说："孩子就算长大了，出息了，个子比父母高，气派比父母大，男的像王子，女的像公主，在父母的眼里也还是自己的孩子，父爱和母爱总是需要的。"

我说："是，姚丹家庭观念很强。今年夏天我们单位到南京搞活动，姚丹对我谈起过你们，给我印象很深。我对姚丹了解还不够，但我知道姚丹是一个孝顺爸爸妈妈的女孩。"

姚丹爸爸说:"她爸爸和妈妈这一辈子事业无成,只生了这一双儿女,但他们把这一双儿女养大成人,此生还有什么遗憾呢?她爸爸和妈妈最近看过一部电影,里面有一句话说得非常有道理:儿女是最大的财富。说这话的那个人一生大权在握,财源滚滚,顺我者昌,逆我者亡,但是他最后失去了最心爱的东西。"

我回答:"这部片子我也看过。"

姚丹母女俩从里屋出来。我要走了。姚丹妈妈看了我一眼,说,姚丹送送小刘。我说,不用。姚丹爸爸说,今天怠慢,下次再来,姚丹送送。我说,不用,我走了,谢谢。姚丹开门在外面等我。我说,我关门。姚丹爸爸妈妈在里面说,我们关门,走好,下次再来。我说,再见,给你们添麻烦。姚丹爸爸说,楼梯里没有灯,我们门开着,你走好。姚丹下了一段楼梯等我,说,你走不下来了啊?姚丹妈妈问,小刘家远不远,要不要叫辆三轮车?下面三轮车很多。姚丹在下面的楼道里对我说,我以为你不下来了哪。我说,我看不见。

我们到了楼外。姚丹碰碰我说:
"我妈关照叫一辆三轮车。"
我说:"你上去吧,我走了。"
姚丹说:"我要送你回家。"
我摇摇头说:"我不要三轮车,我走走。"
姚丹碰碰我的手臂说:
"我妈关照叫一辆三轮车啊。"

我说:"你回去吧。"

姚丹说:"我要送你回家。"

我摇摇头说:"我不要三轮车。"

4

和姚丹交往我总有一种恍惚不安、身不由己的感觉。我每次和姚丹说话都不由自主地斟词酌句,用语慎重,而心里有许多话语无从说起。我只能经常保持沉默,用一种充满善意、理解、鼓励和不知疲倦的目光看着姚丹,在姚丹面前扮演一个好听众。我只能围绕姚丹的故事进行并维持和姚丹的谈话,结果似乎促使姚丹的故事变幻莫测高潮迭起完美无缺。我就像一个爱听故事的孩童,但我没完没了的态度却是在姚丹快要停下来时模棱两可地提醒她,"故事还缺少一个高潮"。我是,我问自己,为姚丹的故事幸免于一个高潮感到宽慰呢,还是为一个缺乏最终高潮的故事顿生遗憾?

现在,在一个早就令我满怀好奇的地方,姚丹和我面对面坐了下来。外面万籁俱寂,夜空辽阔。对我来说,这一晚充满意外,疑窦丛生。而我是不是感到,姚丹的故事正是需要一个这样的结尾呢?意想不到,令人兴奋。

姚丹在沙发上坐好了,对我说:

我是第三次到这儿来。第一次对你说过,现在是第三次,第二次呢?

我知道姚丹会说点儿什么，但没有想到她会另辟蹊径，重开话题，一五一十地对我讲述她的那次冗长而古怪的经历，她说那一次是最不可思议的。

　　事情发生在一个月朗星稀的晚上，姚丹说，那晚我偶然骑车路过这儿。不，我是故意绕到这儿来的，当时我从一个同学家出来。我在下面犹豫了半天，一个人悄悄上来了。你肯定奇怪我为什么会上来。我对你解释一下我上来的原因：自从第一次到这儿来过后我就有好奇心，这种好奇心在人面前当然不会表现出来，但当我一个人时，当我在下面看到这儿没有灯光时，这种好奇心就十分强烈。而且，我第一次离开这儿后在皮包里发现了一把钥匙。就是这把铜钥匙。这把钥匙还从另外一个方面敦促我上来，就是我认为我应该把它还回来。

　　我当时判断上面没有人，因为时间才九点左右，里面没有灯光。我这么说你听得出我的判断错了。是的，就在你现在坐的这个位置，出现了一个黑魆魆的人影。当时我刚把门关上，正在寻找电灯开关，那个人影吓得我毛骨悚然，叫都不敢叫。忽然一盏灯亮了，我现在也说不清楚是哪一盏灯，光线从何处照下来，记得那是一片清澈而又幽暗柔和的光亮。我看清了那个人的脸。你知道是谁吗？我现在不想提到他的名字，也想不起我前面叫他什么了。那一刻，我居然忘记了自己私闯民宅，而惊慌失措地责怪他，你躲在黑暗里做什么？要吓死我了！而他却顺着我的语气抱歉地说，对不起，我不是故意要吓你，我是忘了开灯。他的态度显得和蔼体贴而又茫然，对我这个不速之客并不感到惊诧。显然我应该马上对他说明来意，交出钥匙后离开。但是我却情不自禁地对他发问，什么，你忘了开灯？你晚上不习惯开灯吗？他还是态度和蔼地向我解释，我晚上是开灯的，今天之所以没有开灯，是因为从天黑前我就坐在这儿；我是看见你进来时眼睛里对我露出惊惧的表情，才发觉天早就黑了。

我不由得吃惊地问他，你刚才在黑暗里看见我眼睛里露出惊惧的表情？他点头说，是，我看见你的眼睛里发出一种又白又亮的刺眼的光，而且它不像闪电那样一晃而过，它好像是凝固的，然后向四面膨胀和放大；我还看见你的眼睫毛又长又直，你的脸有点拉扁，你虽然没有声音，但样子是在喊。起初我还不理解，你看见了什么呢，我怎么没有看见？马上我意识到你看的是我，没有看清楚，这个我自己当然是看不见的，我就反应过来，天早黑了，该给你开一盏灯。天黑得很快，我以为只坐了一小会儿。

我不知道他是不是故意这么说，我不能相信他的话，我当然也不喜欢听他说这种话，但是我又不由自主，甚至有点忍不住要和他抬杠（有点挑衅的意味，已经顾不上一直捏在手里的钥匙了）。我就又说，你一个人这样坐在黑暗里，不开灯，是因为你的眼睛和我们不一样，还是因为今天晚上你有点神思恍惚啊？

我话一出口就感到不该这么问他，因为，你如果要向他挑衅，叫他难堪，那你是白费劲，最终只会自食其果，自己下不来台。果然，我听到他用一贯的慢吞吞、文绉绉的语调和有点沙哑的男中音回答我，你两个原因都说对了，我因为经常这样一个人坐在黑暗里，眼睛可能是和别人有点不一样。我还要再次向你说明，我并不是故意不开灯，我一般总是在天黑以前就在这儿坐着，然后不知不觉地天黑了，我不知道。我做什么呢？你已经看到了，我确实是有点神思恍惚，不只是今天。这也就是说我在这儿坐着时并不是在打瞌睡，我的眼睛没有闭上，它们在往前面看。它们看到了什么？我的眼睛和别人有什么不一样？你听我说，它们在我坐在这儿时面前总是一片清亮，感觉不到白天和黑夜的区别，但它们看到的并不是这些。

他的手往周围画了一个圈，眼睛看着我。

我不仅从他的态度和语气，更从他的眼睛里知道他要说什么，但我还是因为他有点发愣而故意提醒他，它们看到了什么？

我这么说时，心里有种特别的恍惚，而他的回答，仿佛是这种恍惚的回声似的。

我知道这是必然的话题，因而并不感到惊诧。

"它们望眼欲穿，看到了你，一直在等你。"

（姚丹忽然用带点讥诮的、又做得惟妙惟肖的口吻模仿她故事中的人物的口吻）

我说，奇怪，你等我做什么，你怎么知道我会来？

他说，我知道你会来。他的眼睛在说，你来了。

我这才想起手里的钥匙，他却对此不在意，要求我坐下，说，你别站着，坐一会儿，"我有话和你说"。这句从别人嘴里说出来很普通的话在他嘴里说出来却使我倒吸一口冷气，我一边把钥匙放下，往后退，一边两手对他直摆并说，不，我不是来找你，我是来把这把钥匙还给你，我不知道你在这儿，时间不早了，我要回家，再见。我当时转过身就想走，但是你不相信，我刚转身，就看

314

见他站在门那儿。他不来拉我，也不是急吼吼地挡在我眼前，而是和我保持一定的距离，挡住我的方向，彬彬有礼地挽留我，说，你先别急着走，你现在千万不要就这么走了，坐一会儿再走。你听我说理由：一是我有几句话要对你说，这几句话对我很重要，而对你并没有什么妨碍，说完后你允许的话我非常愿意送你回家。我立刻打断他，不敢当。我又换了口气敷衍他，你有什么话以后换个地方再说。他好像没听见，继续他的表白：二是你现在就这么走了，不肯听我对你说几句话，慌里慌张的，你想，这是怎么回事啊？我连对你解释一句的机会也没有。从这一点上考虑，我也要请你给我一点面子，坐一会儿再走，听我对你说几句话。我不可思议地看着他说，你每次都对我说，有几句话要对我说，只有几句话要对我说，你今天又对我说，有几句话要对我说！

要叫他这个人难堪确实是白费劲，但这并不是指他表情呆滞，相反，他脸上的表情是很敏感和丰富的，只是它们不会影响他的心态和讲话。他听我对他那么说，脸上就露出尴尬的表情，羞态可掬，但只是降低了一点声音就说，对不起，我也没有想到会这样，但这次肯定是最后一次。这句话你可以说他说得很诚恳，但也可以说他厚颜无耻。我马上回答他，今天不行，以后有机会再洗耳恭听，现在请你让我回家。他站在那儿不动，脸上挂着微笑，丝毫没有让我回家的意思。我回头往那儿看了一眼。你看那儿不是有一扇门吗，那是阳台门，但我不知为什么掉头往那儿走，我来不及想，是要从阳台上出去，还是作态吓唬他。或者我是慌不择路，看走了眼。但是我转过身猛抬头，你不相信，他已经站在门那儿，就好像他有分身法和隐身术。我紧张得头发好像飞起来了，难以自控，几乎用一种哭喊的声音说，你究竟要干什么？让我走！他还是像刚才那样，不过来拉我，忽然对我举起双手，手心向我，好像在说，别别别，我吓了一跳，太可怕了，请镇静些。而无论是这扇门还是那扇门，他的身影无所不在，说来说去一句话：请别马上走，听我说完几句话，天高海阔任你行。这时候我在他面前又发生了以前曾经出现过的情形，我好像被一个巨大的梦魇套住了，想要摆脱他已经无济于事。也许事实还不只是这样：我从一开始态度就不那么坚决吧，随时准备放弃，而情愿坐下来听他对我说些什么。因为他这个人虽然非常令人讨厌，但他每次对我说的话和做的事都完全出乎我的意料和想象；而且，如果你克服对他这个人的成见，排除对他的厌弃和恐惧，你还应该会感到他这个人还很逗哪。

你看这件事说起来有点颠三倒四吧。总之，我最后既是无可奈何，又情不自禁地留了下来。他在说话前提出要给我拿饮料，我知道说也是白说，但还是说，我不喝，我等你说完话就走。他居然拿了好几罐饮料放在我面前，并且亲自动手给我开了一罐倒在杯里，摆出要和我秉烛长谈的架势。我知道说也是白说，但还是不能不说，我不喝啊，你开了自己喝。他停住手问，你是不是不喝饮料？你喝茶还是咖啡？我加重语气说，请你别麻烦了，你有什么话快说。他说，不麻烦的，你说吧，喝茶还是咖啡？我对他睁大眼睛，无言以对。他忽然说，你请等一下。只是转了一个身的工夫，他端来了一壶红茶和一壶咖啡。我调整了一下自己的情绪，还是不对他表示什么，看他还有什么花样。就在你那个位置，他总算坐下来了，脸上还挂着笑容，对我说，你请随意。我当时这么坐，半只屁股坐在沙发边，身体挺直，随时准备站起来走。这是对他的提醒，也适合我自己的心态。我一点都没有感觉到，也许是由于刚才和他周旋了一阵，心情有点紧张，身上在出汗，而且，汗珠从我的头发里和鼻尖上渗出来。他看到了——我从他看我的眼神里意识到自己有点不对劲，然后感觉到汗珠已经淌到我的脸颊上。他说，你在出汗，很热吗？我把空调关了？我摸出纸巾擦了擦，是有点热。他把空调关了，问，要不要洗把脸？我换了一张纸巾，说，不用。他说，你脸上出了这么多汗，身上肯定也出汗了，衣服潮了很难受，而且容易得感冒，干脆就去洗个澡吧——他不容我表示可否继续说下去，你洗澡时我去准备夜宵，洗完澡后你在这里用点夜宵。喜欢吃什么？馄饨？春卷？绿豆粥？东北水饺？南翔小笼包？我打断他，你如果没有别的话对我说我就走了。他马上举起两手好像要把可能会突然飞起来的我抓住，说，别，我话还没有对你说，我是看你出了这么多汗，怕你难受、得感冒，所以向你提这个建议。我当然也有所顾忌，可以不提，而我对你直言不讳，因为我关心他人，性格直爽。如果你不喜欢我的建议，只当我没说，我们闲话休提，言归正传。——你身上出了汗过会儿会感到冷，容易着凉，我还是把空调开着。

我看着他，不响。

他又说：你别这么看我，我也要出汗了。你如果看到我满头大汗不要吃惊。你以前没见过我出汗的情形。我现在告诉你，我从前年生日以后出汗多了两个特点：一是由原来受气温的影响变为受主观意识的影响，就是一个念头往往会导致汗如雨下；二是由原来背心出汗变为头部出汗，出汗时所有的汗水都往头上涌（姚丹的两手模仿故事中的人物手心向上沿着头部两侧做出水汽蒸腾的样子），俗称"蒸笼头"。汗水不是渗出来，而是像莲蓬头那样哗哗直冒。这件事我就说到这儿打住，你看到了不要见怪。我这几天一直在等你过来，有一件事我想和你商量。也不敢说和你商量吧，只是我有一个小小的要求，妄想得到你的同意。这个小小的要求对我来说很重要，但我又怕你会误解我。不巧的是我刚才看到你出汗不加考虑就建议你洗个澡，却为现在和你谈这件事造成了有害的气氛。你肯定会说，什么？你有没有搞错？脑子有没有毛病？我最怕你认为我脑子有毛病，思想意识有问题，说我不尊重你。我可以说是世界上最最尊重你的人。我有几句话要对你先说明一下。我虽然不敢奢望你肯答应我的要求，但我还是抱着万分之一的希望，甚至抱着无望的空想。我可以完全不考虑你的回答，yes or no，我只是希望你能报以理解的态度，不要把我看成一个庸俗无聊、低级趣味、居心不良的人。一般来看，我的要求是有点出格和反常，有可能让人对我印象不佳，但是，我心里经常在考虑这样一个问题：我们每一个人的内心世界都是极为丰富的，然而是什么，使我们生活在一个枯燥乏味的现实里？我认为有两个方面的原因，一个是客观存在的偏见和习俗，一个是我们自身的胆怯和懦弱。一个人的内心，究竟有多少在生活中袒露出来了？在它未曾袒露的那个丰富而又黑暗的世界里，又究竟有多少是真正丑恶肮脏的？而我们之所以对它难以启齿，正是由于偏见和怯弱的缘故，这是我们人与人之间互相交流和理解的主要障碍。对我来说，你如果能够摘下有色眼镜来看我，那么，我的内心世界在你面前肯定是透明的，是自然的和正常的。但是，我现在也已拥有了这样的勇气：不管在何种情况下，我都会别无选择地克服自身的怯弱，而把我的内心世界更多地向你袒露……

他在絮絮叨叨地对我作这番长篇讲话时，态度非常认真，坐姿端正，两手像日本人那样平放在膝盖上，两个肩膀成一条水平线，他的眼睛一直望着我，有时目光又好像透过我显得更为幽深。你如果不仔细琢磨他说这番话背后有何种动机和用意（他说话通常富有层次感），并且不了解事情的来龙去脉，你可能会得出以下几点初步印象：一，他在谈论一个被人忽视的严肃的生活哲理；二，他是一个坦诚、直爽、富有生活的勇气、热情和智慧的人；三，他在这个现实世界里不能被人理解，那些不理解他的人中间也有我一份，不过，他对此并不介意，表现得十分坦然和诚恳：和别人对他不理解相反，他则非常明白这个世界。

我当时如果也能够这么看待就好了，故事也许也不会有后面的嬗变。但我当时却一味地被自己的一种直觉和顺理成章的判断纠缠住了，感觉他很装腔作势，而自己受到了他的羞辱和作弄，以致非常冲动，在他还没有结束长篇大论的演讲时便突然用一种极端情绪化的尖酸刻薄的语气打断他，诘问：请问，你说得这么费劲，究竟要向我表达什么要求和愿望？你的要求和愿望听上去非常了不起，别人都不理解你，好像你是一个不食人间烟火的超人，但是，请问，难道我不知道你要对我说什么吗？难道一句同样的混账话从你嘴里说出来和从别人嘴里说出来性质大不一样吗？他这时对我做出一脸好奇而又无辜的表情，还问我，一句什么话？你知道我要对你说什么？他这个人一直在我面前自诩是个直爽诚实的人，确实，他和别人有点不一样，不管什么话从他嘴里都可以说出来，但是，他说话时我又感到他是世界上最装模作样和故作姿态的。我一半是情不自禁，一半也是故意，对他说，我不知道你要对我说什么吗？

（姚丹对我耸耸肩膀，两手摊开，眼睛直视我，好像我就是她故事里的人物）你没有必要对我多费口舌，别人不理解你，我理解你，没关系，不用担心，有什么要求尽管说。一句早就到了嘴边的话终于忍不住冲他说了出来：是不是今晚想和我过夜？不必过虑，我会摘下有色眼镜，看到你的这个要求是自然的和正常的，看到你的勇气和对我的信任，我会把你对我这么说和别人对我这么说区别对待；如果别人对我说这种话，我一定会毫不犹豫地请他吃耳光。

他忽然显得如坐针毡，面色发白，神情紧张。我的第一个感觉是这几句话击中了他的要害。他本来上身挺得笔直，现在屁股几乎要离开沙发，人都几乎要挺起来。这当口他坐的沙发又意外地发出一声刺耳的怪叫，突然往后倒退。我不由得也挺起身体问他，有什么问题吗？他低下头把沙发移到原位，然后对我似笑非笑地看了一眼，脸上露出受惊而又抱歉的神情，却听他像平常一样不紧不慢地说出一番话来，而且越说越顺，状态又恢复了：吓了你一跳吧？其实不是我要吓你，是你的话把我吓坏了。我刚才对你说的话都说错了啊！你是怎么想的，是我要对你提出这样的要求吗，还是我心里一直在作这样的盘算？他的口气有点忧伤：算了，我现在对你作再多的辩护和解释也没有意思，让事实来证明我对你的态度和我的为人吧。以后我们不会再见面，我不会再来打扰你。不过，在我们之间结束这次最后的见面之前，我还是有一个小小的要求：你身边有没有自己的相片，我想问你要一张相片，毫无别的意思，只是想留作纪念。当然你可以说没有，我不会见怪，因为身上带着自己相片的人不多；我只是抱着很小很小的期待：有可能你身边碰巧带着自己的相片，而你又愿意满足我的这个微小而真诚的愿望。不过如果你觉得不方便，就请你对我说没有，而不要对我说你不愿意——这是我对你的一个请求。

我没有马上回答他，一是我惊魂未定，而他的话更使我发呆；二是我脑子里下意识地闪过了在我钱包夹层里装着的一张照片。这张照片不是我的。这里有个小插曲，是这样：你听说过有个歌星叫马岚岚吗？四川的，这两年很红。我在读大四时就经常有人说我和马岚岚长得相像，甚至我有一个大学同学，和马岚岚是同乡——她自己讲，她给了我一张马岚岚的照片。那张照片不是地摊上随处可买的复制品，是正宗的马岚岚的生活照，那个同学给我是因为她说照片上的马岚岚几乎和我一模一样。我以前在电视上见过马岚岚，好像和我是有点像，不过电视上马岚岚浓妆艳抹，花团锦簇，看不出她的真样子，而在那张照片上，马岚岚穿着普通的服装，梳着普通的辫子，略施粉黛，天生丽质，站在一条小河边，那个角度，那种姿势，那副神态，我真是可以冒充她。我当然不是说我自己像她一样天生丽质，一张照片不能说明这一点。在照片上她只有一处重要而又不易察觉的标记区别于我，就是在她的脸颊这儿有一颗若隐若现的痣，我没有。她的这张照片拍得很好，也许就是因为她天生丽质，我在她和我相像的地方发现了一种令人惊异的神采，显然，如果把这张照片当做拍的是我，无疑是我可能得到的最完美而又难以企及的一张。我在得到它后就情不自禁地把它收在了自己的皮夹里！有一个时期，歌迷中盛传马岚岚将来我们这儿演出，我并不是为了等待时机请马岚岚签名而把她的照片准备在皮夹里，在这件事情上我是有点自恋和虚荣。

还说那天晚上的事。当时我想到这张照片时曾犹豫了一下。结果我所做的不仅使自己困惑，也肯定使那人始料不及，虽然这正是他所期待的：我没有说什么就满足了他的要求，从皮夹里取出一张照片递给他。如果这张照片拍的是我，我肯定不会这么做，我可以相信这一点。我的这种行为有一种恶作剧的意味。我本来没有打算在不说明真相的情况下把这张照片送给他，弄巧成拙；而让他知道了真相，他就不会再要照片。照片的真相有可能被他看出来，有可能在适当的时机我自己向他宣布。然而当我把照片交给他后我即发现自己重犯的错误，对他这个人我还是多么不了解，在谈话中，除了他自己愿意接受的，别的我仍像以前一样很难和他交谈。休提给他什么难堪和惊愕，我甚至都说不清楚他心里对这张照片的信任程度，而只能确定他看上去很喜欢它，一拿到手就不打算还给我。看到他这种不加探究就要把我的东西据为己有的态度，我故意用一种令人起疑的口吻问他，你看这张照片上的人像不像我？他回答，什么时候拍的？在哪儿拍的？为什么问我像不像？你把这张照片夹在皮夹里，说明你有自己的理由，可能你很喜欢它；当然我也喜欢它，不过恕我直言，我敢说这张照片不是你最好的，它可能在你的照片中比较独特，但我认为它不出彩。他的这几句话使我产生了两点惊疑，一是听他的口气他好像看过我的其他照片，二是如果把这张照片放在我的相册里，它肯定最为出彩，为什么他的看法如此不同？我不禁对他冷笑说，你还看过我别的照片？这张不如它们？但我认为它最出彩，我甚至怀疑它是不是我的！然而他并不回答我问他是不是看过我别的照片的问题，却说，你可千万不要对我说这张照片不是你的，我非常清楚你对它的态度，我同样很喜欢它，而且现在对我来说它是唯一的，我会妥善地珍藏它。他说着就要把照片

322

收起来。我对他伸出一只手，这张照片也是我唯一的，我只是给你看看，还不舍得给你，请你还给我。他已经把照片夹在他的皮夹里，对我得逗地一笑。我说，既然你认为这张照片不出彩，以后我另外给你寄一张。他回答，不，我就要这张，你不要寄别的，我说它不出彩，不是说对它不满意；而且我准备把它放大，放得像一幅挂历那么大，你会看到它也很出彩——因为这张照片太朴素，放大后你才看得清楚里面的内容，小了不起眼。我说，我劝你还是现在仔细看清楚了，这张照片值得不值得你要它。他的态度使我感到直截了当地和他谈话有点难以启齿。

当晚我疑惑的是他对那张照片的态度，即照片像不像我。然而也许问题打从一开始就不是马岚岚和我像不像，而是我像不像她，甚至是那张照片像不像她，难怪他会有那张照片不出彩的说法和感慨，并且对我的暗示和照片上的细微差别无动于衷、视而不见。这是我后来想到的。当晚我总体来说感觉他脑子没有拐弯，这使我看到他把装着照片的皮夹放进口袋时有一种自作自受的感觉。

过了一些日子，歌迷们传说已久的关于马岚岚将来我们这儿演出的事成真了。马岚岚的演出被安排在蓝宫剧院，那天晚上，我独自去看她演出，第一次见到了这个以一首《我的初恋》登上歌坛的女歌星。那晚是马岚岚的独唱音乐会。马岚岚是属于青春偶像派歌星，在舞台上经常秀发披肩，一袭长裙，包装得纯洁无瑕，温柔可爱。但那天晚上她却换了好几种装束，甚至变了不同的发型，选的歌曲也风格迥异，似乎故意要拿出一个实力派歌星的架势。也许因为她在舞台上表现得婀娜多姿、变幻莫测，那晚我亲眼目睹她反而不觉得她和我有几分相像，甚至不觉得她和那张照片有几分相像，似乎那张照片和我更像。我不禁就想起了那个人，自从那次见面后他没再出现过，不知道这些日子在忙什么。我对那个人不知不觉怀有一种奇怪心态，很怕见到他，希望他离开我远远的，永远不要出现，但另一方面他真的有日子不出现我的眼前又时不时会冒出他的面容，耳畔时不时会响起他说话的声音，这不只是表示我担忧他随时随地会突如其来对我搞出什么令人尴尬的名堂来，也反映出我对他这个人或对这件事情产生的惦记，并不希望他永远消失不见。对我来说，他这个人就像一个幽灵、一种梦魇，深挚可感而又不可捉摸。他这个人可以应我的担忧或惦记而至，超越我的想象，超越现实的阻隔，就仿佛是一次真切而又不可思议的邂逅巧遇。唉，那晚，我在蓝宫剧院前排的一个座位，望着舞台上演出的马岚岚，不由自主地想起了那张照片，想起了那个人，他已经很久没有出现了，我不知道这个行踪不定的人这些日子在忙什么，他真的在那张照片上搞了什么名堂吗，像他所说的那样，把它放得像一幅挂历那么大？可是，他能在放大后的照片上看到什么啊？他打算把这么大的一幅照片怎么办啊，挂在什么地方？我一想到他可能已经把这个奇思怪想付诸实施，并且可能已经把放大后的照片像一幅挂历那样大大方方地挂在他的房间里，我心里就有一种无可名状的煎熬。照理说，那张照片不是我的，这是我对他搞的一个恶作剧，照理说，他把他人的照片当做我的照片花钱放大并悬挂于自己的卧室，这是一种贻笑大方的小丑行径，然而，他的行径随着墙上幽静而醒目地悬挂着的巨幅照片被夸大到了极致后，应该受到嘲弄的反而是我自己，而他变得无可指责。那个晚上，我在蓝宫剧院面对舞台上载歌载舞、神采飞扬、光华照人的马岚岚，我感到舞台上的马岚岚就好比一位看不见的魔术师手里的一个半人半仙的幻影，这和很久以来由于那张照片的缘故我对马岚岚具有的一份特殊的感觉风马牛不相及，我和那张可怜的照片都蒙受了她的不可捉摸的冷眼。那晚，有很多瞬间，我不仅想到了那个人，而且感到他似乎就在剧院的一角对我侧目而视。这一形象是应我的担忧或者惦记、羞耻或者懊恼而至吗？是在我的想象之外或者现实的极处生成吗？那晚我在蓝宫见到他，我甚至没有感到惊慌和意外，就像我丧失或者超越了这样的本能，就像我在深夜面对自己的镜中影像——恍惚、沉思和等待。

我是在演出结束后随着退场的人流走到剧院门外的广场上时猛抬头看见他站在我面前。他马上对我举起两只手，同样的姿态，同样的话语，要我停一下，不要跑掉，听他讲两句话。我完全无意识地对他说，你怎么又来了，怎么又要对我讲两句话？他微笑着说，对不起，请不要误会，我绝不是来打扰你，相反，我今天是来告诉你我要离开这儿。首先，他忽然这么说，请接受我衷心的祝贺。我这才注意到他的一只手里捧着一束鲜花。我说，什么意思？他脸上仍是笑，说，告诉你一件事，那张照片我已经放大了，比我想象的更奇妙，一些看不清楚的东西放大了，发现很重要，原来有点不太像，放大后不要太像，很出彩，栩栩如生。我看了他一眼，问，像什么？他又把鲜花递到我面前，说，这束鲜花是我自己到花圃里亲手采撷的，它代表了我对你诚挚的祝愿，请你接受它。我不得不把花接住，喉咙忽然堵得说不出话。他两手空下来好像不知道对我做个什么姿势，最后干脆让它们垂下；而我拿着花无地自容，只能把它捧在胸前，就像载誉归来的运动员或演出获得成功的演员。他看着我，又对我说，其实我已经离开这儿了，今天特地赶回来把这束鲜花送给你，并且告诉你我离开这儿的决定。我上次和你见面时曾对你说过，那次见面是最后一次，我不会再来打扰你。大丈夫应该做到"一言既出，驷马难追"，而我能不能做到呢？我可以说能，也可以说不能。因为，只要我和你住在同一座城市，要做到不再和你见面确实很难；但我可以离开这座城市，远走高飞。我考虑这是唯一的办法，别无选择，只有放弃我在这座城市的一切。我不是指我在这座城市有什么，我想对你说的是，和在这座城市期待和你见面相比，和这儿的大街小巷上你无所不在的身影相比，我这么多年在这座城市的一切都不值一提，离开这座城市，就是离开一切，带走对你的回忆，就是带走一切，一无所有——你送我的那张照片是我对你最好的回忆。

从那以后到现在，他确实没再出现过，好像真的离开这座城市了。他是因为想见我而离开，而我却因为他离开而想见他。那次见面虽然时间不长，但其中的一些细节却令我颇费思量。我感到奇怪，他那天手里捧着一束鲜花，而他知道我是谁，除非他是故意。他对我说那张照片放大以前不太像，放大以后很像，而我还一直以为他蒙在鼓里。我原来感到我把这件事情弄假成真，把马岚岚的照片冒充我的照片，心里一直很过意不去，毕竟是马岚岚不知道她的私人照片已经被挂在一个陌生男人的房间里了；而那个人把那张照片认作我的，又使我为自己感到难过。然而，我是不是有点自作多情呢？……这真是不可思议，难道他以前对我说过的一些话，包括他最后说的那段如诗如画的话，都是不可相信的吗？正是他对我说了"和在这座城市期待和你见面相比，和这儿的大街小巷上你无所

不在的身影相比，我这么多年在这座城市的一切都不值一提，离开
这座城市，就是离开一切，带走对你的回忆，就是带走一切，一无
所有——你送我的那张照片是我对你最好的回忆"以后，他走了，
而我在皮包里又发现了这把铜钥匙！

图书在版编目（CIP）数据

求爱者/张旻著. —重庆：重庆大学出版社，

2011.11

ISBN 978-7-5624-6426-6

Ⅰ.①求… Ⅱ.①张… Ⅲ.①中篇小说–小说集–中国–当代

Ⅳ.①I247.5

中国版本图书馆CIP数据核字（2011）第243786号

求爱者 qiu ai zhe

张旻 著

责任编辑 高雅洁

装帧设计 陆智昌

重庆大学出版社出版发行

出版人 邓晓益

社址 （400030）重庆市沙坪坝正街174号重庆大学（A区）内

网址 http://www.cqup.com.cn

印刷 北京鹏润伟业印刷有限公司

开本：880×1240 1/32 印张：10.375 字数：234千

2011年12月第1版 2011年12月第1次印刷

ISBN 978-7-5624-6426-6 定价：35.00元